伊兹拉·庞德

旋涡中的美国诗人及其"力"的追寻

Ezra Pound:
An American Poet with His Energy in the Vortex

魏琳 著

中国社会科学出版社

图书在版编目（CIP）数据

伊兹拉·庞德：旋涡中的美国诗人及其"力"的追寻 / 魏琳著. -- 北京：中国社会科学出版社，2024.6. -- ISBN 978-7-5227-4120-8

I. I712.072

中国国家版本馆 CIP 数据核字第 20248G7G83 号

出 版 人	赵剑英
责任编辑	梁世超
责任校对	周　昊
责任印制	戴　宽

出　　版	中国社会科学出版社
社　　址	北京鼓楼西大街甲 158 号
邮　　编	100720
网　　址	http://www.csspw.cn
发 行 部	010-84083685
门 市 部	010-84029450
经　　销	新华书店及其他书店
印刷装订	北京君升印刷有限公司
版　　次	2024 年 6 月第 1 版
印　　次	2024 年 6 月第 1 次印刷
开　　本	710×1000　1/16
印　　张	15.5
字　　数	220 千字
定　　价	89.00 元

凡购买中国社会科学出版社图书，如有质量问题请与本社营销中心联系调换
电话：010-84083683
版权所有　侵权必究

目　　录

绪论　题解：庞德——旋涡——"力" …………………… （1）
　第一节　纵览：美国诗人庞德的生命轨迹追踪 ………… （1）
　第二节　追寻：诗与现实中的旋涡之"力" …………… （5）
　第三节　章节概说 ………………………………………… （13）

第一章　艺术旋涡：庞德与旋涡派／旋涡主义 …………… （18）
　第一节　旋涡派艺术团体发展史回顾 …………………… （19）
　第二节　庞德旋涡主义思想的生发 ……………………… （33）
　第三节　前后：沃林格、休谟及《戈蒂耶－布尔泽
　　　　　斯卡：回忆录》 ………………………………… （42）
　第四节　"旋涡主义"诗作之一：《关于国际象棋
　　　　　本身及玩法的实用描述》 ……………………… （50）
　第五节　"旋涡主义"诗作之二：《休·赛尔温·
　　　　　莫伯利》 …………………………………………（55）

第二章　他山之石——庞德早期旋涡主义中的中国内容 ……… （63）
　第一节　相遇："我的四面几乎都是东方" …………… （64）

第二节　假费诺罗萨之手：《作为诗歌媒介的中国书写文字》的编辑与出版 …………………………… (67)
　　第三节　诗意译写起：从《意象派诗人》的四首中国古诗到《华夏集》 ……………………………… (74)
　　第四节　诗意译写续：从《周朝弓箭手之歌》到《采薇》 …… (81)
　　第五节　气韵生动：庞德早期的旋涡主义思想与中国诗画语言 …………………………………………… (88)

第三章　思想过渡：从诗学到现实中的旋涡之"力" ………… (99)
　　第一节　庞德的经济思想背景 ………………………………… (101)
　　第二节　转向法西斯之路：庞德的经济思想过渡及意大利的文化民族主义 …………………………… (124)
　　第三节　最后的稻草：波尔与1939年的美国之行 ………… (149)
　　第四节　《经济学ABC》："不专心"的诗人和他"不专业"的写作 …………………………………… (158)

第四章　诗人/罪人：庞德的政治旋涡 ……………………………… (165)
　　第一节　罪与罚："伊兹拉·庞德，为您广播……" ……… (167)
　　第二节　诗人的还乡：罗马—拉帕洛—比萨—华盛顿 …… (178)
　　第三节　《比萨诗章》之二则："梦想的巨大悲剧"与"高利贷者的鬼天堂" …………………… (197)
　　第四节　《凿岩机诗章》：诗意的欲望与最后的旋涡 …… (208)
　　第五节　诗人说：一位诗人有可能成为背叛者吗？ ……… (219)

结　语 ……………………………………………………………… (226)

参考文献 …………………………………………………………… (233)

后　记 ……………………………………………………………… (241)

绪论　题解：庞德——旋涡——"力"

第一节　纵览：美国诗人庞德的
生命轨迹追踪[①]

　　1885年10月30日，美国现代主义诗人伊兹拉·卢米斯·庞德（Ezra Loomis Pound，1885—1972）出生于美国黑利（Hailey）。这个小城属于彼时尚未加入合众国的爱达荷州（Idaho），位于国土西南边陲。他的祖父母辈先后开办木材公司、投资兴建铁路。祖父撒迪厄斯（Thaddeus）曾担任中部威斯康星州（Wisconsin）副州长，在1877—1883年三度当选国会议员，其间颇有政绩。其子，即诗人庞德之父霍默·卢米斯·庞德（Homer Loomis Pound），通过撒迪厄斯在黑利国土办公室谋得矿产监督员一职，兼顾家族在爱达荷州的矿产企业。

[①] 本节主要参考资料："庞德的生平及其成为诗人的学术追踪"，见蒋洪新、郑燕虹《庞德学术史研究》，译林出版社2014年版，第3—25页；"庞德生平年表"，见蒋洪新《庞德研究》，外语教育出版社2014年版，第420—425页；"Chronology" in Ira B. Nadel, ed., *The Cambridge Companion to Ezra Pound*, Cambridge: Cambridge University Press, 1999, pp. xvii - xxxi. 此部分转述上述资料不再一一标出。个别细节另有出处，在相应位置注解说明。

伊兹拉·庞德：旋涡中的美国诗人及其"力"的追寻

诗人庞德的母亲伊莎贝尔（Isabel）是欧洲贵族后裔，外祖母与美国南北战争时期的浪漫主义诗人朗费罗（Henry Wadsworth Longfellow, 1807—1882）属同一家族。或许值得一提的是，诗人朗费罗逝世后，英国学界在伦敦威斯敏斯特大教堂"诗人角"矗立起他的半身雕像，他是与众英国文化名人并列于此的唯一一位美国诗人。[①] 结合庞德丰富而复杂的一生，我们在他的家族史中发现了一个有趣的现象：似有巧合般，他祖辈、父辈中的前人们在庞德投身的文学、经济、政治等领域中都曾有过严肃的探索，而且也取得了不错的成绩。

1884年11月，霍默与伊莎贝尔成婚，次年在黑利生下庞德。1889年，霍默被调往美国铸币局（United States Mint）任职，因此举家迁居东海岸宾夕法尼亚州费城（Philadelphia）。这座历史文化名城是美国《独立宣言》（"The Declaration of Independence"，1776）的签署之地，而其主要执笔起草者即为庞德最崇敬的美国政治家之一杰斐逊（Thomas Jefferson, 1743—1826）——在庞德的诗与思中，美国的历史与现实往往是他批判的对象，而杰斐逊是其中屈指可数的正面形象之一。费城对庞德可能产生过的影响还有，这里既是美国"视觉艺术生产、收藏和展览的中心"[②]，也是美国工业、经济重镇，承载着庞德前往父亲所在的铸币厂玩耍、亲历钱币生产过程的童年时光，并为他提供了良好的大学教育。

在进入大学就读之前，庞德已为自己打下扎实的拉丁语功底。13岁时，他在母亲和姨祖母的陪同下游历欧洲，所及之处包括英国和意大利——这两个国家在他后来的生命轨迹中留下深刻烙印。1901年秋，不到16岁的庞德进入位于费城的宾夕法尼亚大学（University of Pennsylvania），在这里度过了本科学习的前两年，选修的课程涵盖文史类、数学类和现实政治类。后来，庞德转学至纽约州汉密尔顿学院

[①] 杨仁敬：《简明美国文学史》，复旦大学出版社2014年版，第103页。
[②] Rebecca Beasley, "Visual Arts", in Ira B. Nadel, ed., *Ezra Pound in Context*, New York: Cambridge University Press, 2010, p.314.

绪论 题解：庞德——旋涡——"力"

(Hamilton College)，主修课程包括德语、法语、意大利语、英语（含古英语）、普罗旺斯语和西班牙语。此外，他也涉足葡萄牙语和希腊语，语言天赋凸显。在汉密尔顿学院获得学士学位后，庞德重返宾夕法尼亚大学攻读硕士、博士学位，主要研究西班牙戏剧、古法语、普罗旺斯语和意大利语。其间他还获得学校奖学金赴西班牙马德里访学。联系起他此生的文人事业，可能略具戏剧性的是，由于在博士阶段的"文学批评"课程没能及格，庞德最终未取得博士学位。从现实经历层面上看，他在自己的《如何阅读》（"How to Read"）和《怎样学诗》（"How to Study Poetry"）文章中对于大学文学教育的暗讽或源于此。然而必须公允地说，宾夕法尼亚大学为他终身的文学创作与批评事业奠定了坚实的基础。

1908 年 6 月，时年 23 岁的庞德来到意大利威尼斯，这里是他的欧洲打拼第一站，后来也成为他人生的安眠终点——"在我的开始是我的结束"①［艾略特（T. S. Eliot）诗］。8 月 14 日，庞德抵达英国伦敦。从他的具体活动来看，其间，他参与并领导过意象主义（Imagism）诗歌运动，这在很大程度上成为他得以在文学史上位居经典作家之列的身份标签。而对于全面理解他一生的创作、思想和生活而言，诗人在伦敦期间更为重要的经历是直面 20 世纪现代先锋视觉艺术，与多位艺术家相识，参与促成了旋涡主义（Vorticism）这场从时间跨度上来看短暂，却至少给他个人带来了深刻影响的艺术革新。遗憾的是，1914 年既见证了旋涡派阵地刊物《爆炸》（*Blast*）创刊号的问世，更亲历了第一次世界大战的爆发。而摧毁了一切的后者加速了前者夭折的进程。之于庞德，这次战争的残酷性可能更在于，消耗了他欣赏的艺术家的才华乃至生命，扼杀了旋涡派这个 20 世纪初唯一诞生在英国本土的先锋视觉艺术流派继续扩大影响力的可能。

1920 年，庞德在完成与伦敦岁月的告别之作《休·赛尔温·莫

---

① ［英］托·艾略特.《东库克》，《四个四重奏》，裘小龙译，漓江出版社 1985 年版，第 192 页。

伊兹拉·庞德：旋涡中的美国诗人及其"力"的追寻

伯利》（*Hugh Selwyn Mauberley*）之后，携妻多萝西·莎士比亚（Dorothy Shakespeare）前往巴黎。多萝西不时回英国居住，庞德在欧洲多国游走，他的终身情人奥尔佳·拉奇（Olga Rudge）在此期间出现。1925年后，庞德和多萝西前往意大利拉帕洛（Rapallo），定居20年。后来，诗人与伴侣、妻子分别育有一女一子。

在30年代之后，庞德的关注点从文学、艺术向经济、政治扩展，而他在意大利的所见所思进一步强化了这一倾向。在第二次世界大战期间，包括美国正式加入反法西斯同盟战线之后，庞德为服务于意大利法西斯主义政权的罗马电台写稿、播音，其中不乏攻讦美国政府及其官员（包括总统）和有"反犹"（anti-Semitism）之嫌的内容，因此他在1943年被美国司法部以"叛国罪"起诉。1945年，在位于意大利比萨（Pisa）附近的美军规训中心（Disciplinary Training Center）被关押半年之后，庞德以戴罪之身被遣返至美国首府华盛顿，因被鉴定罹患精神疾病而免受审判，但仍然在圣·伊丽莎白医院（St. Elizabeth Hospital）被囚禁12年半之久。1958年，美国方面宣布放弃对庞德的指控，允许年逾古稀的他离开圣·伊丽莎白医院——他随即离开美国，再也没有归来。而这段政治旋涡的经历为他带来的争议至今犹在，甚至在很大程度上消减了他一生积累的诗人荣光——对于诗人庞德而言，这种随战争罪而来的剥夺恐怕并不亚于第一次世界大战于旋涡派处施加的摧毁力量。不过，作为一位美国公民，这是他要为自己的言语和行为必须付出的代价。

即使在身处圣·伊丽莎白医院期间，失去自由的庞德仍通过书信和会面保持着与英美文学艺术界包括学界的联系。他坚持创作与翻译，并未中断个人作品（集）和译本的出版。他最终得以重获自由的整个过程中亦不乏早年受他知遇之恩者的慷慨相助，诗家幸。离开祖国之后，晚年的庞德长居亚平宁半岛，主要由奥尔佳陪伴。学界的庞德研究著作、文章逐年增多，这段时间的庞德却著述寥寥。友人们渐次逝去，体弱的他坚持赴伦敦参加艾略特的追悼会，去都柏林看望叶芝（W. B. Yeats）的遗孀，到苏黎世拜谒乔伊斯（James Joyce）墓。1972年，庞德在威尼斯与世长辞。

绪论　题解：庞德——旋涡——"力"

第二节　追寻：诗与现实中的旋涡之"力"

1908年，时年23岁的庞德从故土美国远渡大西洋到达欧洲。他的文人生涯从此正式起步。在英国伦敦生活、交游、写作的十余年间，他以其诗与思为西方现代派诗歌的发生作出了卓越贡献。如此桂冠既承载着他个人诗歌创作和文艺批评的成就，也源于他对那些彼时尚为无名之辈的天才们的不遗余力的提携。受到庞德直接帮助的文人、艺术家众多，其中包括后来荣膺西方文学经典作家之位的艾略特、乔伊斯和海明威（Ernest Hemingway）等。1925年，海明威深情地写道，"打个比方说，大诗人庞德可能将自己20%的时间用于诗歌写作，在其他时间里则不遗余力地为朋友带来物质上和艺术上的财富……在朋友受到攻击的时候他挺身维护，他帮助他们发表作品、走出囹圄……出售画作……开音乐会……写评论文章……介绍给（资助人）……联系出版社"[1]。我们从中读到了感恩，同时也看到庞德1925年前的生活与事业图景。正是在以伦敦岁月为核心的这些年间，他奠定了自己在当时欧美文艺界以及整个西方文学史中的重要地位。

诗人庞德的故事常常要从"意象主义"（Imagism）讲起。1910年后，无论是他为该流派建立的诗学基调，还是他的意象派诗歌创作，都成就了他在文学领域的传奇。例如，他在《意象主义者的几"不"》（"A Few Don'ts by an Imagiste"）中提出的经典定义"一个意象（Image）是在一刹那时间里呈现理智（intellectual）和情感（emotional）的复合物（complex）的东西"[2]，是该流派的核心诗学理念，而出自庞德之手的两行诗作《在

---

[1] Charles Norman, *Ezra Pound*, New York: Macmillan, 1960, p.275; See George Bornstein, "Ezra Pound and the Making of Modernism", in Ira B. Nadel, ed., *The Cambridge Companion to Ezra Pound*, Cambridge: Cambridge University Press, 1999, p.22.

[2] ［美］庞德.《意象主义者的几"不"》，载［英］彼德·琼斯编《意象派诗选》，裘小龙译，漓江出版社1986年版，第152页。

地铁车站》("In a Station of the Metro")亦为意象派诗歌的传世名篇。

　　的确,"意象主义"很有可能是庞德生前身后名中最瞩目、争议最少的亮点,却在渐成他个人故事的正面底色的过程中,遮蔽了他在从19世纪末一直贯穿至20世纪后期的漫长生命轨迹中,以一己之身及诗与思承载的关于个人、事业、国家以及时代的复杂性包括矛盾性的那些方面。从时代大背景来看,在包括文学、艺术以及经济、政治等在内的不同领域中,20世纪见证了诸多世界性历史事件的发生。对于诗人庞德而言,现代主义文学、艺术在此期间走向高峰——至少在20世纪初,他是直接的推手。而使人类历史发生质变的两次世界大战也在此期间打响,庞德虽然从未上过前线,却是全程的亲历者——我们看到,这两次世界大战均为他的诗与思、现实命运以及生前身后名带来了深刻而久远的影响。

　　1914年,第一次世界大战爆发。这一年既属于庞德在欧美文坛的上升期的一部分,也是他文人生涯中的重要分界点之一。仅从文学维度来看,虽然庞德通常被视作意象主义诗歌的创立者,从而被贴上该流派的标签,但无论就其诗歌创作、理论思想,还是文学活动而言,他以此自立的时间并不长久。虽然上半年,由庞德主编的首本团体诗集《意象派诗人》(*Des Imagistes*, 1914)一书出版,但这本诗集的问世使庞德与另一位在他看来"才气一般",但财力和交际能力远超自己的意象派女诗人艾米·洛厄尔(Amy Lowell)之间在诗学理念和流派发展方向认知上的矛盾凸显出来——洛厄尔成为庞德之后意象主义诗歌的实际领导者,并不顾他的反对继续以《意象派诗人》为名出版了三本团体诗集。吴其尧的研究还提到了一个有趣的事实,"对于1915—1917年间的意象派诗歌,庞德还特意杜撰了一个词'艾象派'(Amigism),以讽刺艾米(Amy)·洛厄尔"[1]。我们可以

---

[1] 详见吴其尧《庞德与中国文化——兼论外国文学在中国文化现代化中的作用》,外语教育出版社2006年版,第45页。

绪论　题解：庞德——旋涡——"力"

确定的是，至少在主观思想上，1914 年之后的庞德在努力渐离先前的意象主义。

如果将庞德与意象主义的渊源从他 1908 年初抵伦敦算起，那么整个时间不会超过 6 年。而这段时间对庞德而言更为深远的影响在于，他在此参与了旋涡主义艺术运动——国内外出版的英美诗歌史或西方文学史在讲述诗人的文学成就时常常会一笔带过一个史实：他在 1914 年从意象主义转向旋涡主义。这个以"旋涡"（Vortex）为诗学思想和创作理念核心的团体是 20 世纪初唯一诞生在英国本土的先锋视觉艺术流派，以绘画、雕塑为主要创作方向。在庞德看来，旋涡派的艺术理念、创作及影响潜质可同欧洲大陆之立体主义（Cubism）与未来主义（Futurism）相匹——其中的潜在敌对意味在于，从主观意愿上，旋涡主义是在修正立体主义、未来主义之诗学理念和艺术革新的弱项。早在 1914 年之前，即旋涡派的长久酝酿时期，直至第一次世界大战爆发之后，庞德倾尽心力，凭借自己在欧洲文学、艺术领域已经拥有的盛誉帮助这个先锋视觉艺术流派扩大在欧美的影响。

1914 年 9 月，庞德发表《旋涡主义》（"Vorticism"，1914）一文。虽然这篇文章在很大程度上是为旋涡派发声，却在呈现诗人个人思想脉络的过程中，也囊括了一些我们更加熟悉的、关于意象主义的内容——以此可见诗人如何在与以旋涡派为代表的 20 世纪初西方现代视觉艺术的互动中，于诗学理念方面发生了潜移默化的转向。庞德以近三分之二的篇幅回忆了自己此前的意象主义诗学思想和诗歌创作，包括他那首《在地铁车站》的久久酝酿始末。但联系起他早年致威廉斯（William C. Williams）的信中提出的四条"诗艺的最高造诣"[①]，以及后来或出自他本人或由他人执笔的各种以此为底本的意

[①] 四条"诗艺的最高造诣"分别为：（1）按照我所看见的去描绘（paint）事物；（2）美；（3）摆脱说教；（4）重蹈他人覆辙时，唯有至少做到更好或者更简洁才值得肯定，我们做不到纯粹的原创。见 D. D. Paige, ed., *The Selected Letters of Ezra Pound 1907–1941*, London: Faber and Faber, 1951, p.6。

伊兹拉·庞德：旋涡中的美国诗人及其"力"的追寻

象派宣言，我们会发现，和意象主义那个相对静态的"意象"相比，此时庞德心中的"意象"有了极大的发展，这是一个动态的"旋涡"，是"思想得以持续奔涌的源泉、途径和归宿"。① 同两三个月前庞德为《爆炸》创刊号作的《旋涡》("VORTEX", 1914) 一文相同的是，《旋涡主义》将意象主义视为旋涡主义的先导阶段——从庞德对"意象"的经典定义和此时对"旋涡"之"力"（energy）的特质的表达来看，当静态的意象充满"能量"（energy）、成为"具有最大'力'的点"，就成为动态的"旋涡"②。由此在理论上，以和先锋视觉艺术关系甚密的旋涡主义思想为契机，庞德初步形成了自己在文学、艺术领域中关于"力"的诗学。他以是否具有"旋涡"之"力"为标准，对作家、艺术家及其作品进行高下评判。而且，他与旋涡派视觉艺术家们密切往来的史实，以及他在当时和后来的诗歌创作、理论批评、与人书信等留存至今的文字中对其中个人及团体的赞美、追忆、惋惜等等，都让我们深切地体会到他的感情和思想寄托所在。

此后，庞德的诗作中鲜见类似《在地铁车站》中的"花瓣"（petals）这种相对而言静态的空间意象。相反，以他与伦敦岁月的告别之作《休·赛尔温·莫伯利》和毕生鸿篇巨制《诗章》（*The Cantos*）为例，庞德中后期的诗作充满了在不同时代、地域、文化间喷薄的动态的"意象"。再结合庞德旋涡主义思想的核心表达，"旋涡

---

① 原段落全文为："The image is not an idea. It is a radiant node or cluster; it is what I can, and must perforce, call a VORTEX, from which, and through which, and into which, ideas are constantly rushing. In decency one can only call it a VORTEX. And from this necessity came the name 'vorticism.' *Nomina sunt consequentia rerum*, and never was that statement of Aquinas more true than in the case of the vorticist movement. It is as true for the painting and the sculpture as it is for the poetry." 原载于 Ezra Pound, "Vorticism", *Fortnightly Review*, September 1, 1914, pp. 461-471; 见 Harriet Zinnes, ed., *Ezra Pound and the Visual Arts*, New York: New Directions, 1980, p. 207。

② 原文为"The Vortex is the point of maximum energy." 见 Ezra Pound, "VORTEX", in Wyndham Lewis, ed., *Blast*, No. 1, London: John Lane, The Bodley Head, 1914, p. 153。

绪论 题解：庞德——旋涡——"力"

是那个具有最大'力'的点"①，"'旋涡'……思想得以持续奔涌的源泉、途径和归宿"②，这些明显超越了意象主义之"意象"的全新的"意象"即为诗人心中的动态的"旋涡"。这种艺术先锋姿态的形式与内容明显在试图传达一种有别于早期意象主义的诗学理念。

而且，庞德转向旋涡主义、加入旋涡派先锋团体的时间与他开始接触华夏文化和借鉴中国文学艺术的时间正相吻合——它们也滋养着庞德同时期正在从"艺术旋涡"处生成的、以"力"为关键词的旋涡主义诗学理念。其中影响较大者包括两方面：中国古典诗歌与诗学，中国儒家思想。

伦敦岁月期间的种种机缘使得庞德对于中国文化有了较为深入的了解。而且，他也在异域东方的文化与思想中找到了与自己追寻的"力"之间的隐含联系。首先，从中国古典诗歌与诗学的影响来看，早在由庞德主编的那本《意象派诗人》中，我们就会读到四首以中国古诗为灵感、或译或写或二者兼备的《仿屈原》（"After Ch'u Yuan"）、《（仿）刘彻》（"Liu Ch'e"）、《纨扇歌奉君上》（"Fan-Piece for Her Imperial Lord"）和《彩姬》（"Ts'ai Chi'h"）③。也在这一年前后，庞德还获得了美国东方文化研究者费诺罗萨（Ernest Fenollosa，1853—1908）的手稿，开始编辑他的《作为诗歌媒介的中国书写文字》（"The Chinese Written Character as a Medium for Poetry"）一文，并出版了从他的中国古诗手稿中获得灵感的译写作品集《华夏集》（Cathay，1915）。这些文学活动均发生在1914—1916年间，与旋涡派发展成一个独立的英国先锋艺术流派，却又不幸夭折的潮起潮

---

① Ezra Pound, "VORTEX", in Wyndham Lewis, ed., Blast, No. 1, London: John Lane, The Bodley Head, 1914, p. 153.
② 原载于 Ezra Pound, "Vorticism", Fortnightly Review, September 1, 1914, pp. 461-471；见 Harriet Zinnes, ed., Ezra Pound and the Visual Arts, New York: New Directions, 1980, p. 207。
③ 对于"Ts'ai Chi'h"一名学界尚有争议，此处采傅浩观点，见傅浩《Ts'ai Chi'h 是谁？》，《外国文学评论》2010年第2期。其他三首诗作中译名亦从傅浩。

伊兹拉·庞德：旋涡中的美国诗人及其"力"的追寻

落时间非常吻合。

费诺罗萨之于庞德的深刻意义在于，无论是在后者对前者文章的编辑还是以其手稿为依据、对中国古诗的"诗意译写"① 中，我们都能清楚地感受到以费诺罗萨为媒介、中国文化的深层结构为庞德带来的启发。如苏源熙（Haun Saussy）所言，"庞德从'中国书写文字'中汲取了一种书写与思考的'表意'（ideogrammic）方式思想：一种将细节并置的逻辑，这是'闪闪发光的细节'（luminous details），它们在被诗人（或其他称职的艺术家）呈现时会为自己发声"。② 值得注意的是，这种"细节并置的逻辑"和"闪闪发光的细节"前继意象主义者庞德的诗歌创作方法和文学、艺术批评思路，后承他投身于经济和政治之后理解人事的思维方式。由此，终其一生，对源自旋涡主义诗学那种抽象而完满的"力"的追寻是他一以贯之的指引。

在上述古典诗歌与诗学之外，华夏文化给庞德的思想和行动带来的另一内化影响可能在于，诗人从对中国儒家经典文本的翻译和钻研起步，使之成为自己晚年间回望与反思其诗、其人的重要异域文化资源。这一点在他以《尚书》为立论依据成就的《凿岩机诗章》（"Rock-Drill De Los Cantares"，1955）的开篇，即《诗章》第85—86章中有更明显的体现。《尚书》或者说由顾赛芬（Séraphin Couvreur）的法文译本以及理雅各（James Legge）的英文译本《尚书》传达给诗人庞德的，是一种以"今惟我周王丕靈承帝事"［特别是"靈（灵）"］为核心的原始儒家之刚健精神。《尚书》之名在英语世界的一个译法是"史书"（*The Book of History*），在庞德的理解中承载着他毕生向往却始终不得的、来自古老东方的政治智慧与理想社会。

---

① 见耿幼壮《何谓诗意译写？——伊兹拉·庞德的中国诗歌和儒家经典翻译》，载《世界汉学》（第15卷），中国人民大学出版社2015年版，第149—161页。
② Haun Saussy, "Fenollosa Compounded: A Discrimination", in Ernest Fenollosa and Ezra Pound, *The Chinese Writing Character as a Medium for Poetry: A Critical Edition*, Haun Saussy, et al., eds., New York: Fordham University Press, 2008, p. 4.

绪论 题解：庞德——旋涡——"力"

如《剑桥美国文学史》中"伊兹拉·庞德"章节开篇的评价，"在英语世界的现代主义者当中，就连乔伊斯也未能达到伊兹拉·庞德的昭彰恶名和权威地位"[1]。其中"昭彰恶名"对应的基本史实发生在第二次世界大战期间，由此带来的争议至今余音犹在。两次世界大战的摧毁性力量在庞德个人处也格外明显：第一次打击了他钟爱的旋涡派，第二次则在一定程度上剥夺了他的"诗人"荣光。

直至今日，"诗人""罪人"这一正一反两方面身份依然在对庞德进行整体评价时互不相让。我们从第27届伊兹拉·庞德国际学术会议（Ezra Pound International Conference/EPIC）的相关情况中也可看出这一点。自1975年开始，伊兹拉·庞德国际学术会议每一两年举办一次，前26届中却只有3次在美国召开。[2] 而2017年的这次第27届会议设在美国费城的宾夕法尼亚大学——这里是庞德长大的城市，本科、研究生学习阶段都至少在此度过一段时光的学府。宾夕法尼亚大学的校友会公报和当地媒体《调查者》（The Inquirer）的报道题目都有些眼见浪子回家的口吻，前者的是《终于，伊兹拉·庞德国际学术会议来到了宾夕法尼亚大学》（"Finally, an EPIC at Penn"），后者则为《坏孩子天才的回家》（"Homecoming for a Bad-Boy Genius"）。校友会公报首段中的一句话点出了庞德与该校，甚至与美国间紧密而疏离的复杂关系，以及诗人"权威地位"与"昭彰恶名"于一身给他自己带来的现实困境，"伊兹拉·庞德并没有特别珍惜他在我校的学习经历。而我校也没有好好珍惜这位最知名也最具争议的诗人校友"[3]。

---

[1] ［美］萨克文·伯克维奇主编：《剑桥美国文学史 第5卷：诗歌与批评1910年—1950年》，马睿等译，中央编译出版社2009年版，第122页。

[2] Walter Baumann, "The Ezra Pound International Conference – EPIC", https://ezrapoundsociety.org/index.php/about/collaborations.

[3] 参见 "Finally, an EPIC at Penn", http://thepenngazette.com/finally–an–epic–at–penn/及John Timpane, "Penn conference on Ezra Pound: Homecoming for a bad-boy genius", http://www.philly.com/archive/john_timpane/penn–conference–on–ezra–pound–homecoming–for–a–bad–boy–genius–20170620.html。

伊兹拉·庞德：旋涡中的美国诗人及其"力"的追寻

更能代表官方的态度来自宾夕法尼亚大学校务委员会，第 27 届伊兹拉·庞德国际学术会议的召集人之一盖瑞（John Gery）在会议期间通报：校方拒绝了庞德学会（Ezra Pound Society）提交的申请，不同意追授这位天才诗人校友名誉博士学位。根据《调查者》的信息，校方给出的解释是"很难根据 110 年前的作品来进行授予"[①]。无论实情如何，从中可以看到后人对庞德的评价中，天才的辉煌一面与"坏孩子"一面间的执着角逐。

从文学、艺术维度的"诗人"成为经济、政治维度的"罪人"，如此矛盾的转向与身份真实而长久地系于庞德一身。从时间演进和思想发展这两个脉络来看，我们从中可以探索出的过渡线索有二：首先，是他对经济问题的关心连接起这两个看似不相关，甚至矛盾的领域和身份；再者，在这种显著的转折性变化中可能依然有诗性而稳固的不变之处——特别是以"艺术旋涡"为主的多方旋涡之"力"的错综交织。

如艾略特在为自己亲自编纂的《庞德的文学论文集》（*Literary Essays of Ezra Pound*, 1954）作序时的说法，"若要研究庞德的文学主张，我们有必要结合庞德写下这些文字的背景，如此方可把握他为品位和实践上的革新带来多大影响，方能理解他是一位多么杰出的批评者代表人物"[②]。如果要对他的诗学理念进行终其一生式的整体观察，在庞德从文学、艺术跨界至经济、政治的思想发展和现实行动中可以看到，他一直在追求的那抽象而完满的旋涡之"力"是最持续而稳固的"背景"——我们可以此为线索去尝试对这位旋涡中的美国诗人进行综合研究。

[①] John Timpane, "Penn conference on Ezra Pound: Homecoming for a bad-boy genius", http://www.philly.com/archive/john_timpane/penn-conference-on-ezra-pound-homecoming-for-a-bad-boy-genius-20170620.html.

[②] T. S. Eliot, "Introduction", in T. S. Eliot, ed., *Literary Essays of Ezra Pound*, London: Faber and Faber, 1954, p. xii.

绪论 题解：庞德——旋涡——"力"

第三节　章节概说

本书将通过"艺术旋涡""他山之石"和"政治旋涡"三个抽象比喻色彩与丰富现实指涉并存的语汇，贯穿起伊兹拉·庞德这位"旋涡中的美国诗人"之整体人生轨迹及思想发展线索。中外学界在庞德与现代视觉艺术、庞德与中国文学文化、庞德与政治的研究中都取得一定进展，但如何找到一条线索，从而整体把握庞德其人、其诗、其思、其生平，仍有待探讨。这是本书研究的缘起、构成和目的所在。

"旋涡"之名散见于庞德本人及后来学者对他的研究之中——即使在论述对象并不涉及"旋涡派""旋涡主义"时，类似的表达方式也不时出现。在一篇发表于1915年的文章中，庞德用到"旋涡"的比喻色彩。他以此说明以费诺罗萨发掘的东方文化为代表的"外在刺激力"对于西方现代视觉艺术及文学的意义，"这些新发现的艺术与信息形成的团簇（masses）涌入伦敦的旋涡之中"[1]。韦斯（William C. Wees）很有可能是在沿用庞德本人的上述表达方式，从而以"旋涡"来描述"新鲜的艺术与思想之流"在当时伦敦社会中的奔涌状态。[2] 苏源熙则在庞德接触费诺罗萨手稿后、对某一具体意象的表意文字式理解中，读出了诗人对"旋涡"的指涉：例如，在对"樱桃树"的读解中，庞德超越了意象主义式"直接处理事物"的思路，将之进一步"理解为一波'力的集束'（bundle of energies）……更准确些说，该意象意味着旋涡"[3]。而雷德曼（Tim Redman）在观察

---

[1] Ezra Pound, "AFFIRMATIONS: Analysis of this Decade", in *New Age*, February 11th, 1915; in Ezra Pound, ed., *Gaudier-Brzeska, A Memoir*, London: John Lane, 1916, p. 140.

[2] William C. Wees, *Vorticism and the English Avant-Garde*, Toronto: University of Toronto Press, 1972, p. 37.

[3] Haun Saussy, "Fenollosa Compounded: A Discrimination", in Ernest Fenollosa and Ezra Pound, *The Chinese Writing Character as a Medium for Poetry: A Critical Edition*, Haun Saussy, et al., eds., New York: Fordham University Press, 2008, p. 23.

伊兹拉·庞德：旋涡中的美国诗人及其"力"的追寻

诗人1930年前后的思想与行动后，以类似的譬喻说："庞德需要相信，一场新的文艺复兴在意大利蓄势待发。在一定程度上，他之所以有这种感觉，是因为他个人需要身处一场新运动——无论其具体为何——的旋涡核心。他希望助力实现之……"[①] 韦斯、苏源熙、雷德曼三位均为庞德研究的相应领域（庞德与西方现代视觉艺术、庞德与中国、庞德与意大利法西斯主义三方面）中的重要学者。而以他们的论述为代表，这种不约而同地以"旋涡"作为比喻或借代的表达方式，提示着以如此思维方式去尝试对这位复杂的美国诗人——从时间上跨越20世纪，地域上连接欧洲与美国，专业涉足文学、艺术、政治、经济、东方、西方等——进行综合研究的可行性与必要性。

由此，第一章以"艺术旋涡"为核心，观察彼时身处20世纪初的庞德如何在自己的伦敦岁月期间与以旋涡派为中心的西方现代视觉艺术的互动过程中，从一位"意象主义者"自然而必然地转变为"旋涡主义者"，并形成了以"力"为核心的旋涡主义诗学。这是他后来对"力"持续一生的追寻之时间起点与思想渊源。本章将对旋涡派艺术团体从无到有、从高潮到破灭的短暂发展史进行回顾，并分析庞德在1920年前公开发表的几篇"旋涡主义"文章，从而观察他如何在现实中为这个唯一诞生在英国本土的先锋视觉艺术流派提供理论建树和宣传推广帮助的同时，随文学与艺术的互动而在诗与思方面发生了深刻变化。本章还会介绍由休谟（T. E. Hulme）转述、给庞德及相关视觉艺术家们带来深刻影响的德国艺术史学家沃林格（W. R. Worriger）的艺术分类理论，以及第一次世界大战打响之后，庞德在其中或重申或发展他以"力"为核心的旋涡主义诗学的《戈蒂耶-布尔泽斯卡回忆录》（*Gaudier-Brzeska, A Memoir*, 1916），以此两方面材料展现就"艺术旋涡"而言，庞德旋涡主义思想形成的前

---

① Tim Redman, *Ezra Pound and Italian Fascism*, Cambridge: Cambridge University Press, p. 77.

绪论 题解：庞德——旋涡——"力"

期铺垫以及直接后续——诗人的现实关怀在后者中已然初现。最后将分析庞德分别作于旋涡派视觉艺术团体发展高峰期和消散期的两首诗作——《关于国际象棋本身及玩法的实用描述》("Dogmatic Statement on the Game and Play of Chess")和《休·赛尔温·莫伯利》。这两部文学作品是20世纪初来自美国的现代主义诗人与欧洲现代主义先锋视觉艺术间发生深刻互动的直接产物。本章希望强调的是，首先，虽然旋涡主义运动在宣告诞生之后迅速夭折，但庞德本人以"力"为关键词的旋涡主义诗学由此而生并贯穿于其后一生；再者，同旋涡主义运动一样，庞德的旋涡主义诗学从一开始就不仅是一种美学思想和创作方式的表达，同时也是具有叛逆、抵抗甚至敌对精神的生活态度的体现。这种思维方式在他对历史与现实、东方与西方、他国与祖国的博弈式评判中一次次卷土重来。

第二章以"中国内容"为研究思路，讨论庞德追寻的旋涡之"力"如何在与"艺术旋涡"互动生成的同时，受到了来自东方，特别是中国文化多方面内容的滋养。庞德与中国之间的关系是学界的热门话题，而从本书的思路来看，诗人旋涡主义思想中的中国内容主要包括两部分：中国古典诗歌与诗学，中国儒家思想。前者是本章的主要研究对象。从时间上来看，庞德对中国古典诗歌与诗学的接受，与西方现代视觉艺术间的互动二者几乎同时发生。首先，这与20世纪初欧洲文学、艺术领域中由"中国热"而来的"东学西传"有关。就庞德个人而言，他在伦敦期间直面华夏的一系列机缘就包括：他在大英博物馆中的流连，他偶然间获得美国东方文化研究者费诺罗萨的手稿，他在比尼昂（Laurence Binyon）的引导下对"气韵生动"的中国诗画语言的深切感知，以及由此而发生的对中国古诗的诗意译写，等等。于是，他不仅受到平常意义上的"中国热"的席卷，也开始有机会真正尝试去把握这种与他既往生命体验全然异质的文化之深层结构。本章将通过庞德对《作为诗歌媒介的中国书写文字》的编辑，观察他的旋涡主义思想如何在这个过程中得到深化及他的侧重点落于何处。从《意象派诗人》的四首中国古诗到《华夏集》的诗意译写，二者虽前后出版时间相近，但庞德在译写策略上发生了显著变化。由此观之，诗学旋涡的影响从此时期生发，已经开始对他的旋涡主义诗学思想和创作发挥深刻作用。再通过他在旋涡主义思想生发期和生命后期对同一首《诗经·小雅·采薇》的不同译写，分析他以动态而抽象的以旋涡之"力"为核心的理念如何持续他一生。最后回归东方传统艺术，体会"气韵生动"的中国诗画语言如何启发了庞德的旋涡主义思想表述并对旋涡派视觉艺术创作带来直接影响。

第三章以"过渡"为名，结合庞德个人的诗学思想和现实行动，观察他所追寻的旋涡之"力"如何在迁居意大利之后进一步发展，成为他后半生深陷的"政治旋涡"的先声。此中"过渡"意味在于，一种在文学、艺术中的抽象诗学之"力"逐渐具体化为在经济领域中对某一种理念的信奉，最终在后来的"政治旋涡"中成为对某一位领袖及其代表的意识形态之"意志力"与"行动力"的现实追寻。这一切发生在他离开伦敦之后的二十余年间。本章将从庞德在与现代视觉艺术的接触中生发的若干经济因素谈起，分析激发他热心经济的若干契机，包括历史中的马拉泰斯塔（Sigismundo Malatesta）和现实中的奎因（John Quinn）成为他继续追寻当代艺术的理想赞助人的参照，奥里奇（A. R. Orage）及其《新时代》（*The New Age*）使他初步接受了经济学教育。在他转向法西斯之路的过程中，他在文学、经济方面的自主探索及意大利法西斯政权的文化民族主义也起到了进一步的激发作用。同时，道格拉斯（D. H. Douglas）、格塞尔（Silvio Gesell）及波尔（Odon Por）三位经济学家在客观上使他的思想逐步向法西斯主义靠近。《经济学ABC》（*ABC of Economics*, 1933）是以文学为主业的诗人在经济学领域的"不专心"也"不专业"的成果。

第四章以系于庞德一身的"诗人"和"罪人"这两个矛盾而真实的身份为核心，继续文史互证的研究方法，梳理他的"政治旋涡"。对于庞德个人而言，第二次世界大战期间及之后阶段的中心事

绪论 题解：庞德——旋涡——"力"

件是他的"罪"与罚：他在为意大利法西斯政权服务的罗马电台从事播音工作，频现有"叛国""反犹"之嫌的言论，而且在美国正式加入反法西斯同盟战线阵营之后仍在继续，于是被美国司法部以"叛国罪"起诉。随着墨索里尼（Benito Mussolini）及其意大利法西斯主义政权的大势已去，庞德两度踏上还乡之旅：从罗马到拉帕洛，从意大利到美国。在第一段苦旅中，他仅靠双足走过了大半个意大利；而在第二段旅程中，他戴着枷锁被遣返回国。1945—1957 年，诗人在位于美国首府华盛顿的圣·伊丽莎白医院中被监管、限制自由长达 12 年半之久。在罪名被撤销之后，他随即离去，再也没有踏上这方他终生都没有放弃国籍的土地。对于祖国的方方面面，庞德始终怀有复杂的感情，美国对他的态度也很"复杂"，给他授诗歌方面的荣誉，却也因他的罪而总有保留（例如，不追授名誉博士学位，且理由含混）。从《比萨诗章》（*The Pisan Cantos*）（特别是第 74 章和第 80 章）中，我们能够读出经历了数十年对"力"的追寻之后，理想的初心之失败的结果为庞德带来的巨大的悲剧感。与此同时，在诗人晚年的反思与沉淀过程中，中国儒家思想渐成为指点迷津的东方智慧，并在此时期出版的《凿岩机诗章》（"Rock-Drill De Los Cantares", 1955）中留下了深刻印记。而在他的几位同时期诗人对庞德的回忆与评价中也体现出他身上最为复杂的矛盾性，一位文学、艺术方面的"天才"与一位经济、政治领域的"蠢材"无缝对接于他一身——一位诗人有可能成为背叛者吗？

结语部分将以"艺术旋涡""他山之石"和"政治旋涡"为顺序和逻辑，对全文展现的庞德其人、其诗、其思、其生活中的复杂性甚至矛盾性进行归纳式梳理。在庞德终其一生对"力"的不懈追寻中，我们可以看到一种跨越文学、艺术、经济、政治，东方、西方，历史、现实等多领域多层次、全面而彻底的现代性；而在他不同人生阶段、于不同领域对"力"的追寻却最终带来的不同结果中，20 世纪的世界格局在诸多方面的裂变是其中隐性的背景之一。

第一章　艺术旋涡：庞德与旋涡派／旋涡主义

　　至少包括庞德在内的旋涡主义者们坚信，他们身处的旋涡派视觉艺术团体是 20 世纪初唯一诞生于英国本土的独立先锋艺术流派，可与欧洲大陆的未来主义与立体主义相提并论。从视觉艺术团体"旋涡派"到庞德的"旋涡主义"思想，庞德本人的一句话点出了他与该流派在史实、思想和感情上难以割舍的渊源："事实是，出于充分的理由，[戈蒂耶（Henri Gaudier-Brzeska）] 一直选择称自己为'旋涡主义者'，就像路易斯（Wyndham Lewis）、我本人及威兹沃斯（Edward Wadsworth）选择的那样。这个名称中并不存在任何从属关系，单纯意味着我们在某些基本的艺术理念上意见一致。"[①] 第一次世界大战过后，尽管旋涡派，以及其中的部分核心艺术家随之逝去，但在庞德处，那些"基本的艺术理念"和反叛式的先锋姿态执着地保留了下来，其"力"蔓延至第二次世界大战期间，并持续伴随他一生。

---

① Ezra Pound, "Gaudier-Brzeska", in Ezra Pound, ed., *Gaudier-Brzeska, A Memoir*, London: John Lane, 1916, p. 5.

第一章 艺术旋涡：庞德与旋涡派/旋涡主义

第一节 旋涡派艺术团体发展史回顾

时间回转至20世纪初的欧洲。就此时的英国，特别是其首府伦敦而言，最终在艺术理念上分道扬镳的未来主义者领袖马里内蒂（Filippo Marinetti）和以路易斯为代表的旋涡主义者们都曾作出类似的论断：这是一个外在技术高度发达、人的思想及艺术理念却与之不相称的保守落后的国度。的确，英国是世界上第一个发生工业革命的国家，伦敦大都会地区地铁也是全球最早通车的地下干线。然而，最先对"首个机器时代"在视觉艺术领域作出积极回应的却是与不列颠群岛隔海相望的欧洲大陆。可供比较的是，在文学领域，以意象派为先声的现代主义诗歌所针对的，正是19世纪末维多利亚时代延伸至20世纪仍然存在的"以自然和自然风物为中心主题"、强调"抒发个人感情"的浪漫主义诗歌。① 这种对机器时代反应的延迟与视觉艺术领域中英国先锋派的缓慢如出一辙。庞德抵英前后，正是以法国立体主义和意大利未来主义为代表的先锋艺术流派发展起来并开始在英国制造影响的时间。此前一两年间，毕加索（Pablo Picasso）已经创作出法国立体主义的成熟之作《亚维农少女》（*Les Demoiselles d'Avignon*，1907）；而在1909年2月，马里内蒂在《费加罗报》（*Le Figaro*）发表了宣告意大利现代文学艺术流派诞生的《未来主义的创立和宣言》（*Manifeste du futurisme*）。1910年之后，现代艺术流派纷纷登陆伦敦，依靠一场场视觉艺术品展览来吸引公众注意和媒介评论，从而在英国立足并打开市场。

对于伦敦各种主义展览盛行的场面，庞德的艺术札记、相关通信

---

① 王佐良、周珏良主编：《英国二十世纪文学史》，外语教学与研究出版社1994年版，第255页。

伊兹拉·庞德：旋涡中的美国诗人及其"力"的追寻

与当时公开发表的视觉艺术评论也作出了记录。1910年11月至次年1月，当时英国颇有影响力的艺术批评家与鉴赏家弗莱（Roger Fry）在伦敦格拉夫顿（Grafton）画廊举办的"马奈和后印象主义者们"（Manet and the Post-Impressionists）的画展，其中既有"后印象主义画家"们的作品，也收入了一些年轻艺术家们的创作，其中包括后来分别进一步发展为立体主义和野兽派（Fauvism）代言人的毕加索和马蒂斯（Henri Matisse）的作品。这种格局使之成为20世纪初首个对伦敦视觉艺术界带来猛烈冲击的展出。当喧嚣经时间的考验沉淀之后，我们不得不感叹弗莱敏锐的艺术洞察力。他筹办的这场掀起了艺术和思想风暴的展览不仅促进了欧洲现代艺术在英国的传播，而且对于姗姗来迟的本土抽象艺术流派的发生也起到了至关重要的推动作用。之所以要对弗莱的超前意识进行充分肯定，是因为从当时的多数公众和主流媒体的反馈来看，这场"可怕的"展览带来了"狂怒"。大量的攻讦性评论和寥寥的或中立或支持性的回顾都无法回避这场将欧陆现代艺术引入英国的展览所带来的冲击效果。韦斯将弗莱同时期主持的几场展览置于20世纪初英国的复杂社会背景下进行观察，"1910—1914年，在很多人看来，劳工矛盾、国会法案、妇女参政论者们的呼声及艺术家们'对于人的神圣形体的粗暴对待'构成了一场颠覆传统秩序及礼仪的阴谋"，弗莱和未来主义者、旋涡主义者们一道，将人们如此的反应归因于以"艺术投资者和鉴赏者们"为首的、蔓延在英国的"文化势利"（Cultural Snobbism）；所幸对于先锋艺术理念的传播而言，"关于其无视道德与秩序的指控使得这场展览更加火爆"。[①]

从旋涡派的发生来看，1910年格拉夫顿画展的受众中有两位最值得注意。一位是正在积极而犹疑地酝酿英国本土现代艺术风格的路

---

① William C. Wees, *Vorticism and the English Avant-Garde*, Toronto: University of Toronto Press, 1972, pp. 20 – 27.

第一章 艺术旋涡：庞德与旋涡派/旋涡主义

易斯——尽管被称为"诗人—画家"，但至少在此时，他的功底与主业多在绘画；另一位即为庞德。前者对"这次至关重要的展览以真诚的钦佩之情来回应"。① 关于后者，1911年1月初就已经出现去发掘庞德与这些所谓"后印象主义"画家们的相通之处的相关评论，"结合伦敦刚刚举办的这场画展……不妨称他为'新印象主义'诗人。庞德先生和这些新印象主义画家们以及当时的印象主义者们别无二致，都积极面向误解甚至奚落……尽管这些诗歌总是突破传统形式、措辞稀奇古怪、句子结构或者缺音节或者太复杂、意义晦涩难懂，但我们还总能清楚地看到，诗人知道自己在做什么"②。虽然在名称上尚不固定——这也是现代艺术流派新近诞生时的常态，但这条评论颇有预见意味。终其一生，庞德的诗歌创作在"突破传统""措辞稀奇""晦涩难懂"方面大有愈演愈烈之势，与早期他本人及他欣赏的那种相对静态的意象派诗歌渐行渐远。同时，这条评论同样适用于描述旋涡派视觉艺术创作：形式上的稀奇，意义上的难懂，以及接受上的误解。以此反观，早在初抵欧洲之时，这位美国诗人似乎就在自己的诗歌创作与诗学理念的探索中，尽可能地与当时欧洲最先锋的艺术理念和创作方式无限趋近。用旋涡主义诗学的关键词来讲，至少在庞德的主观意识中，他仿佛从文化的荒原来到了充满"力"与"能量"的核心地带。

曾对旋涡派进行过专门研究的理查德·考克（Richard Cork）概括道："这场斗志昂扬的破坏偶像运动随着1914年夏天《爆炸》刊的诞生而爆发，相关的促成因素很多：从斯莱德（Slade）至奥米加（Omega）工场，从弗莱至马里内蒂，从英国文化的岛国庸俗主义至

---

① Richard Cork, *Vorticism and Abstract Art in the First Machine Age*, Berkeley: University of California Press, 1976, p. 8.
② Floyd Dell, "Friday Literary Review", *Chicago Evening Post*, 6 January 1911; See Richard Cork, *Vorticism and Abstract Art in the First Machine Age*, Berkeley: University of California Press, 1976, p. 23.

伊兹拉·庞德：旋涡中的美国诗人及其"力"的追寻

这个叛逆群体的多国特征。"① 这句话提纲挈领地点出了旋涡主义的内外影响因素、延宕的发生过程和随着《爆炸》的问世而引发的震荡效果。我们可以此为线索去回顾该视觉艺术团体的发展脉络。

"斯莱德"的全称是"伦敦大学学院斯莱德美术学院"（Slade School of Fine Art, University College London），至今仍为英国顶尖艺术教育机构。这是路易斯的母校，他1898—1901年就读于此。这所美院的神奇之处在于，尽管当时因过分"尊重过去"，由此产生"学术偏见"并被路易斯嘲讽②，却在1909—1913年培养出一批像他这样的"叛逆"学生。他们积极接受后印象主义、立体主义和未来主义的影响，有些甚至直接参与了旋涡派运动。面对来自欧陆的影响，斯莱德的毕业生们开始探索自己的艺术世界时，可以理解的是，包括路易斯在内，他们在风格取舍方面不约而同地出现了长时的犹疑。对于英国旋涡派运动来说，这种踌躇既是必要的酝酿，也是一种无奈的延迟。

路易斯在艺术思想上算是一位笃定的画家。他早在1905年致母亲的信中就明确表示，"我的思想正在形成一种明确的形式（shape），那就是'美的形式'（shapeliness），我希望这将是最好的"③。但路易斯从这种抽象而笃定的主观理念出发，最终形成成熟的旋涡主义绘画风格，却是将近十年之后的事情。他个人以及英国绘画界从传统到现代的风格变革都经历了一个相对漫长的过程之后才实现。路易斯在斯莱德美术学院学习期间曾凭借一幅技巧完善的作品《躬身的裸体男童》（*Nude Boy Bending Over*, 1900）赢得了奖学金。我们现在能看到的他最早突破这种传统笔法的作品是1909年前后的三幅带有明显立

---

① Richard Cork, *Vorticism and Abstract Art in the First Machine Age*, Berkeley: University of California Press, 1976, p. XXIII.

② Richard Cork, *Vorticism and Abstract Art in the First Machine Age*, Berkeley: University of California Press, 1976, p. 1.

③ Richard Cork, *Vorticism and Abstract Art in the First Machine Age*, Berkeley: University of California Press, 1976, p. 5.

第一章 艺术旋涡：庞德与旋涡派/旋涡主义

体主义画派印记的作品：《戏院经理》(*The Theatre Manager*)、《庆祝禁欲者》(*Celibrate*) 和《戴绿领带的建筑师》(*Architect with Green Ties*)。但其中也能看出路易斯对立体主义风格的吸收从一开始即抱有极大的保留和犹疑——这种反思甚至反叛精神也是后来旋涡派同未来主义分道扬镳，进而形成英国现代艺术风格的依据。

对于路易斯和那些在客观上促成旋涡派诞生的斯莱德校友们来说，这种风格取舍上的举棋不定随着未来主义艺术进军英国而更为明显。1912 年 3 月，"意大利未来主义画展"(Exhibition of Works by the Italian Futurist Painters) 在伦敦萨克维尔（Sackville）画廊拉开帷幕，和之前格拉夫顿的后印象主义画展命运相似，此次盛事被主流媒体斥为"噩梦"与"新恐怖"。而在未来主义的领袖马里内蒂看来，350 多篇媒体批评文章——多数是申斥——和 11000 法郎的作品销售额意味着这场展出以及未来主义进军英国的大获全胜。[①] 从路易斯等英国先锋艺术家对未来主义及马里内蒂个人魅力的初期接受来看，这种张扬的自信也并非毫无来由。早在 1910 年 4 月即《未来主义的创立和宣言》发表不久，马里内蒂即到访英法，并以充满个人魅力的演讲在两国掀起了波澜。作为未来主义诞生标志的那部纲领性宣言对机器时代的场景表示出极大的兴趣和赞扬，直言"我们要歌颂追求冒险的热情，劲头十足的横冲直撞的行为"，将"诗歌的本质因素"定义为"英勇、无畏、叛逆"，从而将"美"和"速度""斗争"甚至"战争"关联起来。需要注意的是，这种战斗性不仅体现在他们声称要与代表着传统的"博物馆、图书馆和科学院"开战，而且宣言中还明确表示出对"军国主义、爱国主义、无政府主义者的破坏行为"的赞美，从而为后来未来主义右翼对意大利法西斯政权的鼓吹埋下伏笔。[②] 回到

[①] Richard Cork, *Vorticism and Abstract Art in the First Machine Age*, Berkeley: University of California Press, 1976, p. 27.

[②] 引文出自［意］马里内蒂《未来主义的创立和宣言》，吴正仪译，载柳鸣九主编《未来主义 超现实主义 魔幻现实主义》，中国社会科学出版社 1987 年版，第 44—50 页。

伊兹拉·庞德：旋涡中的美国诗人及其"力"的追寻

1912年的伦敦，马里内蒂在"意大利未来主义画展"期间到访并发表演讲。此时的他已经表现出为未来主义开拓疆土的雄心和行动，以其控制媒体、学界和公众的高超技艺在接受英国媒体采访时高呼"伦敦本身是一个未来主义者之城！"并表示自己在伦敦地铁中"得到了我想得到的东西——不是欢愉，而是运动与速度的全新概念"。①

同年10月，弗莱又举办了"第二届后印象主义展览"（Second Post-Impressionist Exhibition），再次将法国立体主义向伦敦艺术界推广。面对两股来自欧洲大陆现代艺术狂风的席卷，以路易斯和他的斯莱德校友们为代表，这些潜在的英国先锋艺术开创者们在风格间的犹疑在此阶段仍在继续。从整体上来看，这群叛逆的斯莱德毕业生是具有"战斗精神"的一代，而这种"激进""自信"的精神随着马里内蒂及未来主义进入英国而被进一步强化。② 我们在其他同学此时期的作品中也能够看到路易斯的那种大胆尝试与小心取舍并存的画面。奈文森（Christopher Nevinson）从印象主义画风起步，对于"相对而言未受到后印象主义发展的影响"的他而言，将未来主义看重的工业社会机器元素引入画面的前景可谓大胆的尝试。而他的犹疑也在画面中以工业社会为前景和印象主义式风景为背景的并置中一览无余（*A View of Bradford*, 1911－1912; *The Railway Bridge*, *Charenton*, 1911－1912）。英国艺术评论家儒特（Frank Rutter）将奈文森称为"一位在被这个世界谴责的丑陋中看到美的画家"③。在同样从"温和的印象主义"起步的威兹沃斯处，他到访法国之后明显受到了野兽派画风，特别是马尔凯（Albert Marquet）的影响，其转型之作《勒阿弗尔海滩》（*Plage au Havre*, 1911）也明显对应着后者之《圣址》

---

① Richard Cork, *Vorticism and Abstract Art in the First Machine Age*, Berkeley: University of California Press, 1976, p. 28.
② Richard Cork, *Vorticism and Abstract Art in the First Machine Age*, Berkeley: University of California Press, 1976, p. 56.
③ Richard Cork, *Vorticism and Abstract Art in the First Machine Age*, Berkeley: University of California Press, 1976, p. 58.

第一章　艺术旋涡：庞德与旋涡派/旋涡主义

(*Saite-Adresse*，1906)——也取材于法国勒阿弗尔。鲍姆伯格(David Bomberg)和罗伯茨(William Roberts)的作品均体现出立体主义的影响。前者在1912年的两幅作品(*The Recurrection*；*David Choosing the Three Days' Pestilence*)中均使用相对简化的线条和几何图形来表现人物形象——虽然并不彻底，但是已经略去一些细部刻画。后者则以《以西结的异象》(*Vision of Ezekiel*，1912)一画为标志，在追求"英国式的抽象"中迈出了实质性的一步。这幅画将立体主义式的几何形状与或来自未来主义的动感结合起来，而且，多张保留至今的草稿图也呈现出英国先锋派和未来主义乃至后来的超现实主义推崇的"自动绘画"极为不同的"长时期的深思熟虑"。[1] 而罗伯茨进而影响到鲍姆伯格的画风，使得后者在1913年后的作品越来越接近旋涡主义风格。

　　由此，1913年前，以路易斯、奈文森、威兹沃斯、鲍姆伯格和罗伯茨为代表的英国先锋画家们在各自的实践中接受来自欧洲大陆的影响却不刻意模仿僵化，逐渐向一种英国本土的现代艺术推进，却同时暴露出旋涡派从酝酿、发生直至消亡时都未能完全避免的一个困境：如何能够建立起一个长久而有利(rewarding)的基础，齐心协力地促进个人力量的整合？[2] 起初，以弗莱为首的奥米加工场(Omega Workshop)为这一整合提供了希望和契机。在路易斯看来，弗莱是当时唯一"对他的最新作品表示热情的赞扬"[3] 并愿意为现代艺术投资的有影响力的人物，他的慷慨行为显然让路易斯暂时忽略了自己被冠以"后印象主义者"之名的事实，以及这一归类背后体现出二人在艺术理念上的分歧。对于英国先锋艺术家们来说，弗莱并不彻底的

---

[1] Richard Cork, *Vorticism and Abstract Art in the First Machine Age*, Berkeley: University of California Press, 1976, p. 67.

[2] Richard Cork, *Vorticism and Abstract Art in the First Machine Age*, Berkeley: University of California Press, 1976, p. 85.

[3] Richard Cork, *Vorticism and Abstract Art in the First Machine Age*, Berkeley: University of California Press, 1976, p. 86.

伊兹拉·庞德：旋涡中的美国诗人及其"力"的追寻

"非再现"（non-representational）艺术理念使得他们有机会探索纯粹设计和绝对抽象的艺术形式，客观上接近了后来的旋涡主义风格；但弗莱对机器元素和机器本身的排斥以及奥米加工场大量"无个性"的集体式产品的出现也让他们感到失望。1913 年 8 月，在工场宣言发布仅仅 4 个月后，弗莱在"第二届后印象主义展览"的收益分配方面与路易斯及此时和后者形成同盟的先锋艺术家们发生纷争。这不过是分裂的导火索。从根本上来看，弗莱和路易斯在个人性格和旨趣上都有根本分歧：前者虽然是英国现代艺术发展的重要助推力量，但较后者及其身后的群体而言还是更为保守、传统，无法接受将纯粹的抽象作为艺术实践的理想——"他的年龄，剑桥教育背景，博物馆馆长、编辑、艺术批评家及鉴赏家的经历一方面使人们重视并尊敬他那些前沿而往往小众的观点，一方面也在他与很多年轻些的先锋艺术家间设下了鸿沟。这些年轻的先锋艺术家对于他的剑桥背景、布鲁姆斯伯里（Bloomsbury）渊源及贵格会式（Quakerish）的恩惠并不信任"[1]，在此或可补充的是他在商言商的立场；路易斯和他的盟友们则更为激进甚至极端，这一点在他们与马里内蒂会面后更加明显——他们的第一身份是艺术家，而不是普通受众或者商人。这些英国先锋艺术家们逐渐感到，"需要一位英国的马里内蒂来确定他们的团体身份"，同时，根据罗伯茨的回忆，"意大利未来主义者马里内蒂的宣言为路易斯带来的影响，使后者意识到对于他来说一份属于自己的宣言是多么重要"[2]。

从时间上来看，《爆炸》的创刊已近在咫尺。但事实上，该流派团体及宣言的问世仍经历了一系列过程。1913 年 10 月，那位曾对奈文森画作中的混杂风格作出中肯评论的儒特举办了"后印象主义和

---

[1] William C. Wees, *Vorticism and the English Avant-Garde*, Toronto: University of Toronto Press, 1972, p. 62.

[2] Richard Cork, *Vorticism and Abstract Art in the First Machine Age*, Berkeley: University of California Press, 1976, p. 98.

第一章 艺术旋涡：庞德与旋涡派/旋涡主义

未来主义展览"（Post-Impressionist and Futurist Exhibition），并写道："我们在路易斯先生、威兹沃斯先生、奈文森先生等人的作品中可以看到，立体主义与未来主义已然在英国艺术家间掀起波澜。"这次展览包含了很多被纳入旋涡派的艺术家的作品。尽管他们在立体主义、未来主义以及野兽派风格间的犹疑取舍仍在继续，但无论如何还是在客观上共处一室。美国雕塑家艾普斯坦（Jacob Epstein）的雕塑作品也被展出，体现出一系列庞德在旋涡主义理论及视觉艺术创作中看重的元素和精神：原始文化、"带有攻击性的矜持"以及对肤浅公众的激怒和无视。艾普斯坦和随即冉冉升起的戈蒂耶通过各自的雕塑为旋涡派艺术的发展和飞跃带来了灵感。庞德对他们大加赞赏，而且在正面评价路易斯的画作时采取的方式是将之与雕塑作比，"路易斯的画具备雕塑的特质"①。

12月，路易斯发起了"立体主义工坊"（The Cubist Room），次年春天，又成立了"反叛艺术中心"（The Rebel Art Center）。伦敦先锋艺术家们对未来主义、立体主义等外来风格的整合已是大势所趋。"反叛艺术中心"似旋涡派艺术的直接先导，旋涡派的雕塑艺术主力戈蒂耶正是在此期间频频出现在公众视线中。路易斯的画作《战争计划》（Plan of War, 1914）也诞生于这一阶段。这幅画一方面"初步整合了立体主义和未来主义这两方面外来刺激"，"可以被视作旋涡主义美学的首次大规模呈现"，另一方面如儒特所言，"艺术家的敏感精神使他在1914年早早嗅到了'冥冥中的战争'，并将一系列类似的怪谲设计冠以军事教科书上的名称"。② 这种不安是路易斯长久以来都难以摆脱的情绪。

伦敦先锋艺术群体的日益扩大为路易斯个人带来的既有同盟感，

---

① Richard Cork, *Vorticism and Abstract Art in the First Machine Age*, Berkeley: University of California Press, 1976, pp. 102–131.
② Richard Cork, *Vorticism and Abstract Art in the First Machine Age*, Berkeley: University of California Press, 1976, p. 164.

也有不安。随着艾普斯坦、戈蒂耶及其他斯莱德校友们的成就和地位日渐上升,至少在路易斯内心中,自己作为这个群体中心的位置受到威胁。这种刺激在戈蒂耶和鲍姆伯格的个人作品展举行之后再度加强。路易斯在主观意愿上希望获得与马里内蒂在未来主义中分量相当的位置,但他艺术风格的晚熟,个人性格中的多疑以及客观上难以获得充足艺术资助的现实,都使旋涡派及他个人的领导地位迟迟未来。

1913年11月至次年6月间,马里内蒂在伦敦发表十余次演讲,不仅继续以他"能量巨大的姿态"震惊了"忧郁的盎格鲁-撒克逊人",而且还将奈文森——这位之前一直与路易斯等人在团体身份模糊的"伦敦群体"(The London Group)中身处统一战线的先锋艺术家——完完全全地收至麾下,"在这些盎格鲁-撒克逊人中,奈文森……不仅对这位意大利宣传家的鼓吹洗耳恭听,还愿意为之效劳"[①]。其间,路易斯、奈文森、威兹沃斯等伦敦艺术家曾与马里内蒂共同用餐,这位未来主义的领袖也在席上对奈文森青眼有加,这"在一定程度上必然惹恼了路易斯,在他萌生的雄心中,自己才是英国先锋运动的领导者"[②]。这种情况在1914年夏愈演愈烈,最终发展成在路易斯看来,奈文森和马里内蒂是英国本土先锋艺术发展和独立最大的敌人。路易斯和马里内蒂有过激烈的争吵,面对后者"你为什么不自称为一位未来主义者?"的质问,前者明确表示,机器、燃烧、速度这些令未来主义者心醉神迷的工业元素对于伦敦来说不再新鲜,并援引波德莱尔(Charles Pierre Baudelaire)《恶之花》(*Les Fleurs du mal*)中的"我不喜欢打乱了线条的运动"[③]诗行来表明自己及蓄势待发的旋涡派运动与未来主义的分歧:旋涡派的激进并不妨碍他们在态度上不排

---

① Richard Cork, *Vorticism and Abstract Art in the First Machine Age*, Berkeley: University of California Press, 1976, p. 224.
② Richard Cork, *Vorticism and Abstract Art in the First Machine Age*, Berkeley: University of California Press, 1976, p. 100.
③ [法]夏尔·波德莱尔:《美》,《恶之花》,郭宏安译,上海译文出版社2008年版,第45—46页。

第一章　艺术旋涡：庞德与旋涡派/旋涡主义

斥传统甚至远古的过去，这是"后退一步，以冷静和攻击并存的激情去审视 20 世纪"的另一种先锋姿态。① 就在此时，马里内蒂和奈文森共同执笔的《活跃的英国艺术·未来主义者宣言》（"Vital English Art. Futurist Manifesto"）于 6 月 7 日公开发表，将未来主义艺术立为拯救英国的疗方，而且在未经当事者同意的情况下，将鲍姆伯格、艾普斯坦、罗伯茨、威兹沃斯以及路易斯等大部分来自"反叛艺术中心"的艺术家称为"伟大的未来主义画家或先锋"。② 这再次触到了路易斯等共同持续犹疑的英国先锋艺术家们从奥米加工场、立体主义工坊、反叛艺术中心甚至更早就存在的长久痛处：没有统一的名称，缺乏强大的凝聚力。

"在具有政治时机鹰眼的路易斯看来"，此时"马里内蒂的错误"为英国先锋艺术"击退意大利人的进攻……提供了天赐良机"。③ 尽管如此，时至 4 月的《自我主义者》（*The Egoist*）上刊载他们为《爆炸》创刊所作的广告时，"旋涡"之名仍未出现，只是主义累加地表示要探讨"立体主义、未来主义、意象主义和所有现代艺术的关键形式"④。从主观思想上来看，长久以来的寻觅甚至绕弯使他们的立场日益明确，对于自己及英国先锋艺术的诉求也逐渐清楚，只是在客观创作和互动往来中始终难以与浸润其中的各种主义划清界限从而获得身份上的独立。庞德在写给乔伊斯（James Joyce）的信中也是以上述主义累加的方式来描述这个新生群体，"路易斯正在发起一本新未

---

① Richard Cork, *Vorticism and Abstract Art in the First Machine Age*, Berkeley: University of California Press, 1976, p. 227.
② Richard Cork, *Vorticism and Abstract Art in the First Machine Age*, Berkeley: University of California Press, 1976, pp. 229 – 230.
③ Richard Cork, *Vorticism and Abstract Art in the First Machine Age*, Berkeley: University of California Press, 1976, pp. 214 – 238.
④ 见该宣言书影 Richard Cork, *Vorticism and Abstract Art in the First Machine Age*, Berkeley: University of California Press, 1976, p. 234。

伊兹拉·庞德：旋涡中的美国诗人及其"力"的追寻

来主义、立体主义、意象主义季刊"①。马里内蒂的英国版"未来主义宣言"发表短短 6 天之后，路易斯即在《观察者》（*Observer*）上宣布"《爆炸》将包括一份'旋涡主义者'宣言"，该身份名称的瞬间确立可见这份宣言为他们带来的刺激之大。"旋涡""旋涡主义者"之名早在庞德的写作和路易斯的绘画中就曾出现过。② 庞德以诗人的灵感为这个流派的命名提供了依据，也为我们考察他的一生所系提供了核心。

终于在 6 月底，《爆炸》创刊号问世。封面采取旋涡主义绘画钟爱的对角线式构图，红粉底色衬托着黑色粗体大写字母"BLAST"从左上向右下贯穿。和同时期那些"小一些、薄一些、更优雅一些的先锋刊物"相比，如此选色和构图使得"《爆炸》显得格外无礼——如果并非不得体或是品位差的话"。③ 比封面设计更鲜明而直接地表达旋涡派观点、立场的是刊首由路易斯执笔的 40 几页的流派宣言，一向以冷静的批评态度示人的庞德在刊末《旋涡》一文中的风格也少见地热烈起来。长久以来的延宕仿佛在此畅快释放。路易斯以战斗式的语言和内容，鲜明地传达出我们在庞德相对冷静的旋涡主义思想文章中也能读到的流派姿态。类似"雇佣兵"（mercenary）、"游击队"（guerilla）和各种时态的"战斗"（fight）连接的主谓搭配时时出现，如考克的概括所言，"这种语调带有无情的攻击性，将新生的旋涡主义者打造成一支战斗队伍，他们为实现目标而永不止步"④。同时，路易斯在这份宣言中比庞德的旋涡主义文论谈得更多的一部分

---

① See Richard Cork, *Vorticism and Abstract Art in the First Machine Age*, Berkeley: University of California Press, 1976, p. 231.
② Richard Cork, *Vorticism and Abstract Art in the First Machine Age*, Berkeley: University of California Press, 1976, p. 235.
③ William C. Wees, *Vorticism and the English Avant-Garde*, Toronto: University of Toronto Press, 1972, p. 165.
④ Richard Cork, *Vorticism and Abstract Art in the First Machine Age*, Berkeley: University of California Press, 1976, p. 244.

第一章 艺术旋涡：庞德与旋涡派/旋涡主义

对象是伦敦，他充分张扬了对这个大都会爱之深、责之切的感情。他相信伦敦的潜力，因为事实已经表明，"在衣着、举止、机器发明以及生活诸方面，伦敦为欧洲带来的影响和巴黎为艺术带来的影响相当"，因此，"如果存在一种意识可以在现实生活中表达那些新生的潜能，那么英国人要比任何欧洲人都有具备这种意识的资格"。此时，敌对的双方已悄然从"未来主义者"和"旋涡主义者"转移至带有国家身份属性意义的"意大利人"和"英国人"。因此，英国人自然要比那些"如孩童般奉20世纪的发明为神明"的意大利人"对于新文明的动力持有更为冷静和客观"的态度。由此，英国人"将以理性的旋涡主义之力替代感性的未来主义之松弛"。路易斯还提及了旋涡主义著名的美学倾向：赤裸和坚硬。① 而庞德无论是在个人的意象主义、旋涡主义理论还是相关创作中也追求一种清晰而硬朗的风格。

总体来看，"（路易斯）摒弃了未来主义对机器无条件的爱，以及立体主义旧画廊式对肖像和静止生活主题的偏爱，他致力于在这两者之间取得漂亮的平衡，吸收双方所长的同时对各自的弱点弃如敝屣"（考克语）②。《爆炸》创刊号是旋涡主义诞生，或者说独立的标志，也是该流派的顶峰状态。这也成为昙花一现的旋涡派艺术团体接受批评与考量的主要依据。然而，如韦斯指出的那样，"无论对支持的还是敌对的批评一方，他们面对的共同问题是如何去处理《爆炸》刊中那些看起来杂乱的主张及矛盾的意义风格标准"，更何况，"对于多数批评评论者而言，敌意、误读、误解似乎成为他们唯一能够给出的反馈"，"未来主义……现在成为他们评估《爆炸》的标准"。③

---

① Richard Cork, *Vorticism and Abstract Art in the First Machine Age*, Berkeley: University of California Press, 1976, p. 246.
② Richard Cork, *Vorticism and Abstract Art in the First Machine Age*, Berkeley: University of California Press, 1976, p. 246.
③ William C. Wees, *Vorticism and the English Avant-Garde*, Toronto: University of Toronto Press, 1972, p. 193.

伊兹拉·庞德：旋涡中的美国诗人及其"力"的追寻

考虑到旋涡派艺术延宕、始终伴随着身份焦虑而最终试图有一蹴而就之势的发展过程，《爆炸》刊作为他们的起步阵地，如此模糊与混乱尚可理解。如达森布若克（Reed Way Dasenbrock）的概括，对于包括旋涡派在内的诸多20世纪艺术团体而言，"其理论往往比其实践更加有趣、更具原创性与洞察力"。[1] 换言之，先锋派艺术至少在发展初期，往往存在理念与实践上的不对等，也是常态。假以时日，或可在进一步的艺术实践和理论思考上改观，与英国旋涡派对应的欧陆两大主义的发展过程即为明证。然而，历史并未给旋涡派如此机会。就在《爆炸》创刊号问世一个月后，第一次世界大战爆发，公众的注意力迅速转移。尽管有一年之后的旋涡主义者展览和《爆炸》第2期"战争号"问世，但大势已去，"随着反叛艺术中心的瓦解，马里内蒂和未来主义者们的撤离，《爆炸》刊的资金危机，以及路易斯从群体运动向个人事业的兴趣转移，旋涡派运动的诸多动力及凝聚力不再。而战争为之敲响了丧钟：戈蒂耶在1915年战死沙场，休谟在1917年牺牲前线，路易斯、威兹沃斯、福特、奈文森等人入伍；艺术市场一片死水，旋涡派从中生发的那种战前情绪和先锋精神灰飞烟灭"。韦斯在描述旋涡派如此余绪后还有一句话，"只有伊兹拉·庞德继续让旋涡主义活下去"[2]。在英文表述中，Vorticism 有作为视觉艺术团体的"旋涡派"与思想上的"旋涡主义"两方面的意指。而结合史实，不从事任何视觉艺术创作的庞德所能保留的，唯"旋涡主义"及其精神矣。因艺术家们如此风格创作的中止，经他手整理、售卖、传播的旋涡派作品更多带有遗产的意味了。这也是"旋涡派"作为一个视觉艺术团体和庞德秉持的"旋涡主义"思想及精神之别。毕竟从始至终，庞德通过自己的诗与思向人们直接传达的，就是他认

---

[1] Reed Way Dasenbrock, *The Literary Vorticism of Ezra Pound & Wyndham Lewis: Towards the Condition of Painting*, Baltimore: Johns Hopkins University Press, 1985, p. 28.

[2] William C. Wees, *Vorticism and the English Avant-Garde*, Toronto: University of Toronto Press, 1972, p. 206.

第一章 艺术旋涡：庞德与旋涡派/旋涡主义

为的那些在旋涡派视觉艺术实践中可与文学相通，进而能够实现多种艺术门类触类旁通的"基本的艺术理念"。

第二节 庞德旋涡主义思想的生发

> 该意象并非某一种理念，它是一个发光的节点或簇团。这是我可以，也必须称其为一个"旋涡"的东西，它是思想得以持续奔涌的源泉、途径和归宿。
>
> 旋涡是那个具有最大"力"的点。
>
> ——庞德（1914）①

要想理解上述"基本的艺术理念"，及旋涡主义和伦敦岁月何以成为庞德思想后来发展的那个"具有最大力的点"，我们应该首先去理解庞德心中的这个"力"（energy）。这是伴随他一生的旋涡主义思想的关键词，也是他视旋涡派艺术创作为时代先锋的核心评判标准。庞德的《旋涡》（"Vortex"，1914）、两篇《旋涡主义》（"Vorticism"，1914，1915）及《旋涡主义之死》（"The Death of Vorticism"，1919）这4篇发表于伦敦期间、集中体现他旋涡主义思想的文章为我们提供了重要依据。这也是他为旋涡派提供理论支持、吸引公众注

---

① 第一段原段落全文为："The image is not an idea. It is a radiant node or cluster; it is what I can, and must perforce, call a VORTEX, from which, and through which, and into which, ideas are constantly rushing. In decency one can only call it a VORTEX. And from this necessity came the name 'vorticism.' *Nomina sunt consequentia rerum*, and never was that statement of Aquinas more true than in the case of the vorticist movement. It is as true for the painting and the sculpture as it is for the poetry." 原载于 Ezra Pound, "Vorticism", *Fortnightly Review*, September 1, 1914, pp. 461–471; 见 Harriet Zinnes, ed., *Ezra Pound and the Visual Arts*, New York: New Directions, 1980, p. 207. 第二段原文为："The Vortex is the point of maximum energy." Ezra Pound, "VORTEX", in Wyndham Lewis, ed., *Blast*, No.1, London: John Lane, The Bodley Head, 1914, p. 153。

伊兹拉·庞德：旋涡中的美国诗人及其"力"的追寻

意力和社会资源的重要凭借，其中也承载了他对旋涡派整体及个人的真挚感情。载于《爆炸》创刊号的《旋涡》一文发表时间最早，而且一反庞德文艺批评秉持的冷静态度，充满英国先锋艺术、旋涡派式的激进与热情。这篇位于刊物相对末尾位置的文字仿佛在与位于刊首的 40 多页、由路易斯执笔的流派宣言在形式与风格上保持呼应。后 3 篇文章的语调则更为从容。无论文风如何，庞德对旋涡主义的信仰都跃然纸上。

通过"力"这一关键词，庞德再三表达出自己心中理想的艺术家、艺术品及其接受环境。他的反复强调使得几篇文章在部分内容上甚至出现了重合之处。后来在《戈蒂耶-布尔泽斯卡：回忆录》中，庞德将 1914 年的那篇《旋涡主义》全文收入。回到《旋涡》一文，诗人开宗明义地通过"力"为旋涡作出定义后，随即转行解释道，"它代表着力学意义上最高的效率（greatest efficiency）"；似担心言不尽意一般，又另起一段补充说，"我们在最精确的意义上去运用'最高的效率'这一短语，和力学教科书上运用它时的语境相同"。① 这里出现了庞德在运用"力"这一关键词时常常会提及的另一艺术评判标准"精确"（precise/precision）。1915 年的《意象主义诗人》序言中依然保留了"写出硬朗、清晰的诗"② 的创作原则，这同时证明庞德的旋涡主义思想与早年诗学理念，特别是意象主义之不可分离的关系。在《旋涡》中，他随即以此为标准去说明自己心中理想的艺术家特质，从而以直观的实例帮助读者去理解，或者说去感知他追寻的"力"的含义。1914 年的《旋涡主义》中以几乎相同的文句重复了他在《旋涡》中对"两种人"进行的对比：艺术家面对巨大的时代变革时，一种人如时势的"玩物"一般，只是被动地去观察、接

---

① Ezra Pound, "VORTEX", in Wyndham Lewis, ed., *Blast*, No. 1, London: John Lane, The Bodley Head, 1914, p. 153.
② [美] 庞德：《〈意象主义诗人（1915）〉序》，载 [英] 彼德·琼斯编《意象派诗选》，裘小龙译，漓江出版社 1986 年版，第 159 页。

第一章 艺术旋涡：庞德与旋涡派/旋涡主义

收；另一种人则以己之力（force）勇敢地与时势抗衡，从而孕育出引领方向的新生力量。① 在这个过程中，以英国旋涡派为代表的、本身就具有"力"的艺术家成为艺术前进的源泉动力，即时代的"力"。

在此基础上，我们可以继续去尝试感知庞德多次提及的"原始颜料"（primary pigment）——这是《旋涡》中一个小章节的标题，更是庞德的旋涡主义思想中，诸艺术门类得以实现相通的必要条件。在此，"理想的人"已经具体化为"旋涡主义者"（vorticist），而"原始颜料"是这些人的"唯一凭借"。旋涡派以视觉艺术为主业，庞德对"颜料"这一词语的采用自然是受其直接启发。但我们在这篇宣言色彩浓厚的文字以及其他3篇文章中都会发现，使用"原始颜料"者并不囿于画家或者雕塑家，以此为源泉从而进行创造者所处的艺术门类可以是音乐、舞蹈甚至文学。"原始颜料"在每一种艺术门类中都具体化为具有"力"、能够为创作者提供动力的"原始形式"——"每一个概念、每一种情感都以某种原始形式向生动的意识呈现自我"。这一句话在后文另一章节中居于一个所有单词字母均大写的段落的首句，该段这样继续解释不同艺术门类中的"原始形式"："这种概念或情感从属于某种属于它的特定形式。如同声音之于音乐，有形式的语词之于文学，意象之于诗歌，形式之于设计，空间中的色彩之于绘画，形式或三维设计之于雕塑，动作之于舞蹈或节奏、音乐、韵律。"②

于是我们看到，庞德从对旋涡主义的思考中生发的"原始形式"并不局限于视觉艺术。"原始颜料"也并非绘画的专属。每一种艺术门类，包括文学的从业者都可以具有这种"力"去运用"原始颜

---

① Ezra Pound, "VORTEX", in Wyndham Lewis, ed., *Blast*, No. 1, London: John Lane, The Bodley Head, 1914, p. 153; Ezra Pound, "Vorticism", See Harriet Zinnes, ed., *Ezra Pound and the Visual Arts*, New York: New Directions, 1980, pp. 205–206.

② Ezra Pound, "VORTEX", in Wyndham Lewis, ed., *Blast*, No. 1, London: John Lane, The Bodley Head, 1914, pp. 153–154.

伊兹拉·庞德：旋涡中的美国诗人及其"力"的追寻

料"，从而成为类似旋涡主义者之为时代的"力"的一类人。这里既包含庞德认为艺术门类彼此相通的观点，也表明至少在他这里，"旋涡"之所指可以在英国先锋视觉艺术的基础上囊括更多。能够成为"旋涡主义者"的不仅是画家、雕塑家，还有诗人，例如庞德自己。他认为，"旋涡主义是在全部艺术中对于原始颜料的径直运用，或至少相信这种运用的切实有效"①，"意象是诗人的颜料；如果你能铭记这一点，那么你就能够继续前行，运用康定斯基（Kandinsky）的方法，将他由形式和色彩构成的语言成就的篇章转换（transpose）应用至诗文的写作中"②。后一句是1914年的《旋涡主义》中的文句。庞德在该文中以大量的篇幅去谈论和"意象"及"意象派"相关的思想及创作，作为诗人之"原始颜料"的"意象"在庞德对之的进一步描述中被冠以"旋涡"之名，"这是思想得以持续奔涌的源泉、途径和归宿"③。三个月之前，《旋涡》中重申了"意象"的那个经典定义——"在一刹那时间里呈现理智和情感的复合物的东西"。这一定义是"系谱"（ANCESTRY）小标题下内容的一部分，仿佛在庞德看来，在文学这一具体门类之下，意象主义成为包容力更强的旋涡主义发展的一个先导阶段。对于他个人而言，庞德自己也将意象主义描述为"我发展转向中的一个点"，并表示，自己在此基础之上"继续前行"。④

---

① 原载于 Ezra Pound, "AFFIRMATIONS: *Vorticism*", *The New Age*, January 14, 1915, pp. 277-278; 见 Harriet Zinnes, ed., *Ezra Pound and the Visual Arts*, New York: New Directions, 1980, p. 6。

② 原载于 Ezra Pound, "Vorticism", *Fortnightly Review*, September 1, 1914, pp. 461-471; 见 Harriet Zinnes, ed., *Ezra Pound and the Visual Arts*, New York: New Directions, 1980, p. 203。

③ 原载于 Ezra Pound, "Vorticism", *Fortnightly Review*, September 1, 1914, pp. 461-471; 见 Harriet Zinnes, ed., *Ezra Pound and the Visual Arts*, New York: New Directions, 1980, p. 207。

④ William C. Wees, "Ezra Pound as a Vorticist", *Wisconsin Studies in Contemporary Literature*, Vol. 6, No. 1, 1965, p. 57.

第一章 艺术旋涡：庞德与旋涡派/旋涡主义

从视觉艺术批评角度，庞德以是否具有、能否表现并释放"力"作为优劣评判标准，从而热情地赞美和宣传旋涡派艺术家及其作品。他以此为旋涡派提供有力的理论支持、为该流派整体及其中个体艺术家在第一次世界大战中的早逝致以深沉惋惜的同时，也至少在理论上为旋涡主义自我身份的确立助了一臂之力。从上述旋涡派发展史回顾中可以看出，面对以法国立体主义和意大利未来主义为首的来自欧洲大陆的各种主义的影响，旋涡主义视觉艺术在缓慢的酝酿发展过程中对它们的态度始终是接受和拒绝并存的矛盾结合体。《爆炸》刊的横空出世本身就是对未来主义试图将英国先锋艺术纳入自家海外版图的直接对抗。当旋涡主义试图以一个具有国家身份属性的独立艺术群体在欧洲立足时，他们即对在思想和实践上都为自己带来深刻影响的未来主义及马里内蒂发起了远比其他需要去"诅咒""爆炸"的团体和个人更为直白和猛烈的攻击。[①] 庞德也以带有鲜明路易斯风格的战斗式语言攻讦道，"未来主义是旋涡的呕吐喷射之物，它的背后没有任何动力，全然四散……印象主义及作为加速的印象主义的未来主义拒绝旋涡。它们是旋涡的尸体，流行观念、运动等都是旋涡的尸体。马里内蒂就是一具死尸"[②]，并特别声明，"我们不是未来主义者"[③]。

平心而论，直至旋涡派宣告消亡之时，旋涡主义者们在思想和实践上究竟在多大程度上脱离了未来主义的影响，仍然是一个问题。例如，那位在很长一段时间内和路易斯身处统一战线、促成旋涡派运动发生的奈文森后来成为未来主义在英国的代言人，并不拒绝马里内蒂热情地称自己为"未来主义者"。再如，在庞德离开伦敦之后，旋涡

---

① Wyndham Lewis, "MANIFESTO", in Wyndham Lewis, ed., *Blast*, No.1, London: John Lane, The Bodley Head, 1914, pp.1-29.

② Ezra Pound, "VORTEX", in Wyndham Lewis, ed., *Blast*, No.1, London: John Lane, The Bodley Head, 1914, p.154。

③ 原载于 Ezra Pound, "Vorticism", *Fortnightly Review*, September 1, 1914, pp.461-471；见 Harriet Zinnes, ed., *Ezra Pound and the Visual Arts*, New York: New Directions, 1980, p.206。

伊兹拉·庞德：旋涡中的美国诗人及其"力"的追寻

主义的"力"仍然持续释放之时，未来主义中启发了法西斯主义思想的那一部分显然也给诗人带来了一定影响。类似的事实即为明证。直到21世纪，安提雷夫（Mark Antliff）和科雷恩（Scott W. Klein）在合作主编的《旋涡主义：新视角》（Vorticism: New Perspectives, 2013）一书中也提及一个长久以来的迷思：就艺术本身而论，诸主客观原因使得旋涡派在艺术史上往往被认为是法国立体主义或意大利未来主义美学的模仿甚至附庸。①

"力"是庞德旋涡主义思想的核心，也是他为这个流派作出的核心理论贡献。而从他的诗歌创作来看，我们很难界定他个人在意象派之后的作品哪些是旋涡主义式的，更不好明确的是哪些不是。相比之下，去辨别这一流派的视觉艺术作品相对容易些，譬如看到那种以路易斯的绘画、戈蒂耶和艾普斯坦的雕塑为代表的旋涡主义风格："以几何式的抽象风格为核心"，"硬朗地表现出当代艺术家精神中的铁与石"，"关注线条、色彩、平面和团块的抽象关系，搁置一切关于艺术'主题'或'意义'的多余思量"② 以及对原始元素的运用，对机器时代的回应和反思，等等。就直接"表现"出旋涡主义风格而言，恐怕能够达到旋涡主义绘画、雕塑观感效果的庞德诗作只有发表于《爆炸》第二卷——也是最后一期——的那首《关于国际象棋本身及玩法的实用描述》（"Dogmatic Statement on the Game and Play of Chess"）；无论是它主标题之下的括注内容"系列画主题"还是其内容本身，都让我们明显感受到它是在对上述绘画风格进行配合。我们虽然读的是诗，但眼前仿佛出现了路易斯的画布和戈蒂耶的理石。

而庞德的其他诗歌，包括发表在《爆炸》上的那些作品更多表现出来的，与其说是那种旋涡派绘画呈现得更为直观的风格与元素，

---

① Mark Antliff and Scott W. Klein, eds., *Vorticism: New Perspectives*, New York: Oxford University Press, 2013, p. 2.
② William C. Wees, "Ezra Pound as a Vorticist", *Wisconsin Studies in Contemporary Literature*, Vol. 6, No. 1, 1965, p. 60.

第一章 艺术旋涡：庞德与旋涡派/旋涡主义

不如说是一种旋涡主义从酝酿到发生始终秉持的态度和立场：由反思以至反叛而生的战斗精神和敌视态度。庞德1913—1914年的作品中"开始打破意象那冷漠、端庄的宁静……发展出一种更加暴力的新表达模式"[①]。继合称为"时代"（"Comtemporania"）组诗的对时代公众的艺术品位表示愤恨的三首作品之后，他在《爆炸》创刊号上发表《第三次致意》（"Salutation the Third"），对"'这个时代'的自以为是"、那些"限制言论自由的评论者"和他们"排斥新生事物"的种种遏制先锋艺术发展的行径表示"讥笑""嘲弄"和"讽刺"，其中不乏极具侮辱意味的字眼。[②] 对于旋涡派视觉艺术作品及他个人同时期诗作中的这种立场态度，庞德在1914年2月发表的批评文章《新雕塑》（"The New Sculpture"）一文中也明确表态："艺术家……与世界之间的战争永不停息"，"他的理智告诉他人性之不可容忍的愚蠢，他必须尽一切努力与之抗衡"，"他必须凭借才能和暴力生存"。庞德以旋涡派雕塑艺术家艾普斯坦的作品为例，指出"毫无疑问的是，艾普斯坦先生带来了一种新式的美。艺术是用来致敬（admired），而不是解释的"。[③] 这种拒绝解释本身也是一种充满敌意的对抗。

在行动上，庞德也为旋涡主义的发展作出了不可磨灭的贡献。他发表大量视觉艺术批评文章，积极宣传旋涡主义之"力"的诗学，高度评价各位英国先锋派视觉艺术家们——被他以单篇文章直接称颂过的就有路易斯、威兹沃斯、艾普斯坦和戈蒂耶等人，并利用自己的影响力让旋涡派在他的伦敦岁月期间始终处于公众的视线

[①] William C. Wees, "Ezra Pound as a Vorticist", *Wisconsin Studies in Contemporary Literature*, Vol. 6, No. 1, 1965, p. 57.

[②] Ezra Pound, "Salutation the Third", in Wyndham Lewis, ed., *Blast*, No. 1, London: John Lane, The Bodley Head, 1914, p. 45.

[③] 原载于 Ezra Pound, "The New Sculpture", *The Egoist*, February 16, 1914, pp. 67–68；见 Harriet Zinnes, ed., *Ezra Pound and the Visual Arts*, New York: New Directions, 1980, pp. 180–181。

伊兹拉·庞德：旋涡中的美国诗人及其"力"的追寻

中，从而扩大了旋涡派在伦敦、英国甚至欧美艺术界的影响。即使随着第一次世界大战打响，旋涡主义在艺术领域与世界为敌的态度仿佛在政治军事现实中成真，从而自身也被无情摧毁之时，庞德仍继续发表文章、与欧美艺术收藏家们通信，守护着旋涡派艺术家们的作品和信念。例如，"庞德向约翰·奎因出售了几件路易斯和戈蒂耶的作品，而后者对旋涡主义者的兴趣要全部归功于前者的努力"。在他的奔走下，"1916 年、1917 年之交的冬天，一场包括了路易斯、戈蒂耶、威兹沃斯……和罗伯茨作品的旋涡主义者展览……在纽约拉开帷幕"。[①] 以庞德的生平整体反观他当时的推广行为，或许这是诗人将他认为欧洲现代主义中最先进、最先锋的那一部分——以"力"为关键词的旋涡主义诗学——传回他一生所系的祖国的最早尝试。他为旋涡派作的重要后期努力还有出版了《戈蒂耶－布尔泽斯卡，回忆录》，为这位天才在战争中逝去而深表痛心的同时，继续宣传着旋涡派艺术理念。

1919 年二三月间，在《旋涡主义之死》一文中，庞德再以明白不过的题目宣告了这个英国本土先锋艺术流派的逝去，而闪烁其词的内容则间接表达了自己对此难以接受的态度。尽管"旋涡主义还没有举行葬礼"[②]，路易斯的绘画创作仍在继续，但支撑着旋涡主义的"力"随着英国战争气氛的积聚、戈蒂耶的牺牲和路易斯等人即将赴战场的事实而四散。随之消散的是战前旋涡派视觉艺术作品中那种清晰、硬朗的风格，激进与冷静并存的态度，笃定地与世界为敌的立场。这是旋涡主义的精神核心。早在《旋涡》宣言中，庞德就在激情洋溢的文字中包含了如下相对冷静的预测："如果一种艺术尚未扩展至

---

① William C. Wees, "Ezra Pound as a Vorticist", *Wisconsin Studies in Contemporary Literature*, Vol. 6, No. 1, 1965, p. 66.
② 原载于 Ezra Pound, "The Death of Vorticism", *The Little Review*, February/March 1919, pp. 45, 48; 见 Harriet Zinnes, ed., *Ezra Pound and the Visual Arts*, New York: New Directions, 1980, p. 210。

第一章　艺术旋涡：庞德与旋涡派/旋涡主义

一种松弛、演绎以及次等的衍生运用的状态，那么它就是旋涡主义的。"[1] 而这句预言的反面状态来临之时，就是旋涡派团体的解散之日。战争无疑加速了这个过程。

纵观庞德为旋涡主义的付出，如德斯许（Babette Deustch）所言，在这个过程中，"庞德是一位旋涡主义者，'成为思想得以持续奔涌的源泉、途径和归宿'"[2]。庞德在《名人录》（Who's Who）中为自己作出的唯一的"主义定位"即为"旋涡主义者"[3]，但他却再三强调自己"不是旋涡主义运动的领袖"，在他看来，"旋涡主义运动中没有人员等级高低之别"，如果一定要谈个人作用，那么"路易斯提供了火山喷发般的动力（force），布尔泽斯卡带来了动物般的活力（energy），而我所贡献的可能是一点孔夫子式的冷静和保留"。[4] 而我们看到，在流派宣言及阵地刊物即将问世之时，先锋派艺术家们在继续与时代为敌的同时，明确提出要向未来主义宣战从而脱离后者的影响。而他们所标榜的，正是面对机器时代的冲击应该保持的一种冷静和保留精神。这样看来，庞德把握住了旋涡主义精神的核心内容。

由此，庞德和路易斯、戈蒂耶这些直接从事旋涡派视觉艺术创作的人士一道成为旋涡主义的"旋涡"，那个在力学意义上实现"力"之最大化的汇合点。对于无奈短命的旋涡派来说，或许庞德作出的最大贡献，就是曾经参与其中并深受影响，从而让"旋涡"之名随着自己的权威地位留存了下来。

而庞德对自己伦敦岁月的追忆、对其中主体即以旋涡派为代表的

---

[1] Ezra Pound, "VORTEX", in Wyndham Lewis, ed., *Blast*, No. 1, London: John Lane, The Bodley Head, 1914, p. 154.

[2] Babette Deustch, "Ezra Pound, Vorticist", *Reedy's Mirror*, XXVII, 51, December 21, 1917, pp. 860 – 861; See William C. Lipke and Bernard W. Rozran, "Ezra Pound and Vorticism: A Polite Blast", *Wisconsin Studies in Contemporary Literature*, Vol. 7, No. 2, 1966, p. 209.

[3] Ira B. Nadel, "The Lives of Ezra Pound", in Ira B. Nadel, ed., *Ezra Pound in Context*, New York: Cambridge University Press, 2010, p. 159.

[4] 原载于 *Reedy's Mirror*, August 18, 1916, pp. 535 – 536；见 Harriet Zinnes, ed., *Ezra Pound and the Visual Arts*, New York: New Directions, 1980, pp. 218 – 219。

先锋艺术的关注在《休·赛尔温·莫伯利》中展现出来。他将诗中的主人公 E. P. 和莫伯利设定为自己的同代人，并让他们分别分享自己的部分经历、思想甚至游走的孤独感。我们能读到充满艺术关怀的诗人为诗歌、文学、艺术在现代都市的式微感到惋惜，而他的诗学、艺术理念也在字里行间时时出现——尽管至少在此时，他还未能为文学、艺术及时代存在的问题找到令自己满意的良方。"莫伯利"一诗是他离开伦敦之前的最后一部作品，也是他对自己的伦敦岁月，或者说艺术旋涡时光之思考、行动的总结。

第三节　前后：沃林格、休谟及《戈蒂耶-布尔泽斯卡：回忆录》

庞德对旋涡派视觉艺术的充分支持及他旋涡主义思想的形成，早在该团体形成凝聚力之前即有先声。兹妮斯（Harriet Zinnes）的研究发现，庞德个人对视觉艺术的兴趣早在 1908 年定居伦敦之前即已形成，而且早年就写了很多艺术评论文章。他的文学批评中也不乏对视觉艺术的思考和借用。例如，庞德初抵伦敦即在写给威廉斯的信中使用带有绘画意味的语言去描述理想的诗歌，他写下的第一条"诗艺的最高造诣"即为"按照我所看见的去描绘（paint）事物"。[1] 细细读来，任何一条"最高造诣"若用来描述一幅绘画作品也完全没有问题。而几乎如出一辙的表述也出现在了庞德的艺术批评文章中，他表示自己对于画家的唯一要求就是"按照他所看见的去描绘（paint）事物"[2]。类似以视觉艺术式的语言进行文学批评的方式在庞德对旋涡主义的直接讨论中频频出现。艾略特（T. S. Eliot）在编纂《庞德文学论文集》（*Literary Essays of Ezra Pound*, 1954）时侧重文学，但

---

[1] D. D. Paige, ed., *The Selected Letters of Ezra Pound 1907–1941*, London: Faber and Faber, 1951, p. 6.

[2] Harriet Zinnes, ed., *Ezra Pound and the Visual Arts*, New York: New Directions, 1980, p. 4.

第一章　艺术旋涡：庞德与旋涡派/旋涡主义

也在书末收录了4篇庞德讨论视觉艺术问题的文章，同时为不能囊括更多那些关于"绘画和雕塑"的著述而感到遗憾，希望这几篇文章能激发读者去继续阅读庞德在这一方面的思考。[①] 其他影响因素还有：20世纪初的欧洲政治格局、技术发展，外来文化包括中国的影响，等等。但若回归至本章的"艺术旋涡"主题，休谟的演讲《现代艺术及其哲学》（"Modern Art and Its Philosophy"），特别是其中对德国艺术史家沃林格思想的转述发挥了重要作用。同时，这篇后来出版于1914年的演讲文也为后来人理解、欣赏现代艺术，特别是旋涡派的视觉艺术创作提供了思路。

首先，休谟以作品的表象风格为依据，将视觉艺术分为大致两种，分别以文艺复兴与现代先锋艺术为代表，前者描绘具象的生命，后者往往呈抽象几何式；而理解先锋艺术的基本困境在于，"这种新型艺术和我们熟悉的那种艺术之别不在程度，而在类型；目前的危机是，对新型艺术的理解可能会受到那种只适宜于之前艺术的观看方式的妨碍"[②]。不同的艺术风格从根本上归因于不同的时空背景下面对世界的不同态度。因此，先锋艺术的发生意味着文艺复兴式的世界观走入了末路。

于是休谟引入沃林格划分的两种艺术基本类型：同情式（empathy）的艺术和抽象式（abstraction）的艺术。公众喜闻乐见的希腊、文艺复兴艺术一脉属于前者，而埃及、印度、拜占庭及现代先锋艺术归于后者。休谟特别指出，抽象式艺术在历史上和现实中的发生并不意味着技法的不够成熟或是退化——此时休谟用以佐证的艺术实践多源于远古或异域，但表象风格的类似会使我们联想到，无论是立体主

[①] T. S. Eliot, "Introduction", in T. S. Eliot, ed., *Literary Essays of Ezra Pound*, London: Faber and Faber, 1954, pp. xii, xv. 引言部分尾声处，艾略特表示自己编选了两篇庞德谈视觉艺术的文章，但该文集中涉及相关话题的文章实际共计4篇。

[②] T. E. Hulme, "Modern Art and Its Philosophy", in T. E. Hulme, *Speculations: Essays on Humanism and the Philosophy of Art*, Herbert Read, ed., London: Routledge & Kegan Paul Ltd, 1924, p. 76.

伊兹拉·庞德：旋涡中的美国诗人及其"力"的追寻

义的毕加索还是后来走向旋涡派的斯莱德毕业生，都曾描绘出展现出纯熟的传统技法、和后来创作风格大相径庭的同情式艺术作品。"同情式"和"抽象式"分别对应的，是彼时彼地的人于深层心理结构中对人与自然、外在世界关系的理解。简言之，同情式艺术可用《文心雕龙·物色论》中的"情以物迁，辞以情发"蔽之，特点是外在写实；抽象式艺术则为"象"的对立面。沃林格的艺术史观认为，远古人类面对自然的不确定性在精神上产生了一种"空间畏惧"（space-shyness），故而他们的艺术希望"创造出某种抽象的几何形状，稳定而持久，从而成为得以暂时逃离外在自然之流动性、短促性的庇佑"，于是在相对西方而言的远古或异域时空，产生了那些以"僵硬的线条""死寂的形式"面目示人的艺术作品，这些"单纯的几何规则为被外在世界的不明了所困的人们带来了愉悦"。而希腊以降，"有利的环境和知识的增长（理性主义）摧毁了曾经那种人与世界间的隔膜感"，"希腊人不再频繁使用那些立体形状，以具象代替了抽象，原因无非是他们的世界观改变了，他们的意图不同"——此处的基本前提是"有必要意识到，所有艺术创作都致力于满足某种意愿"。[1] 这样看来，广义而言，同情式和抽象式艺术都是"自然主义""现实主义"的——在沃林格和休谟看来，或许抽象式艺术反而更胜一筹。

因此，当下的先锋艺术与远古、异域的那些呈抽象几何式的艺术一道，从属于沃林格艺术史观中的抽象式艺术。其与希腊、文艺复兴一脉的同情式艺术在表象风格上的根本区别，依然要归因于"某种感知上的移位，某种总体观点上的变化"。世界观的变化作用于个体艺术家处，即呈现为他们的艺术创作要去满足这种新的意愿——"大体而言，似乎出现了一种致力于素朴与直率的意愿，一种走向结

---

[1] T. E. Hulme, "Modern Art and Its Philosophy", in T. E. Hulme, *Speculations: Essays on Humanism and the Philosophy of Art*, Herbert Read, ed., London: Routledge & Kegan Paul Ltd, 1924, pp. 86-90.

第一章　艺术旋涡：庞德与旋涡派/旋涡主义

构，同时远离自然及自然事物之混乱的努力方向"。从同情式艺术的"活力线条"（vital lines）到抽象式艺术的"机械曲线"（mechanical curve），其中的美学思量往往在于"避免使用那些看起来优美、自然的线条或平面，反而倾向于那些干净利落、机械意味浓厚的线条"。于是，看起来似乎在颠覆传统的现代先锋艺术，在本质上却是在"向远古原始艺术的浪漫主义回归"；在这个过程中，"追忆过去的怀旧情感明显起到了激发作用"。①

在休谟对沃林格艺术史观的发挥中，他将后印象主义与分析立体主义视为当下应该发生的理想的抽象式艺术（"新型几何艺术"）的先导实验阶段。在他进行这次演讲时，英国旋涡派视觉艺术团体尚在延宕的孕育过程中。但休谟显然看过路易斯的画作和艾普斯坦的雕塑，并在演讲的末尾对两人的创作寄予深厚希望。他从未承认自己是旋涡主义者，但他对沃林格艺术史观的理解、对"新型几何艺术"的预见性却为后来人解锁了先锋艺术发展至旋涡派的艺术风格及背后思想动因，也深刻地影响到庞德的旋涡主义思想。

我们在前文已经谈到，在旋涡派视觉艺术团体从酝酿到达至高峰期间，庞德如何以自己的行动为之提供了强大的理论和实际支持。他在那一期间发表的那几篇对旋涡派和他个人的旋涡主义思想带来深刻影响的文章让我们看到，呈现为一个集体的"艺术旋涡"如何与他个人的思想走向共同发展。而在旋涡派昙花一现、即将或已然凋零之际，他极为欣赏的旋涡派雕塑家戈蒂耶战死沙场，庞德在此时出版了对他的回忆录。

这本书包含副标题在内的全名是《戈蒂耶－布尔泽斯卡，回忆录，收录这位雕塑家的已发表文章、他的书信选，以及38张配图，后者包括他的雕塑照片、4张出于瓦尔特·本雅明之手的肖像照、众

---

① T. E. Hulme, "Modern Art and Its Philosophy", in T. E. Hulme, *Speculations: Essays on Humanism and the Philosophy of Art*, Herbert Read, ed., London: Routledge & Kegan Paul Ltd, 1924, pp. 91, 96–98.

伊兹拉·庞德：旋涡中的美国诗人及其"力"的追寻

多手绘图》(*Gaudier-Brzeska, A Memoir, Including the Published Writings of the Sculptor, and a Selection from his Letters, with Thirty-Eight Illustrations, Consisting of Photographs of his Sculpture, and Four Portraits by Walter Benjamin, and Numerous Reproductions of Drawings*, 1916)。全书给读者的总体印象类似庞德在前言之后的第一章中后部的一段话的观感，他表示，"将努力给出：首先，戈蒂耶对自己的美学信仰的表述，而后是一些源自人们对他的了解的评价，以及他的部分近来书信，再者是一些关于艺术的进一步讨论"[1]。结合全书不足 200 页，却分为 19 部分的结构及具体内容，来看庞德的这个句子结构零散、表意也并不十分明确的设想，此书虽有一个核心支撑，或者说如同"旋涡"般承载着最大能量的点，但以此为"源泉、途径和归宿"，思想流进流出，在全书"持续奔涌"，给人如此零散印象。

在这本回忆录中，庞德写下的第一句话是，"我们应该秉持如下道德基准：没有任何一个国家再拥有这样挑起对抗他国的侵犯战争的权利"。他以但丁和布克哈特（Jacob Burkhardt）的文字来说明这种主张并不新鲜。布克哈特的如下观点显然深得他心："威尼斯拒绝对米兰开战的那一瞬间，标志着文明的顶峰状态在文艺复兴时的实现。"[2] 如此历史、现实间的平行比较——同时将正面评价赋予过去——以及全书的"混乱"面目，似乎在预示着他后来包括《诗章》在内的创作在内容及结构方面与之类似的特征。

正是在此回忆录的第一章中，庞德提出了他与诸位旋涡派视觉艺术家"在某些基本的艺术理念上意见一致"的定位。同时在第 11 章，在他全文收录自己 1914 年的《旋涡主义》一文时，他给出了自己如此编排的理由：（这篇文章）展示出我们一致意见的基础，或者

---

[1] Ezra Pound, "Gaudier-Brzeska", in Ezra Pound, ed., *Gaudier-Brzeska, A Memoir*, London: John Lane, 1916, p. 6.

[2] Ezra Pound, "Praefatio", in Ezra Pound, ed., *Gaudier-Brzeska, A Memoir*, London: John Lane, 1916, p. 1.

第一章　艺术旋涡：庞德与旋涡派/旋涡主义

说至少是我们如何最终决定使用"旋涡主义者"这一术语的思考过程，在那时，我们希望有这样一个名称，可以在一定程度上毫无障碍地成为一切艺术的基础。① 以此纵观全书，无论是庞德对戈蒂耶的原文的收录、对他人话语的转述还是自己的相关旧文新思，都可以视为那些达成一致的基本理念。因此，这既是一本对戈蒂耶本人及其艺术、旋涡派团体及其观点的回忆录，也自然是庞德对个人旋涡主义思想的初步总结。

《旋涡》（"Vortex"）是这本回忆录中第一篇出自戈蒂耶之手的文章，最早刊载于《爆炸》创刊号。庞德在 1915 年 2 月发表的《立：戈蒂耶－布尔泽斯卡》（"Affirmations: Gaudier-Brzeska"）一文中提及，即使是一位反对旋涡主义的朋友也不得不承认，戈蒂耶在《旋涡》一文中成功地"将雕塑史全部囊括于三页纸中"②。庞德将这篇"立"文与当时仅一周之后即付梓的《立：十年观》（"Affirmations: Analysis of this Decade"）评论双双收录。二人在观点上的呼应使我们可将戈蒂耶的《旋涡》与这两篇"立"进行对读。

戈蒂耶的《旋涡》文首连续出现三个单句成段的文句：雕塑之力是山，雕塑之感是对彼此关联的块团的欣赏，雕塑之能是用平面去定义这些块团。③ 这种以雕塑为基础、对彼此关联的抽象空间关系进行的思考，后来成为庞德自述在旋涡派视觉艺术中获得的最大启发，"唤醒了我对形式的感觉，或者说，他们'已经给了我一种新的对形式的感觉'……这些新人让我看到了形式"，他进而将这种从视觉形式中生发而来的"形式"称为"彼此关联的平面"。④ 与旋涡派视觉

---

① Ezra Pound, ed., *Gaudier-Brzeska, A Memoir*, London: John Lane, 1916, p. 93.
② Ezra Pound, "Affirmations: Gaudier-Brzeska", in Ezra Pound, ed., *Gaudier-Brzeska, A Memoir*, London: John Lane, 1916, p. 126.
③ Gaudier-Brzeska, "Vortex", in Ezra Pound, ed., *Gaudier-Brzeska, A Memoir*, London: John Lane, 1916, p. 9.
④ See William C. Wees, "Ezra Pound as a Vorticist", *Wisconsin Studies in Contemporary Literature*, Vol. 6, No. 1, 1965, pp. 68–70.

伊兹拉·庞德：旋涡中的美国诗人及其"力"的追寻

艺术的灵感源泉一道，戈蒂耶的雕塑"旋涡"多来自远古和异域：旧石器时代，埃及的含米特（Hamite）文明，印度，闪族，中国的商周时代，等等。庞德在第一篇《立》文中提到，视觉艺术中存在相对希腊罗马、文艺复兴而言的"其他标准"，"我们已经走向……中国和埃及"。[1] 这种继承与回归符合沃林格艺术史观中的抽象式艺术线索。戈蒂耶的文字中也出现了与休谟演讲文对应的内容，例如，戈蒂耶在谈到埃及的三维空间艺术时提及，"宗教促使激发敬畏感的垂直艺术的发生"[2]；在休谟处的文字是，"人与外在世界间的愉悦的泛神论关系带来了自然主义艺术，抽象取向与之相对，发生在与之截然相反的外在世界观种群间"[3]——休谟以否定形式和概述式语言描述原始艺术对人与自然间隔膜感的表现，戈蒂耶则将之在雕塑领域具体化。

在两篇《立》文中，庞德毫不吝惜他对以戈蒂耶为代表的同时代先锋艺术家，尤其是旋涡派的赞美。他明确表示，与那些在故纸堆中寻找典范的艺术评论者不同，他"不愿在追忆之泪中耽搁自己的审美，不愿低估自己的同时代人"[4]。值得一提的是，庞德初作这两篇文字时，戈蒂耶尚在世；在他整理、出版这部回忆录时，斯人已去，面对自己那时基于戈蒂耶的雕塑史概述而对其"综合"（synthesis）之力大加赞赏，从而写下的"我毫不犹豫地称戈蒂耶为'完整的艺术家'"[5] 这句话时，不知诗人会作何感想。我们记得，庞德在

---

[1] Ezra Pound, "Affirmations: Gaudier-Brzeska", in Ezra Pound, ed., *Gaudier-Brzeska, A Memoir*, London: John Lane, 1916, p. 123.

[2] Gaudier-Brzeska, "Vortex", in Ezra Pound, ed., *Gaudier-Brzeska, A Memoir*, London: John Lane, 1916, pp. 9–10.

[3] Ezra Pound, "The Friendship with Brodzky", in Ezra Pound, ed., *Gaudier-Brzeska, A Memoir*, London: John Lane, 1916, p. 86.

[4] Ezra Pound, "Affirmations: Gaudier-Brzeska", in Ezra Pound, ed., *Gaudier-Brzeska, A Memoir*, London: John Lane, 1916, p. 121.

[5] Ezra Pound, "Affirmations: Gaudier-Brzeska", in Ezra Pound, ed., *Gaudier-Brzeska, A Memoir*, London: John Lane, 1916, p. 125.

第一章 艺术旋涡：庞德与旋涡派/旋涡主义

《爆炸》创刊号上的《旋涡》一文中曾对时代强力下的两种艺术家进行对比。他不仅对艺术家群体进行这种对比和抑扬，从而体现自己对同时代先锋艺术的支持——在回忆录"写给我的信"章末，庞德以类似的方式将艺术收藏者分为两类：少数群体"购买急需金钱度日的艺术家们的作品"，从而"在一定程度上参与了创作"，"赋予艺术家工作的闲暇"——在《诗章》第8—12章即"马拉泰斯塔诗章"（"Malatesta Cantos"）中，庞德对意大利历史上这位公爵的赞颂，有一方面原因是他对艺术发展的支持，他容许艺术家们"可以自由开工，或者随心所欲地浪费时间"。[1] 与上述收藏者相对的是那些被庞德斥为"商贩""搬运工"之流，他们"致力于死人的成果，毫无创意"。[2] 诗人以此对奎因大加赞赏——这是后文章节会再讨论的内容。这位美国收藏家购买、收藏了诸多旋涡派艺术家，包括戈蒂耶在内的创作。当然，庞德在其中锲而不舍的奔走发挥了非常重要的作用。

这本回忆录同时清晰呈现出以戈蒂耶与庞德为代表的旋涡主义者们对于历史与现实、传统与先锋间的关系的共同理解。在一封刊载于1914年3月的公开信中，戈蒂耶提出，所谓"野蛮"与"文明"时代艺术间的差异，从根本上讲是"直觉在理性之上"或者"理性在直觉之上"的两种思维方式之别。这是不同时代背景下的"性情之别"——沃林格、休谟的影响一览无遗。直至戈蒂耶自己所处的时代，"我们总能在信奉某一种理论的群体身上看到这种差别"。而现代先锋艺术家与远古时代在思维方式上的相通之处在于，以雕塑者为例，他们"与直觉为伴，直觉是其灵感动力"。[3] 而在书后庞德的《立：十年观》一文中，庞德再次将历史带进现实作比，此时互为参照的两方是复兴希腊古典传统的文艺复兴和追随远古异域风格的

---

[1] Ezra Pound, *The Cantos of Ezra Pound*, London: Faber and Faber, 1975, p. 29.
[2] Ezra Pound, ed., *Gaudier-Brzeska, A Memoir*, London: John Lane, 1916, p. 71.
[3] Gaudier-Brzeska, "An Open Letter", in Ezra Pound, ed., *Gaudier-Brzeska, A Memoir*, London: John Lane, 1916, pp. 34 – 35.

先锋艺术,"我们的思绪从文艺复兴跃入当下,因为直到近来人们才开始反抗文艺复兴。我的意思并非指这是一场单纯的反抗,也不是说这是丑恶、麻木、排斥革新之举;但是,我们致力于摆脱文艺复兴的枷锁,正如文艺复兴冲破中世纪的桎梏"[1]。这也是休谟演讲文提到当下抽象式艺术如何"跳出文艺复兴人文主义态度"[2] 时所持的态度。至少在当时,至少对于旋涡派而言,舆论对他们的创作的难以接受,在相当程度上要归因于主流公众及媒介将先锋艺术对待传统的态度一概而论,从而产生误解。庞德也曾对先锋艺术面对传统的两种态度进行对比,二者的作品虽同向抽象式艺术趋近,但一方是"在不知其所为何的情况下摒弃了传统",一方类似举动的前提"是对传统的充分了解,清楚自己在扬弃传统的路上可以走多远"。[3] 旋涡主义者们自然属于上述分类的后者:绘画领域的他们多是斯莱德美院的毕业生,雕塑领域的戈蒂耶作出上述在多时空雕塑走向间驰骋的《旋涡》一文,而庞德深厚的古典语言、文学功底自不待言。

第四节 "旋涡主义"诗作之一:《关于国际象棋本身及玩法的实用描述》

关于国际象棋本身及玩法的实用描述

(一系列绘画的主题)

红色的马,棕色的象,明亮的后

---

[1] Ezra Pound, "Affirmations: Analysis of This Decade", in Ezra Pound, ed., *Gaudier-Brzeska, A Memoir*, London: John Lane, 1916, p. 137.

[2] T. E. Hulme, "Modern Art and Its Philosophy", in T. E. Hulme, *Speculations: Essays on Humanism and the Philosophy of Art*, Herbert Read, ed., London: Routledge & Kegan Paul Ltd, 1924, p. 78.

[3] Ezra Pound, "Affirmations: Gaudier-Brzeska", in Ezra Pound, ed., *Gaudier-Brzeska, A Memoir*, London: John Lane, 1916, p. 124.

第一章 艺术旋涡：庞德与旋涡派/旋涡主义

撞击棋盘，形成 L 状颜色，下落

在角度中抵达、撞击

保持一种颜色的线条

棋盘在光中焕发生机

棋子在形式中生存

它们的移动一边打破一边重塑样式

发光的绿色，来自车

它与后的 X 交锋

与马的跳跃连环

兵 Y，打通，围堵

旋转，向心，将杀，王直下旋涡

交锋，带状跳跃，坚硬的色彩之直条纹

被阻碍的光进入，逃离，小故事继续①

《关于国际象棋本身及玩法的实用描述》("Dogmatic Statement on the Game and Play of Chess")是庞德发表在《爆炸》第 2 期上的 8 则作品之一。这首诗被置于括号中的副标题，以颜色和光影对棋子的动态过程的展现使得旋涡派视觉艺术创作的意味跃然纸上。诗人明显在极力赋予这场棋局整体及棋子以"力"和"能量"，从而使全诗呈现出一个动态的旋涡面貌。韦斯和威尔海姆（J. J. Wilhelm）对这首诗的评价正是基于此，从而肯定它归属于旋涡派创作的性质和在庞德个人旋涡主义文学创作中的位置："这首诗就像一幅旋涡派画作，以线条、色彩和样式为基础展示出抽象作品的意味。它也呈现出一个力与能量的旋涡，该旋涡被控制在棋盘的坚硬规则之内……线条和色彩的抽象样式，光线与空间的裂隙，

---

① Ezra Pound, "Dogmatic Statement on the Game and Play of Chess", in Wyndham Lewis, ed., *Blast*, No. 2, London: John Lane, The Bodley Head, 1915, p. 19.

伊兹拉·庞德：旋涡中的美国诗人及其"力"的追寻

结尾处向内转、自我延续的能量（张力由此得以延续）使得'实用'描述成为庞德的一首真正的旋涡主义诗作"①；"如果我们将旋涡主义描述为能量的话，这可能是庞德作出的最好的旋涡主义诗歌。它展现出棋子们迅捷而多彩的动作，在某种程度上有路易斯'泰门'诸画作的动感构图"②。

和上述两位学者相比，达森布若克的研究显得更为中肯。他一方面同样肯定"国际象棋"诗之于旋涡派整体及庞德个人创作的外在意义，另一方面又就事论事地客观评价这首诗本身的艺术质量。在将该诗置于旋涡派视觉艺术和思想背景中去考察后，达森布若克得出的基本结论是，这首诗作为庞德的旋涡主义文学贡献，无论是之于旋涡派整体，还是他本人的创作生涯，最多都只能算是尝试，无从说多么成功。如同法国立体主义、意大利未来主义对英国旋涡主义的单向影响一般，旋涡派视觉艺术对其文学也是如此。换言之，受到了旋涡派视觉艺术深刻启发的旋涡主义文学，并没有对视觉艺术产生什么反向影响——当然其中不乏包括发展时间、战争环境在内的客观原因。于是，旋涡主义文学更多地存在于理想之中，"旋涡派文学在旋涡主义美学的形成过程中并没有发挥很大作用，构成旋涡派的重要外在动力源自绘画。尽管在理论上，文学在旋涡主义中有一席之地，而在实践中，旋涡主义者们以视觉艺术的术语去发展、定义他们的美学。尽管如此，我们在旋涡派运动中能够找到旋涡主义文学，或者更精确地说是文学领域中走向旋涡主义的尝试"③。达森布若克继续指出，刊载在两期《爆炸》上的庞德诗歌都显得比较突兀。这种龃龉体现在两方面：其一是部分作品承载的庞德前期意象派文学风格过于明显，和

---

① William C. Wees, *Vorticism and the English Avant-Garde*, Toronto: University of Toronto Press, 1972, pp. 204-205.

② J. J. Wilhelm, *Ezra Pound in London and Paris (1908-1925)*, University Park: The Pennsylvania State University Press, 1990, p. 179.

③ Reed Way Dasenbrock, *The Literary Vorticism of Ezra Pound & Wyndham Lewis: Towards the Condition of Painting*, Baltimore: Johns Hopkins University Press, 1985, p. 89.

第一章 艺术旋涡：庞德与旋涡派/旋涡主义

旋涡派关联不大；其二是一些诗歌的语词风格似乎在刻意地显得尖锐，甚至不惜有谩骂之嫌。我们在《爆炸》创刊号中读过庞德跟随，或者说模仿路易斯的文风以少见的热烈风格痛斥未来主义的文字，引文如前。同时期诗人奥丁顿（Richard Aldington）读罢庞德发表于《爆炸》的"旋涡主义"诗作后认为，它们"与其作者不相配"——在他看来，"庞德先生写不出讽刺作品。他是世界上最温和、谦恭、内敛、善良的人，因此我只能认为所有的这些突如其来的桀骜、暴躁、凶狠不过是一种姿态，而且是不讨喜的姿态而已"。因此，在达森布若克看来，包括韦斯在内的前人的赞扬只是出于庞德在诗歌这种文学形式中捕捉到了旋涡主义视觉画作的效果，而它在艺术上的失败因由可以从庞德自己的旋涡主义思想表述中找到解释："庞德自己提出的原始颜料标准应该让他不要做如此尝试：旋涡主义的核心信条认为，永远不应在自己的艺术领域中去做其他艺术领域及相关艺术家可以做得更好的事情。20世纪，路易斯的辩论力度无人能敌。因此，说这首诗是旋涡主义的，仅仅是说它在形式上摹仿了旋涡主义的一些特点，但是这种形式上的摹仿并没有使庞德写出什么好的檄文或者好诗。"①

而若将这首"国际象棋"诗与旋涡主义思想一道置于西方思想史的线索中去考察，二者的思想内涵便一道深邃起来。帕特西亚·雷（Patricia Rae）以"从神秘主义凝视到实用主义游戏"来概括旋涡主义艺术，包括这首"国际象棋"诗体现出的因思维方式的差异而引发的"呈现真理"的方式的变化。在她看来，这首诗体现出来的比文学与视觉艺术间关系更深刻的是其作对"两种艺术似乎都会指涉与激发的精神历程"的寓意。在本书的论述体系中，休谟和费诺罗萨分别从西方现代视觉艺术和东方文化角度深刻地启发了庞德的旋涡

---

① See Reed Way Dasenbrock, *The Literary Vorticism of Ezra Pound & Wyndham Lewis: Towards the Condition of Painting*, Baltimore: Johns Hopkins University Press, 1985, p. 88.

伊兹拉·庞德：旋涡中的美国诗人及其"力"的追寻

主义思想。而雷认为，在二人处，棋往往是抽象推理的喻体。棋子的功能"似语词或概念，在推理中代表个体"；下棋的规则"同逻辑的严谨规则"；"化繁为简、化异为同"的游戏目的"鲜明地代表了一切理论家的旨归"。就西方现代哲学及旋涡主义艺术试图去"呈现"的那个"真理"本身为何而言，威廉·詹姆斯（William James）的哲学、心理学思考为之提供了参照。他提出，心理学应向自然科学学习，将"为数据设定边界"视为第一要义，从而使自己所在学科的研究对象包括一切"思想和感觉"、一切"意识的瞬息状态"以及如此前提下的"对其他事物的知识"。詹姆斯的用意在于让自己的思考脱离看似永恒但抽象、不可知的神秘主义的同时，囊括虽然短暂但或许更为切实可靠的"经验"。如此思维方式被后来胡塞尔（Edmund Husserl）现象学中的"括号"继承。雷继续指出，"詹姆斯从心理学走向实用主义的路径的部分决定因素，是他试图使流动的经验与崇高的权威平起平坐的努力"。在人的思维世界中，对于抽象权威的渴望和对经验世界的认识两方时时对抗，以此观之，庞德的"国际象棋"诗对棋盘这一限定领域中的多方的激烈交锋的观察或有这方面寓意所指。而"对于多数人来说，在这两倾向间取得调和是唯一可以实现心理满足的准则，亦即'在抽象的单一与具体的异质间达成平衡'"。① 这正是"国际象棋"诗及旋涡主义美学关于理想的传统与混乱的现实间"张力"的表达。

"与詹姆斯实用主义原理的起点一致，庞德的张力美学也始于对神秘经验问题的处理。"在文学中，他走出象征主义神秘真理、强调诗人个体经验的实质性一步，是对意象派视角下的"意象"的探索。静态的意象继续发展，詹姆斯的"经验"化为一个动态的"旋涡"，"引导诗人走过一个在自己的原始视角基础上继续探索新思想、新变

---

① Patricia Rae, "From Mystical Gaze to Pragmatic Game: Representations of Truth in Vorticist Art", *ELH*, Vol. 56, No. 3, 1989, pp. 689–696.

化的过程"——在此，雷引用了庞德自己对于"旋涡"的经典定义：思想得以持续奔涌的源泉、途径和归宿。庞德作为旋涡主义诗人作出的思维方式贡献，即为"通过抑制读者将个人视角上升至绝对真理的倾向，以个人身份得以确立的那些充满张力、瞬息万变的基本前提——如费诺罗萨所言，'创造过程由此变得可见而且确在运行'——去取代指向含混也并不万能的'象征'，这位旋涡主义诗人剑走偏锋地去探索那些短暂的洞见、瞬间的满足和混沌的范畴，这些经验感受往往在产生的一瞬间即刻消散"。这与旋涡派视觉艺术家们的创作理念一致。于是，"通过将这两种倾向牢牢把握，这些创作完成了它们的原始意图：其意不在于单纯获得什么真理，而在于获取过程中的复合感受；不在于某种立竿见影的遗骸旧物，而是一种真理从无到有的意识的流动过程"①。

第五节 "旋涡主义"诗作之二：《休·赛尔温·莫伯利》

1920年，《休·赛尔温·莫伯利》（以下简称《莫伯利》）诗以单行本的形式由伦敦奥维德出版社（The Ovid Press）发行。从庞德个人生平年表来看，同年，他离开伦敦，从此结束了自己久居英国的生活，再也没有重返长驻。

按照诗人设定的结构，全诗分为两部分，分别以"E. P."和"莫伯利"命名。如果将《跋（1919）》["ENVOI (1919)"] 计算入"E. P."，第一、二部分分别包含13小节和5小节。每一小节或几小节组成的整体有的带小标题，大多数则以罗马数字标记。关于庞德本人与 E. P. 或莫伯利的关联，代表性的观点来自肯纳（Hugh Ken-

---

① See Patricia Rae, "From Mystical Gaze to Pragmatic Game: Representations of Truth in Vorticist Art", *ELH*, Vol. 56, No. 3, 1989, pp. 697, 707, 713.

ner)。他以艾略特与普鲁弗洛克（J. Alfred Prufrock）、乔伊斯与斯蒂芬·迪达勒斯（Stephan Dedalus）这样的作者与其笔下人物之间的关系作比，说明"非人格化"（impersonality）的"混沌"（muddle）现象，"艺术家采用的多种面具（personae）不过是一种去人格化（depersonalization）的方式，在其代表作中居于辅助而非关键地位"。而且，普鲁弗洛克尚以艾略特的声音说话，与之相对，"休·赛尔温·莫伯利不以庞德先生的声音说话，他和后来写出《诗章》的那位诗人之间的关系，对立的成分多于亲密"。① 如此，我们不妨暂且将《莫伯利》诗除全诗最后1小节之外的部分理解成两个人的故事，主人公的名字分别是"E. P."和"莫伯利"。庞德以现代诗的艺术手法呈现他们的现实经历和思想反映，让我们看到那个时代的样貌和先锋艺术的处境。

E. P. 的故事以"择墓颂"（"ODE POUR L'ÉLECTION DE SON SÉPULCHRE"）统领5个小节开头，开篇诗行如下："三年来，他跟时代不合拍，/他努力恢复死去的诗艺，/想保持'崇高'的本来面目，/此事从头错到了底——。"② E. P. 的故事甚至《莫伯利》全诗从头至尾的基调在此奠定。"不合拍"和稍后第3小节中的那句来自赫拉克利特的名言"一切事物都在流动"，是E. P. 和莫伯利等先锋艺术家的直观感受，传统的断裂成为他们各方面艰难处境的外在和内心来源。如里维斯（F. R. Leavis）所言，"我们能感到《莫伯利》中的现实压力和来自内心深处的原动力……更具体而言，它提供了英国诗歌发展至此的代表性现实，浪漫主义传统殆尽，诗歌变得平易"③。E. P. 将自己的处境与海上漂泊的奥德修斯作比，他的故事充

---

① Hugh Kenner, *The Poetry of Ezra Pound*, London: Faber and Faber, 1951, p. 166.
② [美] 庞德：《休·赛尔温·莫伯利（选段）》，载赵毅衡编译《美国现代诗选》，外国文学出版社1985年版，第53—58页。后文诗歌引用或依据此，或根据英文原文自译。
③ F. R. Leavis, *New Bearings in English Poetry: A Study of the Contemporary Situation*, London: Chatto & Windus, 1932, pp. 138-139.

第一章 艺术旋涡：庞德与旋涡派/旋涡主义

满现代社会，包括先锋派钟爱的文学艺术领域中那种以劣为优、以次充好式的低级替换："基尔其美丽的头发"转移了本应置于"日晷上的铭言"处的"注视"，"三十年华"间，E. P. 对之无动于衷的"时尚"成功使人们忘记了"他"与"对诗神的尊荣"；转至第 3 小节，这种"没有助益"的低级替换还集中体现在：

> 茶玫瑰的茶袍，如此等等，
> 是柯斯薄纱的替代品，
> 自动钢琴"取代了"
> 莎孚的七弦竖琴。
>
> 酒神走了，基督来临，
> 不再有食色之爱
> 有的只是空腹守斋
> 爱丽尔被卡利班踢开。

（赵毅衡译文）

在这一小节中，"庞德开始进行逐条式的谴责叙述，将现代的堕落与古典的理想作比"。而最让诗人心痛的地方必然在于，"现代式的愚蠢高潮发生于世界大战，年轻生命在此牺牲"。[①]"E. P."部分的第 5 小节痛斥了如此对个体生命和整体文明的无意义消耗：

> 他们大群大群地死去，
> 他们中最优秀的人，
> 为了那老掉牙的娼妇

---

① John J. Espey, *Ezra Pound's Mauberley: A Study in Composition*, London: Faber and Faber, 1955, pp. 86, 88.

伊兹拉·庞德：旋涡中的美国诗人及其"力"的追寻

> 为了那千疮百孔的文明，
>
> 可爱，漂亮嘴唇上的微笑
> 消失在泥土眼睑下的灵巧眼睛，
>
> 为了二百来个碎裂的塑像，
> 为了几千本破烂的书籍。①

此后进入《蓝绿色的眼睛》("Yeux Glauques")小节，"庞德书写了前拉斐尔时期，首先分析被'无赖''阉人'和'骗子'之流操控的英国环境中艺术家的惜败，记录格莱斯顿和拉斯金受到的尊敬，与斯威本和罗塞蒂的不公待遇作比"②：

> 当约翰·拉斯金发表
> 《国王的宝藏》；斯威本
> 和罗塞蒂仍不被看好时，
> 格莱斯顿尚处尊位。
>
> 当她的农牧神头
> 成为画家和通奸者的消遣时，
> 腐朽的布查南提高了声音。③

在如此艰难处境下，并非所有艺术家都能如庞德、E. P. 般坚

---

① 基本采用赵毅衡译文，有改动。英文原文见 Ezra Pound, *Hugh Selwyn Mauberley*, London: The Ovid Press, 1920, p. 13。
② John J. Espey, *Ezra Pound's Mauberley: A Study in Composition*, London: Faber and Faber, 1955, p. 90.
③ Ezra Pound, *Hugh Selwyn Mauberley*, London: The Ovid Press, 1920, p. 14.

第一章 艺术旋涡：庞德与旋涡派/旋涡主义

守——"E. P."部分第 10 小节生动地描绘了摇摇欲坠的屋顶之下，没有收入也没人喝彩的美文家如何在世界的混乱之中求得内心的宁静。与之形成鲜明对比，第 9 小节中的"尼克森先生"之流或许在现实层面显得更加"明智"，他们凭借一身随波逐流、左右逢源的功力迅速获得金钱与名望的利益好处，甚至还以过来人的姿态教育艰难处境中的后辈。在第 12 小节中，诗句以类似的反讽形式谴责了伦敦那些时髦的文学沙龙，在此，诗歌和艺术褪去了纯粹的关于美善的内核，成为个人在社会中谋求一席之位的无聊工具。

《跋（1919）》["ENVOI（1919）"]是"E. P."部分的最后一节。埃斯佩（John J. Espey）的研究发现，这一部分受到了艾德蒙·沃勒（Edmund Waller）《去吧，可爱的玫瑰！》（"Go, Lovely Rose!"）一诗的启发。两相对照，E. P. 以此作结的故事"听起来从始至终讲述的是活跃的激情面向时间的摧毁的积极对抗"。[①] 最后一句是"直到变化摧毁/一切，唯有美独存"[②]。这也是 E. P. 仅存的信仰。

时间继而从 1919 年转至 1920 年，一个时代仿佛随着 E. P. 和莫伯利故事的交替而落幕。两部分的联系与对应不仅体现在"他真正的佩涅罗佩应是福楼拜""三年来""时代所需"这样提示性的诗句再次出现，E. P. 和莫伯利对传统与现实的交杂情感也似乎一脉相承。总体读来，和如奥德修斯般在海上苦苦求索的 E. P. 一致的是，"莫伯利无从施展，也没能创造属于自己的传统，尽管如此，他尚未与时代妥协"[③]。但 E. P. 与莫伯利在性格上的分野在于，如诗歌原文所述，"我曾经是/而我不再存在；/ 此处漂流着/一位享乐主义者"[④]。

---

① John J. Espey, *Ezra Pound's Mauberley: A Study in Composition*, London: Faber and Faber, 1955, p. 98.
② Ezra Pound, *Hugh Selwyn Mauberley*, London: The Ovid Press, 1920, p. 21.
③ John J. Espey, *Ezra Pound's Mauberley: A Study in Composition*, London: Faber and Faber, 1955, p. 99.
④ Ezra Pound, *Hugh Selwyn Mauberley*, London: The Ovid Press, 1920, p. 27.

伊兹拉·庞德：旋涡中的美国诗人及其"力"的追寻

纵观《莫伯利》全诗，尤其是现实影射更丰富的 E. P. 的故事仿佛是 20 世纪初先锋艺术流派，或者更具体来说是旋涡派的翻版。E. P. 的遭遇及诗中出现的其他或确有其人，或影射虚构的人物是庞德伦敦岁月期间的现实游历——《莫伯利》初版时的全诗副标题即为"生活和交游"，统领"E. P."和"莫伯利"两部分。在庞德眼中，旋涡派及他的旋涡主义思想所受到的重视必然应高于实际情况。例如，"择墓颂"中提及，"不是他错，但生不逢时，/又误生在这半野蛮国"。这是路易斯、庞德等旋涡主义者们对 20 世纪初英国伦敦的直观感受，在他们发表于两期《爆炸》刊上的"爆炸"檄文中即可见得。再如，第一次世界大战带来的"从未有如此浪费"，包括戈蒂耶在内的年轻的生命白白逝去，文学艺术发展陷入僵局，世代积累的文明形如枯槁。如前所述，如果没有第一次世界大战，或许旋涡主义可成为继法国立体主义、意大利未来主义之后的欧洲第三大影响深远的现代派先锋艺术流派——至少包括庞德在内的旋涡主义者们曾这样认为。在庞德看来，"E. P."部分揭露、谴责的这些痼疾，在他一生所系的母国也存在，他曾以旋涡主义色彩浓厚的语言概述他看到的问题："我并不是说美国人对于精确之爱有多么迟钝，也不是说和英国社会的年轻淑女相比，他们对于秩序有多么不敏感。美国人只是更加远离源泉，远离那些明辨好坏的少数活力群体；这种情况在罕见或奇异的好物出现时，也时有发生。"[①] 其中不乏他旋涡主义思想的关键词。而针对这一系列问题，《莫伯利》诗的第 2 部分并未给出理想良方，只是主人公的性格从极度痛苦走向另一个享乐极端。或许，这是庞德面对这个破碎的时局内心挣扎的两个极点。至少在《莫伯利》创作期间，他自己也没能思虑周全，于是在"破"之外并未形成"立"。在《诗章》及 30 年代之后的文章创作中，他以为自己在包括

[①] See John J. Espey, *Ezra Pound's Mauberley: A Study in Composition*, London: Faber and Faber, 1955, p. 87.

第一章 艺术旋涡：庞德与旋涡派/旋涡主义

中国儒家经典和意大利法西斯主义政权在内的来自东方与西方、远古与当下中找到了答案；而事实是，他并没有实现自己想象中会实现的成功。这是后面要探讨的问题。

《莫伯利》是一首告别之作，但对于庞德此后的文学事业及个人思想而言，也是一则预言。读罢《莫伯利》，我们对于《诗章》鸿篇中表面形式的零散、内容逻辑的跳跃、文化资源的多元、语言使用的万象甚至读者理解的艰涩便不会那么陌生。与此同时，我们像读一篇小说那般去读庞德诗歌的分析方式在《诗章》中同样适用。这在庞德本人的表述中也可找到依据。埃斯佩在分析《莫伯利》的前人影响时特别提及亨利·詹姆斯（Henry James），他在庞德的私人印象中是"反抗压力的斗士"，庞德在致友人的信中表示，"莫伯利仅是一个表象，这首诗依旧是在进行形式探究，尝试将詹姆斯的小说凝练化，*希望如此*"①。

还值得一提的是，联系起庞德后半生的政治、经济迷思，《莫伯利》诗是庞德较早体现出所谓"反犹"倾向的作品。在 E. P. 对战争的观察中，万幸得以回到家乡的人看到的是和"谎言""诈骗""秽行"并列的"高利贷历久日盛"。将高利贷与犹太人捆绑，并将之视为金融阴谋、经济衰退的来源之一这种倾向，在《诗章》特别是《比萨诗章》之前的部分多次出现。《莫伯利》还在展现以尼克森先生为代表的社会群体怪相之前，将矛头直接对准了犹太人：

> 何烈山、西奈山和四十载的沉重记忆，
> 只在白日降临的时候展现
> 在布兰博"完美"
> 的脸上树立标准。②

---

① John J. Espey, *Ezra Pound's Mauberley: A Study in Composition*, London: Faber and Faber, 1955, p. 49. 斜体原文为拉丁语。

② Ezra Pound, *Hugh Selwyn Mauberley*, London: The Ovid Press, 1920, p. 16.

伊兹拉·庞德：旋涡中的美国诗人及其"力"的追寻

"在转向一系列当代群像时，庞德首先写到犹太人，这群'何烈山、西奈山和四十载'悠久传统的继承者，他们为迎合时代，将传统一笔勾销，在正确（correctness）之上假设了一层平滑的面具。"（埃斯佩语）[1]

《莫伯利》中还隐含了另一位真正意义上的旋涡派视觉艺术家：爱德华·威兹沃斯。他为该诗的单行本绘制了每一小节的首个字母的花式大写设计，以及版权页上的出版社名称"OVID"图式。首字母花式设计以对角线构图为主，在体现旋涡派绘画风格的同时，常常出现的断裂感似与诗意相合。巧合或有意的是，我们常常在这些设计中看到旋涡派名称的首字母"V"，或隐含或明显。更加有趣的是，出版社名称中也有这个字母，图式设计中自然又一次将其突出。遗憾的是，在后来再版的《莫伯利》诗中，并非每一次都保留了威兹沃斯的这些设计。然而艺术旋涡起，激荡着庞德的一生，却是事实。

---

[1] John J. Espey, *Ezra Pound's Mauberley: A Study in Composition*, London: Faber and Faber, 1955, p. 96.

第二章　他山之石——庞德早期旋涡主义中的中国内容

如上述庞德对路易斯、戈蒂耶及自己在旋涡派艺术发展中分别发挥的个人作用做出的论述,"我所贡献的可能是一点孔夫子式的冷静和保留"。此句言近旨远。首先,这种"冷静和保留"是旋涡派整体相对于其他先锋艺术流派,特别是意大利未来主义艺术理念而言的反思态度;再者,就庞德本人对旋涡派的直接贡献而言,本身不从事视觉艺术创作的他以更加冷静而隽永的诗文形式及时而准确地把握住了旋涡主义的核心精神——该团体在当时的推广及后世的留名,在很大程度上要归功于庞德的诗与思。庞德所言的"孔夫子"也有其深意:1914—1916年既见证了旋涡派的潮起潮落,也是庞德开始高度重视中国文字、文学与文化并将这种态度延续一生的肇端——诗意的平淡与东方的智慧在机缘中碰撞。由此,无论从诗人的主观认识还是从客观史实来看,他的旋涡主义思想中的"中国内容"[①]将为我们更好地理解他早期的旋涡思想,包括那个动态的意象、旋涡及关键词"力"提供启发。更何况,在旋涡派视

[①] "中国内容"用法见耿幼壮《姿势与书写——当代西方艺术哲学思想中的中国"内容"》,《文艺研究》2013年第11期。

觉艺术家的理论思考与创作实践中，中国内容也时时出现。

第一节　相遇："我的四面几乎都是东方"

1913年10月2日，庞德写信给即将成为自己妻子的多萝西，汇报最近的若干日常交游，例如参观中国展览、前往中国餐馆，拜访艾伦·阿普沃德（Allen Upward），会见来自印度的奈都夫人（Sarojini Niado），同欧内斯特·费诺罗萨（Ernest Fenollosa）遗孀用餐，等等。同为诗人的阿普沃德很有可能是庞德最早直面中国文学的中间人。信中，在简述自己赴阿普沃德处的情景时，庞德提到自己读了他的最新诗作。根据一位庞德传记作者卡彭特（Humphrey Carpenter）的描述，庞德在9月号《诗刊》（*Poetry*）上读到了阿普沃德的组诗《来自中国瓮的香叶》（*Scented Leaves from a Chinese Jar*, 1913），并说服对方同意将之转载到《自我主义者》（*The Egoist*），同时在稍前写给多萝西的信中赞赏道，"阿普沃德的中国诗是增光添彩般的存在"；在拜访期间，阿普沃德向庞德介绍说，"他的'香叶'组诗并非源于中文的翻译，也不是复述，'而是他动用了一些关于中国的联想，在脑海中凭空而作'的成果"；他向庞德展示了翟理斯（Herbert Giles）的《中国文学史》（*History of Chinese Literature*, 1901），庞德很喜欢这本书，继而自述道，"在某种意义上，阿普沃德开启了我沿此方向前行的道路"；而且在这里，庞德还看到了儒家经典法文译本。[1] 同时，费诺罗萨夫人也是在10月会面中确认，庞德是"唯一可以如其先夫所愿地处理他的遗稿的人"[2]。从东学西传的角度来看，那封篇

---

[1] See Humphrey Carpenter, *A Serious Character: The Life of Ezra Pound*, New York: Delta, 1988, p. 218.

[2] Ezra Pound, "Retrospect on the Fenollosa Paper", in Ernest Fenollosa and Ezra Pound, *The Chinese Writing Character as a Medium for Poetry: A Critical Edition*, Haun Saussy, et al., eds., New York: Fordham University Press, 2008, p. 174.

第二章 他山之石——庞德早期旋涡主义中的中国内容

幅不长的书信中的信息量并不算小,所涉人物和事件几乎勾勒出庞德直面中国古典诗歌与诗学的完整缘起线索。如此看来,信末那句后来常常被引用的话并不夸张,"我的四面几乎都是东方"[1]。

庞德信中提及的"中国展览"位于伦敦大英博物馆。这是东方文化得以通过视觉艺术的形式对他的诗与思发生影响的重要机缘地所在。20世纪初,伦敦几乎成为欧洲各路思潮的交汇点,这一点不仅见于前章"艺术旋涡"部分中各"主义"在伦敦的盛行,也如专门研究过"现代主义与博物馆"课题的阿罗史密斯(Rubert R. Arrowsmith)所言,"直到第一次世界大战之前,伦敦的博物馆网络……都是西方最重要的世界艺术交汇中心"[2]。在伦敦,庞德成为劳伦斯·比尼昂的朋友。比尼昂就在大英博物馆工作,负责"版画和绘画"(Prints and Drawings)部门的藏品收集、管理工作,职责范围涵盖一些包括中国、亚洲艺术作品在内的特藏。从访客记录上来看,从1909年至第一次世界大战爆发期间,庞德是该部门的常客。[3] 在《诗章》第80章中,庞德追忆1914年前的伦敦岁月时,将之称为"大英博物馆时代"[4]。

早在1909年即庞德抵英不久,他就在写给母亲的信中谈道,比尼昂主讲"关于'东方和欧洲艺术'系列讲座"并送给自己门票,庞德对之的评价是"特别有趣"。[5] 目前的多方研究只能从其他材料去侧面推测讲座的具体内容,达成的大致共识是:比尼昂的基本观点来自他的两本关于东方艺术的专著《远东绘画》(*Painting in the Far*

---

[1] Omar Pound and A. Walton Litz, eds., *Ezra Pound and Dorothy Shakespeare, Their Letters: 1909-1914*, New York: New Directions, 1984, pp. 259, 264.

[2] Rubert R. Arrowsmith, *Modernism and the Museum: Asian, African and Pacific Art and the London Avant-Garde*, New York: Oxford University Press, 2011, p. 2.

[3] Rubert R. Arrowsmith, *Modernism and the Museum: Asian, African and Pacific Art and the London Avant-Garde*, New York: Oxford University Press, 2011, pp. 106-107.

[4] Ezra Pound, *The Cantos of Ezra Pound*, London: Faber and Faber, 1975, p. 506.

[5] 钱兆明:《"东方主义"与现代主义:庞德和威廉斯诗歌中的华夏遗产》,徐长生、王凤元译,浙江大学出版社2016年版,第181页。

伊兹拉·庞德：旋涡中的美国诗人及其"力"的追寻

East）和《龙的翱翔》（*The Flight of the Dragon*）。具体而言，如陈文平（Woon-Ping Chin Holaday）所说，《远东绘画》旨在"向西方观众解释东方绘画的美学价值和意义"，从而对比东西艺术呈现出的思维方式上的迥异，并以日本艺术浸染的中国风尚为起点说明中国艺术在当下世界、自然包括欧洲的典范意义。① 钱兆明根据1912年1月《泰晤士报》（*Times*）对比尼昂另一场演讲的报道得出类似的推测，并概括出比尼昂对庞德，甚至对当时伦敦整体中国风尚之形成的直接助力作用："正是因为他的《远东绘画》，他1909—1912年间的相关主题讲演和文章，尤其是他独到的策展眼光促成的1910—1912年间的中日绘画作品展，使得中国艺术前所未有地在伦敦受到了最大程度的重视。"②

1910年6月至1912年4月，大英博物馆进行了为期两年的中日绘画作品展，策展人正是比尼昂。这场展览伴随着20世纪初欧洲现代视觉艺术的兴起，发生在旋涡派视觉艺术团体的《爆炸》创刊号问世之前，在视觉艺术领域掀起了以"中国热"为核心的东方风尚——肯纳在提出著名的"庞德时代"观点时，也对20世纪初欧美现代文学中的中国方向给予肯定，"以中国方式写作是自由诗运动的方向之一，由那时那刻的人们对美的感受力引导。即使不存在庞德和费诺罗萨，这种写作方式也注定会发生"③。庞德在1913年1月4日致信多萝西时以诗意的语言讲述道，"我在大英博物馆的中古日本版画前流连，感到年岁和智慧一起增长。天堂的静谧与柔美的灵光"④。

---

① Woon-Ping Chin Holaday, "Pound and Binyon: China via the British Museum", *Paideuma*, Vol. 6, No. 1, 1977, pp. 27 – 36.
② Zhaoming Qian, "Pound and Chinese Art in the 'British Museum Era'", in *Ezra Pound and Poetic Influence: The Official Proceedings of the 17th International Ezra Pound Conference Held at the Castle Brunnenburg*, Tirolo di Meran, 2000, pp. 100 – 112.
③ Hugh Kenner, *The Pound Era*, Berkeley: University of California Press, 1971, p. 196.
④ Omar Pound and A. Walton Litz, eds., *Ezra Pound and Dorothy Shakespear, Their Letters: 1909 – 1914*, New York: New Directions, 1984, p. 177.

第二章 他山之石——庞德早期旋涡主义中的中国内容

钱兆明认为，1909年之后，大英博物馆中最有可能给庞德带来直接冲击的东方视觉艺术创作包括：东方馆中在"最显眼的位置展出"的4世纪顾恺之瑰宝级作品《女史箴图》，特别是其中的《班姬辞辇图》——庞德的第一批中国古诗译写中即有同题材故事背景的《纨扇歌奉君上》；以及1909年进驻、来自中国敦煌"千佛洞"的佛教壁画作品，尤其是其中的一幅观音立像——庞德生平第一次书写观音是在1917年的《诗章三首》中，"观音/以莲花为舟，驻足其上"，该形象与1910—1912年间大英博物馆展出的观音相符，由比尼昂执笔的导览手册这样描绘之，"立于莲花之上，头戴宝冠，宝冠之上绽开着两朵莲花"；再者即为来自16世纪日本的《潇湘八景》图及中国明代两组以其中二景"江天暮雪"和"潇湘夜雨"为题材的画作——二十载后，庞德收到父母从故国寄来的配有中文潇湘八景诗的日本山水画册页，最终成就《诗章》第49章即"七湖诗章"。[①]

第二节 假费诺罗萨之手：《作为诗歌媒介的中国书写文字》的编辑与出版

在上述庞德与东方，特别是中国文化的相遇基础之上，从他的诗与思来看，他真正尝试去把握这种与既往生命体验全然异质的文化之深层结构，是从1914年前后接触并编辑美国东方文化研究者费诺罗萨手稿开始的。庞德获得的费诺罗萨手稿包括《作为诗歌媒介的中国书写文字》一文以及大量中国古诗笔记。1915年出版的《华夏集》的直接灵感和原始材料多源于此。无论是在庞德对上述文章的编辑还是对中国古诗的诗意译写中，我们都能清楚地感受到主要以费诺罗萨为媒介，中国文化的深层结构为庞德带来的启发。这种激发意

---

① 见钱兆明《"东方主义"与现代主义：庞德和威廉斯诗歌中的华夏遗产》，徐长生、王凤元译，浙江大学出版社2016年版，第7、182页。

伊兹拉·庞德：旋涡中的美国诗人及其"力"的追寻

味在"艺术旋涡"与古老东方文明的碰撞中更为明显。而在时间上，庞德编纂费诺罗萨手稿、出版《华夏集》是在1914—1916年间，而这与旋涡派发展成一个独立的英国先锋艺术流派，却又不幸夭折的起落时间非常吻合。

我们会在庞德本人的论述中看到他在费诺罗萨处汲取的、和他同时期正在酝酿发展的旋涡主义思想相关甚至相似的表达。在《阅读 ABC》（ABC of Reading，1934）中，庞德写道：费诺罗萨"试图把中国的表意文字解释为一种传递和记录思想的手段。他达到了问题的根本，达到了中国的思维之中稳定（valid）的东西与诸多欧洲思想和语言中无效（invalid）或误入歧途的东西之间的差别的根源"。庞德在后文描述欧洲人对颜色的追溯式理解时，最终将个体颜色的根源落在了"力（energy）的一种样式"上，并将其性质冠以"一种存在或非存在的形式"，认为其不管怎样都超越了个体的深度。[1] 在费诺罗萨看来，中国书写文字与西方表音文字的核心区别在于，前者以"对自然运转的生动速写为基础"并"遵从自然的联想（natural suggestion）"——"同自然一样，中国文字同时是生动的和造型的，因为事物和行动在形式上是不可分离的"，后者则"全然依靠纯粹的惯例"。[2] 再进一步至中国古诗的"诗意"语法呈现出的汉语言文字之"动词性""行为性"，费诺罗萨的两段原文既相对清晰地呈现出此"动词性""行为性"所指为何，我们在其中也能看到对庞德的旋涡主义思想中的文论那一部分带来的直接启发：

---

[1] 中译文参考 [美] 埃兹拉·庞德《阅读ABC》，陈东飚译，译林出版社2014年版，第5页；有改动。

[2] Ernest Fenollosa, "The Chinese Writing Character as a Medium for Poetry: An Ars Poetica", in Fenollosa, Ernest and Ezra Pound, *The Chinese Writing Character as a Medium for Poetry: A Critical Edition*, pp. 50 - 51. 中译文参考耿幼壮《姿势与书写——当代西方艺术哲学思想中的中国"内容"》，《文艺研究》2013年第11期。

第二章 他山之石——庞德早期旋涡主义中的中国内容

我们运用系动词的一瞬间，我们表达主体包摄（subjective inclusions）的一瞬间，诗意即刻消散。我们越能明确而生动地表达事物间的互动，写出来的诗就越好。诗歌需要无数的主动词语，每一个都尽其所能地表现出驱动力与活力。若只是通过归纳或堆砌句子，自然的丰富性则被遮掩了。诗思通过联想发挥作用，催生具有深意、充满感情、闪闪发光的词组，同时诗思在这些词组中涌动从而实现意义的极值。

每一个中国书写文字都在自身中累积这种力。①

费诺罗萨的书写中对庞德的旋涡主义思想发挥深刻影响的那一部分，在前者与另一类似角色 T. E. 休谟的对比中表现得更为明显。戴维（Donald Davie）指出，"费诺罗萨和休谟同样坚持诗歌应接近'事物'，而前者洞察到、后者未能认识到的方面是'事物'作为能量的集簇，总在流动中，传输或接收着力的涌流"；而二人具有如此差异的深层原因则在于"费诺罗萨是一位人本主义者（humanist），吸引他的往往是自然"。② 费诺罗萨本人的文字也直接表达出，理想的"事物"应该是一系列连贯的行动，这与自然的如下永恒现象一致：波上有波（wave）、过程之下还有过程（process）以及系统之内还有系统（system）。③ 其中的呼应意味在于，具体到庞德处，这个动

---

① Ernest Fenollosa, "The Chinese Writing Character as a Medium for Poetry: An Ars Poetica", in Ernest Fenollosa and Ezra Pound, *The Chinese Writing Character as a Medium for Poetry: A Critical Edition*, Haun Saussy, et al., eds., New York: Fordham University Press, 2008, pp. 57–58. 着重号为引者所加。

② Donald Davie, *Articulate Energy: An Inquiry into the Syntax of English Poetry*, London: Routledge and Kegan Paul, 1955, p. 38.

③ See Haun Saussy, "Fenollosa Compounded: A Discrimination", in Ernest Fenollosa and Ezra Pound, *The Chinese Writing Character as a Medium for Poetry: A Critical Edition*, Haun Saussy, et al., eds., New York: Fordham University Press, 2008, pp. 21–22.

伊兹拉·庞德：旋涡中的美国诗人及其"力"的追寻

态的"事物"和那个"具有最大'力'的点"，即"旋涡"趋向同一。①

需要注意的是，《作为诗歌媒介的中国书写文字》在正式发表、出版之前，它的最初形式是费诺罗萨的原始手稿。在 2008 年由苏源熙、石江山（Jonathan Stalling）和柯夏志（Lucas Klein）共同主编的《作为诗歌媒介的中国书写文字：评注本》(*The Chinese Written Character as a Medium for Poetry：A Critical Edition*) 出版之前，大多数读者面对的文字，已经是被细细编辑过了的或者说"庞德化"了的篇章。换言之，庞德为这篇文章所做的工作，绝非如他在小序中表述的那般小修小补——"我所做的不过是删去一些重复、修正几个句子而已"②。此言不实。

总体而言，庞德的编辑可以归纳为一个做减法的过程。最直观的即为他对原文题目的修改以及一些段落的大幅删除。费诺罗萨完成的终稿原题目为《作为诗歌媒介的中国书写语言》("The Chinese Written Language as a Medium for Poetry")，而非后来经庞德编辑、出版从而广为人知的《作为诗歌媒介的中国书写文字》。从"语言"到"文字"，范围的缩小意味着庞德个人，或者说他所理解的费诺罗萨此篇的重点所在。费诺罗萨的原文末段被庞德全部删除，其中首句表示，自己原本打算谈谈关于韵律（metre）或诗节（stanza）的问题，但这"最好推迟到下一次讲演中再说，同时还会涉及中国诗的声音问题，展现其发展脉络"。③ 这很有可能指的是留存下来的费诺罗萨手稿中，

---

① Ezra Pound, "VORTEX", in Wyndham Lewis, ed., *Blast*, No. 1, London: John Lane, The Bodley Head, 1914, p. 153.
② Ernest Fenollosa and Ezra Pound, "The Chinese Written Character as a Medium for Poetry", *The Little Review*, Sep 1919, p. 62. See *The Little Review*, Volume 6, 1919 – 1920, New York: Kraus Reprint Corporation, 1967.
③ Ernest Fenollosa, "The Chinese Written Language as a Medium for Poetry (Final draft, ca. 1906, with Pound's notes, 1914 – 16)", in Ernest Fenollosa and Ezra Pound, *The Chinese Writing Character as a Medium for Poetry：A Critical Edition*, Haun Saussy, et al., eds., New York: Fordham University Press, 2008, p. 104.

第二章 他山之石——庞德早期旋涡主义中的中国内容

两篇时间标注为 1903 年的关于中国、日本诗歌的讲义。[①] 它们比《作为诗歌媒介的中国书写文字》的讲稿痕迹更为明显——庞德对具体内容、遣词造句及段落划分等诸方面的调整甚至删除，很多时候也是在将一篇讲稿转化为书面性更强、更适合发表的文章的过程。

两篇讲义中的主要观点大多在《作为诗歌媒介的中国书写文字》原始手稿及编辑出版中保留了下来，最直观的即为那些直接影响了庞德旋涡主义思想的基本认识。有时，对于符合自己诗思的一些看法，庞德甚至在做减法式的编辑工作中将之强化。即使在原始手稿中，无论从篇幅还是主次而言，中国书写文字、诗歌中的声音元素都让位于图像。费诺罗萨也意识到自己的侧重，"你会注意到，目前我所谈到的中国诗歌，仿佛完全诉诸眼睛，似乎其中完全没有声音因素。这当然不成立"[②]。两篇讲义涉及中国诗歌声音问题时，其讨论基础建立于分别诉诸视觉和听觉的汉字和西文间的对比，从而突出中国书写文字的优越性：表达西文所能及的思想与声音维度的同时，还呈现出其所不能及的图像维度，更真实地体现出比事物本身（包括人类、自然、世界等）更为重要的事物之间的关系，因此汉语是更适宜表达诗意的"理想语言"。这是费诺罗萨以及庞德一向看重的观点。费诺罗萨并非对汉字的声旁及上古中国诗乐合一的状况不了解，但他希望突出自己的讨论核心："我们此前慎重地搁置了这一方面，因为希望可以突出这样一个事实：即使中国诗歌真的仅为视觉语言而已，它仍然独特而显著地囊括了成就诗歌的所有重要特征。"[③] 庞德编辑《作

[①] 这两篇讲义也被收录在苏源熙等人主编的评注本中，见 Ernest Fenollosa and Ezra Pound, *The Chinese Writing Character as a Medium for Poetry: A Critical Edition*, Haun Saussy, et al., eds., New York: Fordham University Press, 2008, pp. 105 – 143。

[②] Ernest Fenollosa and Ezra Pound, *The Chinese Writing Character as a Medium for Poetry: A Critical Edition*, Haun Saussy, et al., eds., New York: Fordham University Press, 2008, p. 132.

[③] Ernest Fenollosa, "Chinese and Japanese Poetry. Draft of Lecture I. Vol. II.", in Ernest Fenollosa and Ezra Pound, *The Chinese Writing Character as a Medium for Poetry: A Critical Edition*, Haun Saussy, et al., eds., New York: Fordham University Press, 2008, p. 133.

伊兹拉·庞德：旋涡中的美国诗人及其"力"的追寻

为诗歌媒介的中国书写文字》时在这个方向上走得更远。再者，就声旁而言，费诺罗萨试图将之与后来被庞德归为"音文"①的那些西文的绝对抽象性区别开来，"若说偏旁在没有扎实字符基础上形成抽象的声音，这实在难以置信"②——声旁的本源基础不是抽象的声音，而是具体的图像。就诗乐合一而论，费诺罗萨在两篇讲义中都提及，古今语音的发展演变使得中国诗歌的声音部分发生退化，现代汉语的声音"绝非原始的中国诗歌声音"③，因而诗意全无。如果说费诺罗萨以及后来的庞德钟爱的中国书写文字之为诗歌语言的组成部分有什么缺陷的话，自然就是"存下了思想，放走了声音"④。后来人往往对费诺罗萨，更准确地说应该是庞德当时对中国语言文字中声音部分的忽视产生"诟病"，这样看来，或许，这种忽视在很大程度上并非源于无知的疏漏，很可能是有意为之的选择。就像庞德自己坦言的那般，"我选取了在我看来最需要的内容，忽视了那些关于声音的段落"⑤。他在编辑中执行的这种按己所需的标准也体现在了他同时期或后来的其他文学活动和思想中。

被庞德在编辑过程中大幅删除的，除上面提及的汉语诗歌声音

---

① "音文"（Melopoeia）、"形文"（Phanopoeia）、"辞文"（Logopoetia）是庞德在《怎样阅读》一文及《阅读 ABC》一书中提到的诗歌语言分类。见［美］埃兹拉·庞德《阅读 ABC》，陈东飚译，译林出版社 2014 年版，第 23、285 页。
② Ernest Fenollosa, "Chinese and Japanese Poetry. Draft of Lecture I. Vol. II. ", in Ernest Fenollosa and Ezra Pound, *The Chinese Writing Character as a Medium for Poetry: A Critical Edition*, Haun Saussy, et al., eds., New York: Fordham University Press, 2008, p. 127.
③ Ernest Fenollosa, "Chinese and Japanese Poetry. Draft of Lecture I. Vol. II. ", in Ernest Fenollosa and Ezra Pound, *The Chinese Writing Character as a Medium for Poetry: A Critical Edition*, Haun Saussy, et al., eds., New York: Fordham University Press, 2008, pp. 135 – 137.
④ Ernest Fenollosa, "Chinese and Japanese Poetry. Draft of Lecture I. Vol. II. ", in Ernest Fenollosa and Ezra Pound, *The Chinese Writing Character as a Medium for Poetry: A Critical Edition*, Haun Saussy, et al., eds., New York: Fordham University Press, 2008, p. 134.
⑤ Ezra Pound, "Retrospect on the Fenollosa Paper", in Ernest Fenollosa and Ezra Pound, *The Chinese Writing Character as a Medium for Poetry: A Critical Edition*, Haun Saussy, et al., eds., New York: Fordham University Press, 2008, p. 174.

第二章 他山之石——庞德早期旋涡主义中的中国内容

元素的内容之外,还有费诺罗萨对于世界局势的思考。在他的手稿中,这一方面内容原本在篇首以近乎引言的形式出现,在最终出版时仅余只言片语。费诺罗萨在被删除的这两长段文字中所表达的思想,我们在他一篇时间标注为1898年、题名为《东西方融合在望》("The Coming Fusion of East and West")的文字中可以看得更清楚。在世纪之交的世界格局大变革时期,尽管硝烟四起,费诺罗萨仍坚定地认为,无论从国际关系、工业发展还是精神信仰层面来看,东西方间的未来理想关系"不应是征服,而是融合"。在走向融合的过程中,东方的主要促成力量是中国和日本,西方则为盎格鲁-撒克逊血脉的英美两国。在费诺罗萨看来,东西方融合在望的根基在于精神或文化层面,即"人的神性(divine)方面"——这种品质为双方所平等地具有。[①] 因此可以说,费诺罗萨在《作为诗歌媒介的中国书写文字》中强调汉字之为诗歌的媒介、中文之为更适宜表达诗意的理想语言,现实目的在于扭转他眼中西方对东方的无知与偏见,从而实现他理想中的世界融合。无论他这种看法本身正确与否,待手稿在1915年前后流转至庞德处,这位编者此时的注意力尚集中在文学及艺术方面。即使后来从20年代起开始关心政治和经济问题,他的视点也并非费诺罗萨心中的世界和东方,而是自己所处的西方和故国。总之,他明显不"需要"这些被删除的段落。

无疑,后来人对《作为诗歌媒介的中国书写文字》的阅读方式,在很大程度上被庞德的编辑引领着,而我们也常常将这部著作放在庞德的文人生涯中去考察。由此可见,庞德个人也或直接或间接地被自己对这份文字的编辑行动反向影响。葛瑞汉(A. C. Graham)说,对

[①] See Ernest Fenollosa, "The Coming Fusion of East and West", in Ernest Fenollosa and Ezra Pound, *The Chinese Writing Character as a Medium for Poetry: A Critical Edition*, Haun Saussy, et al., eds., New York: Fordham University Press, 2008, pp. 155, 161.

于庞德而言,"翻译中国诗是意象派运动的副产品"① ——庞德对中国文学的接触、翻译包括上述编辑,都始于 1915 年前后。考察过这一时期庞德的文学活动及思想发展,我们有理由沿着葛瑞汉的思路去认为,庞德对《作为诗歌媒介的中国书写文字》的编辑,也是他从意象主义继续向旋涡主义发展的副产品。华夏旋涡起,中国内容得以在他的思想中深化,费诺罗萨的这篇文稿是其中极为重要的中间环节。

第三节 诗意译写起:从《意象派诗人》的四首中国古诗到《华夏集》

如上所言,庞德的中国古诗英译在接触费诺罗萨手稿之前即已发生。那么,我们可对他收录在《意象派诗人》和《华夏集》的中国古诗进行比较,观察他的诗意译写在细察《作为诗歌媒介的中国书写文字》前后的直观变化,从而感受他的思想发展过程中华夏元素的暗涌。从数量比例上来看,《意象派诗人》中的 6 首庞德诗作中,源自中国古诗的有 4 首之多。如此编选之用心,或可从庞德自己的文字中找到答案。他在《中国诗歌》("Chinese Poetry", 1918)一文中开宗明义:"人们之所以不辞辛苦地去进行中国诗歌翻译,正是因为中国诗歌具备'生动呈现'(vivid presentation)这样的特征,当然还由于中国诗人致力于单纯呈现事物,不说教、不评论。"② 因而,中国诗歌最初得以俘获庞德,明显与其触及了他意象主义思想之核心"直接处理事物"密切相关。回到 1914 年上半年的《意象派诗人》

---

① A. C. Graham, *Poems of the Late T'ang*, Harmondsworth: Penguin, 1977, pp. 13 – 15. See Haun Saussy, "Fenollosa Compounded: A Discrimination", in Ernest Fenollosa and Ezra Pound, *The Chinese Writing Character as a Medium for Poetry: A Critical Edition*, Haun Saussy, et al., eds., New York: Fordham University Press, 2008, p. 35.
② Ezra Pound, "Chinese Poetry", in Ezra Pound, *Early Writings*, Ira B. Nadel, ed., London: Penguin, 2005, p. 297.

第二章 他山之石——庞德早期旋涡主义中的中国内容

中的庞德作品,最契合诗人上述对中国诗歌的直观认识的,是以班婕妤所作《怨歌行》诗为源泉而成的《纨扇歌奉君上》,汉语原诗全文和庞德的相应作品分别为:

> 新裂齐纨素,皎洁如霜雪。
> 裁作合欢扇,团团似明月。
> 出入君怀袖,动摇微风发。
> 常恐秋节至,凉飙夺炎热。
> 弃捐箧笥中,恩情中道绝。

> O fan of white silk,
>   clear as frost on the grass-blade,
> You also are laid aside. [1]

诚然,以1914年间庞德聊胜于无的中文阅读能力,他的直接底本绝非上述汉语原诗,而是翟理斯《中国文学史》中对这首诗句句对应的忠实英译。在这部文学史的前言中,翟理斯说:"我这本书的很大一部分工作都致力于翻译,从而在翻译所能及的范围内,让中国作者自己发声。"[2] 班婕妤及其《怨歌行》在书中汉代诗歌部分出现,是女诗人作品在中国文学史上崭露头角的范例。翟理斯简要介绍了这首诗的写作背景和作者的感情寄托,附上自己的忠实英译,而后强调,"从此在汉语中,'秋扇'成为弃妇的象征"。[3] 这样看来,尽管庞德将10句中国古诗,或者说翟理斯的10行英译转化为

---

[1] Ezra Pound, "FAN-PIECE FOR HER IMPERIAL LORD", in Ezra Pound, et al., *Des Imagistes: An Anthology*, New York: A. and C. Boni, 1914, p. 15.

[2] Herbert A. Giles, *A History of Chinese Literature*, New York: D. Appleton and Company, 1930, p. v.

[3] Herbert A. Giles, *A History of Chinese Literature*, New York: D. Appleton and Company, 1930, p. 101.

短短3行,将一首怨诗之"怨"完全集中在"纨扇"这一"在一刹那时间里呈现理智和情感的复合物"的意象之中,从而实现最大限度内的浓缩,但是参照意象派诗法及他所理解的中国诗人"单纯呈现事物,不说教、不评论"的品质,他的创举并未减少半分原诗之"怨"。

让我们再看《华夏集》中一首题材相似的宫闱怨妇诗《玉阶怨》("The Jewel Stairs' Grievance"),原作者为李白。和之前《纨扇歌奉君上》的情况类似,庞德的底本依然是他人的忠实英译,只是这一次他参考的是费诺罗萨的笔记手稿。费诺罗萨不仅如翟理斯一般为每一行诗作出文通字顺、忠实于原诗的英译,而且还保留了原诗中的繁体汉字,更为每一个字注音、标明各自含义。《纨扇歌奉君上》和《玉阶怨》,或者说《意象派诗人》和《华夏集》相比,后来者更多侧重于翻译而非如前者般择取、创造意象形成相对独立的创作——1915年首版《华夏集》有一个长长的副标题,紧随书名字样之后的就是"庞德译作"。而刚好在一百年之后,待钱兆明将《华夏集》中的诗歌同费诺罗萨的笔记一道整理出版时,庞德的位置已悄然从译者跃居为作者。这代表了一个世纪间的读者,特别是西方读者面对庞德的中国古诗译写时对其作出的基本定位。

《玉阶怨》的汉语原诗和庞德译写作品如下:

玉阶生白露,夜久侵罗袜。
却下水晶帘,玲珑望秋月。

THE jewelled steps are already quite white with
    dew,
It is so late that the dew soaks my gauze stockings,
And I let down the crystal curtain

第二章 他山之石——庞德早期旋涡主义中的中国内容

And watch the moon through the clear autumn. ①

我们很难在庞德的《玉阶怨》中找到一个如《在地铁车站》中的"花瓣"或是《纨扇歌奉君上》中的"秋扇"那般鲜明、浓缩而静止的意象。而"玉阶"在本诗中所起的作用，恰似一个动态的旋涡，一个"思想得以持续奔涌的源泉、途径和归宿"。从"玉阶"生"白露"起，全诗的情景环环相扣，一气呵成——"白露"夜久侵"罗袜"，于是"我却"下"水晶帘""望秋月"，一系列动作与情感，最终依然归于"玉阶"之"怨"。该诗的特别之处还在于它与庞德之思在观感上产生的矛盾。如前所言，在庞德眼中，"致力于单纯呈现事物，不说教、不评论"是中国诗的珍贵品质，在他个人的诗歌译写中也鲜见注解；而就在《玉阶怨》之下，却出现了一段解释性的文字。查普尔（Anne S. Chapple）是较早关注庞德《华夏集》诗歌编选过程的学者，她提出，费诺罗萨的笔记可为这一问题指点迷津："这段附在诗后的解释性文字旨在抵消文化差异（这会妨碍我们去欣赏这首诗），同时也使得读者可以更加主动地去接受这首诗。"②庞德的这段注疏文大部分是对费诺罗萨笔记原文的诗性改写，只是以更凝练的文字讲述道："玉阶"所指为宫廷，"怨"意味负面情绪，"罗袜"指向人物的尊贵身份，而"玲珑"表明女儿之怨不在天气，因此"夜久侵罗袜"暗示着久等君不来。他作出的唯一的主观评论是最后一句话，"这首诗尤其珍贵，因为她没有一句直怨"③。这样看来，如果没有费诺罗萨的补充笔记，面对这样一首"没有一句直怨"的诗歌，或许庞德也难以准确把握其中所怨为何，这也是手捧《华

---

① Ezra Pound, *Cathay: The Centennial Edition*, Zhaoming Qian, ed., New York: New Directions, 2015, pp. 82, 35.
② Anna S. Chapple, "Ezra Pound's 'Cathay': Compilation from the Fenollosa Notebooks", *Paideuma*, Vol. 17, No. 2 – 3, 1988, p. 18.
③ Ezra Pound, *Cathay: The Centennial Edition*, Zhaoming Qian, ed., New York: New Directions, 2015, p. 35.

伊兹拉·庞德：旋涡中的美国诗人及其"力"的追寻

夏集》的西方读者的困境。查普尔敏锐地捕捉到，"《在地铁车站》和《玉阶怨》的显著差异在于，我们无法对'怨'这一情感元素产生'一刹那时间'的共鸣：必须深究其中的情景才能获得之"①。而在《中国诗歌》一文中，庞德提出的第一条中西诗歌差异，也是他自己钟爱中国诗的理由之一，即为"中国人喜欢那些需要他们思考，甚至深究的诗歌"②；果不其然，该文随后佐证这一特征的就是《华夏集》中的《玉阶怨》。此时的庞德俨然已经意识到此前意象派诗歌在传情达意上的局限，这种情况在跨国界、语言、文化的诗歌流传中更为明显。而"旋涡"对"意象"的发展弥补了这一罅隙。在诗人、译者、编者等具体的现实身份之外，庞德俨然自觉承载了一位文化传播者的使命感。难怪艾略特会作出那个著名的论断："庞德是我们时代中国诗的创造者。"③

从静态的意象发展至动态的旋涡，和庞德早期单纯的意象派诗歌创作以及《意象派诗人》中的作品相比，《华夏集》中不乏继续推进这一诗思的篇幅略长的诗章，这也是它和之前《意象派诗人》在整体上的区别。源自李白之《长干行》的《河商之妻》("The River Merchant's Wife: A Letter")是其中的经典之作，尽管有"青梅竹马"这样的在诗意理解与传达上的误读与误译（"一双竹跷为马，你来了/绕过栅栏。青梅低语/于你的指间"④）——细究费诺罗萨笔记，我们会发现，谬误的根源实则在此而不在庞德。汉语原诗、费诺罗萨

---

① Anna S. Chapple, "Ezra Pound's 'Cathay': Compilation from the Fenollosa Notebooks", *Paideuma*, Vol. 17, No. 2–3, 1988, p. 19.

② Ezra Pound, "Chinese Poetry", in Ezra Pound, *Early Writings*, Ira B. Nadel, ed., London: Penguin, 2005, p. 298.

③ T. S. Eliot, "Introduction", in Ezra Pound, *Selected Poems*, London: Faber & Faber, 1961, p. xiii.

④ Ezra Pound, "The River-Merchant's Life: A Letter", in Ezra Pound, *Cathay: The Centennial Edition*, Zhaoming Qian, ed., New York: New Directions, 2015, p. 33. 中译文见耿幼壮《何谓诗意译写？——伊兹拉·庞德的中国诗歌和儒家经典翻译》，载《世界汉学》（第15卷），中国人民大学出版社2015年版，第150页。

第二章　他山之石——庞德早期旋涡主义中的中国内容

笔记和庞德诗作句句对应，但诗人在其中灌注的心血与才华使得女主人公自然流淌在字里行间的真挚情感成为如同旋涡般那个具有最大"力"的点，如苏源熙所言的"细节并置的逻辑""会为自己发声"的"闪闪发光的细节"①，使这首诗在一个世纪间持续具有感动中西读者的力量。庞德自己如是说，"我无须增添分毫，我对这首诗展现出来的温柔的凝练和完整，哪怕置喙一句，那都是无礼的行为"②。尽管查普尔的分析没有直接点到"旋涡"，但是她对之作出的评价有意无意间采用了庞德旋涡主义思想的关键词，"通过文句最高效率极值和'精准用词'的实现，庞德完成了迷人的翻译"③。

和《意象派诗人》相比，《华夏集》还显示出庞德发生旋涡主义转向的过程中，在诗意译写策略上开始倾向采用的两种语法：分词状语和重言叠字。这自然是费诺罗萨的《作为诗歌媒介的中国书写文字》以及中国古诗手稿时时传达出的关于中国语言文字本身承载的动作、过程以及关系意味为庞德带来的启发。在《华夏集》中，"采薇采薇，薇亦作止"对 HERE We are, **picking** the first fern-shoots；"郎骑竹马来，绕床弄青梅"作 You came by on bamboo stilts, **pulling** flowers. / You walked about my seat, **playing** with blue plums；"黄金白璧买歌笑，一醉累月轻王侯"为 **With** yellow gold and white jewels, we paid for/songs and laugher/ And we were drunk from month on month, **forget/ting** the kings and princes；如此等等。④ 这种完全或部分省略施事者的语法模糊了动作或状态发出者与对象（无论是人，还是事、物）

---

① Haun Saussy, "Fenollosa Compounded: A Discrimination", in Ernest Fenollosa and Ezra Pound, *The Chinese Writing Character as a Medium for Poetry: A Critical Edition*, Haun Saussy, et al., eds., New York: Fordham University Press, 2008, p. 4.

② Ezra Pound, "Chinese Poetry – II", in Ezra Pound, *Early Writings*, Ira B. Nadel, ed., London: Penguin, 2005, p. 303.

③ Anna S. Chapple, "Ezra Pound's 'Cathay': Compilation from the Fenollosa Notebooks", *Paideuma*, Vol. 17, No. 2 – 3, 1988, p. 31.

④ Ezra Pound, *Cathay: The Centennial Edition*, Zhaoming Qian, ed., New York: New Directions, 2015, pp. 27, 33, 40. 粗体为引者所加。

伊兹拉·庞德：旋涡中的美国诗人及其"力"的追寻

间的界限，是一种对中国语言文字之"动词性"的化用。这种倾向一直持续到庞德后来的诗歌创作与翻译中，包括他的鸿篇巨制《诗章》及其中不时闪现的对中国古诗的诗意译写，例如"孔子诗章"（第13章）和"七湖诗章"（第49章）。特别是在那些以自然风物比兴人事的诗歌中，庞德传达了一种与欧洲传统自然观截然不同的理念，这部分意义上是他在费诺罗萨手稿中寻得的遗珠。费诺罗萨在关于中国、日本诗歌的讲义中指出，中国诗歌清晰传达出华夏文化自远古以降，自然与人这两种维度间的平行与和谐，彼此表达，"互为灵魂"；而在欧洲，自古希腊、中世纪直至文艺复兴，情况截然相反，"人们更多意识到的，也更引以为傲的是人与自然间的差异、人之于自然的优越感"[①]。这样看来，中国古典诗歌激发了庞德的创作，按照布什（Ronald Bush）的说法，"通过使用一系列现在分词，庞德的诗句展现了人世和山水界相互映衬的特别瞬间"[②]。

至于重言叠字，我们不仅在《华夏集》中读到类似"青青河畔草"（BLUE, blue is the grass about the river）、"纤纤出素手"（Slender, she puts forth a slender hand）、"霭霭停云，濛濛时雨"（THE clouds have gathered, and gathered, and the rain falls and falls）这样从汉语原文，或者说媒介手稿中的重言而来的叠词对译，庞德的译写中还包含了许多在原诗中并不明显，但却在他的西文字里行间有几分中文重言叠字、朗朗上口之感的诗行。《长干行》中的"十五始展眉，愿同尘与灰"在庞德笔下化为 At fifteen I stopped scowling, /I desire my dust to be mingled with yours /**Forever and forever, and forever**。费

---

① Ernest Fenollosa, "Chinese and Japanese Poetry. Draft of Lecture I. Vol. II.", in Ernest Fenollosa and Ezra Pound, *The Chinese Writing Character as a Medium for Poetry: A Critical Edition*, Haun Saussy, et al., eds., New York: Fordham University Press, 2008, pp. 138 – 139.

② Ronald Bush, "Pound and Li Po: What Becomes a Man", in George Bornstein, ed., *Ezra Pound among the Poets*, Chicago: University of Chicago Press, 1985, pp. 44 – 45. 转引自钱兆明《"东方主义"与"现代主义"：庞德和威廉斯诗歌中的华夏遗产》，徐长生、王凤元译，浙江大学出版社2016年版，第75页。

第二章 他山之石——庞德早期旋涡主义中的中国内容

诺萨此处的笔记完全是基于汉语原诗的逐字对译。然而庞德的诗思灵光在于，他在如此直译中悟出了自己并不熟悉的汉语诗歌语境传达出的含蓄感情，于是在自己的诗意译写中连用三个传达出深挚感情的"永远"——无论是在汉语原文还是费诺罗萨笔记中都没有直接语词对应——传达出其中隐含的长相厮守、天荒地老之意。有时，庞德似乎在有意重复使用同一英文单词或其变体，由此引发类似中文重言叠字的强烈阅读效果或情感深度。洒脱如"载妓随波任去留"（We carry singing girls, **drift** with the **drifting** water），慷慨似"借问谁凌虐，天骄毒威武。赫怒我圣皇，劳师事鼙鼓"（**Who brought** this to pass？/**Who has brought** the flaming imperial anger？/**Who has brought** the army with drums and with kettle drums？/Barbarous kings），悲壮若"三十六万人，哀哀泪如雨。且悲就行役，安得营农圃"（Three hundred and sixty thousand, /And **sorrow, sorrow** like rain. / **Sorrow** to go, and sorrow, sorrow returning, /**Desolate, desolate** fields）。① 这种与汉语原诗缺乏词句对应，也并非来自费诺罗萨文字的风格，源于庞德在中国古典诗歌中感知的一种与既往文化背景全然不同的生命体验。

第四节　诗意译写续：从《周朝弓箭手之歌》到《采薇》

在《伊兹拉·庞德的〈华夏集〉》（*Ezra Pound's Cathay*, 1969）一书的导言部分，作者叶维廉（Wai-lim Yip）这样评价《华夏集》在庞德个人生涯及后来者研究中的地位："从不同的角度看来，《华夏集》都是他发展过程中的轴心；同时，对这本诗集的研究是学界庞德研究中不可或缺的一部分。"这位海外华裔学者在强调不为庞德

---

① Ezra Pound, *Cathay*: *The Centennial Edition*, Zhaoming Qian, ed., New York: New Directions, 2015, pp. 29, 59; 33; 30, 38. 粗体为引者所加。

伊兹拉·庞德：旋涡中的美国诗人及其"力"的追寻

的误读误译作无条件辩护，也不一味谴责时，提出四条注意事项，并在其中特别指出"那时"的庞德之所思所想与那时"正在"完成的如此诗意译写间的紧密关联："要从他诗人身份的角度去探索他的思想，要了解他'正在'翻译这些中国诗时着迷的理念及重视的诗艺，并分析这些情况如何左右了他的翻译。"①

从史实时间上来看，庞德"正在"进行《华夏集》的诗意译写的"那时"，他正在与英国先锋视觉艺术流派"旋涡派"进行密切交往并形成相关理论建树，正身处"四面几乎都是东方"的20世纪的第一个10年。这也是他的旋涡主义诗学形成初期，不一定多么坚定但必然最为热情、最具力与能量的阶段。《华夏集》以《周朝弓箭手之歌》("Song of the Bowmen of Shu")开篇，这首诗的翻译原文本或者说创作原型是《诗经·小雅·采薇》。对于庞德使这首诗成为《华夏集》首篇的选诗用意，学界或从《诗经》在中国文学、文化中的奠基地位角度阐释，或从它契合了20世纪初第一次世界大战的时代背景方面分析。但本书的关注点在于，数十年后，《周朝弓箭手之歌》，或者更确切地说是《采薇》再次出现在庞德的诗意译写中——他在1954年出版了自己的《诗经》英译本，其中包括来自《小雅》的这首四言诗。对出自不同时期的庞德之手的同一首诗的两个英译版本进行比较，可让我们更好地理解"那时"格外沉迷于旋涡主义诗学之"能量"、之"力"的这位旋涡主义诗人。

关于《采薇》在汉语语境中的传统解释，《毛诗序》云："《采薇》，遣戍役也。文王之时，西有昆夷之患，北有玁狁之难。以天子之命，命将帅遣戍役，以守卫中国。故歌《采薇》以遣之……"《郑笺》书："文为西伯服事殷之时也。昆夷，西戎也。天子，殷王也。戍，守也。西伯以殷王之命，命其属为将，率将戍役，御西戎及北狄

---

① Wai-lim Yip, *Ezra Pound's Cathay*, Princeton: Princeton University Press, 1969, p. 7.

第二章 他山之石——庞德早期旋涡主义中的中国内容

之难,歌《采薇》以遣之。"① 如前所述,庞德的《华夏集》古诗译写以费诺罗萨的手稿为直接底本,或许他在阿普沃德处看到的儒家经典法文译本和翟理斯的《中国文学史》中关于《诗经》战争题材诗的简介也会给他留下一点印象。而在几十载后,当他在圣·伊丽莎白医院再次面对《诗经》并着手翻译时,手边还有英国传教士马礼逊(Robert Morrison)编纂的《华英字典》(*A Dictionary of the Chinese Language*)和后来被收入理雅各《中国经典》(*The Chinese Classics: Translated into English, with Preliminary Essays and Explanatory Notes*)英译的第三卷即《诗经》部分,包括方志彤、荣之颖在内的若干中国朋友也时时前来探望、提供帮助,而且,庞德自己的中文水平也有了一定提高。这些背景信息可以为一前一后两个《采薇》译本呈现出的不同面貌提供一定解释。

庞德的两个英译本均大致保留了汉语原诗义,二者呈现的最直观差异在于体例和文风。《周朝弓箭手之歌》一气呵成,中间无诗节划分,并不十分讲究音律,呈自由诗面貌。这是庞德自"意象主义三原则"起至"那时"一直坚持并鼓励的现代主义诗歌创作方向。后来的《采薇》基本依汉语《诗经》体例,我们能在庞德每4—6行一节的划分中,看出他既在格式上对应原文,又尽力避免以文害意的才华与用心;而且,每一诗节都在韵脚上略有讲究。后来的这个《采薇》译本明显受到了理雅各学者翻译风格的深刻影响。

尽管从翻译的信、达、雅综合标准来看,后期《采薇》似乎胜于前期《周朝弓箭手之歌》,但对于我们理解庞德"那时"的旋涡主义诗学思想而言,反而是《周朝弓箭手之歌》这般在"信"方面略逊一筹,却在"达""雅"方面异军突起的译写更具价值。《周朝弓箭手之歌》并不是《华夏集》中唯一一首战争题材的作品,其中另有以李白的两首《古风》诗为原作的译写咏叹出类似的士兵思乡情

---

① 周振甫译注:《诗经译注》,中华书局2002年版,第244页。

伊兹拉·庞德：旋涡中的美国诗人及其"力"的追寻

怀。就同样诗思题材译写背后传达出的类似诗艺而言，叶维廉作如此比较概述：在对应汉语原诗为《古风之十四》而被庞德冠名为《戍边怨》("Lament of the Frontier Guard")的译写中，"思想的切断与变换呈现在行动的两个维度上。两个维度上的行动彼此切入、彼此限定，直至二者在彼此内部关联的作用下，汇聚成一个'节点'（node）"；与之类似，在《周朝弓箭手之歌》中，"言说者的半独白意识成为线路交换台，同时守护并释放着不同经验的表达"。如此看来，"遗憾的是，理雅各错失了意识的如此中心节点，从而只带来了蹩脚的形式效果，以及连贯性方面的问题"。① 我们记得，庞德在阐述旋涡主义之"旋涡"与意象主义之"意象"之别时如是说："该意象并非某一种理念，它是一个发光的节点或簇团"，这就是那个动态的"旋涡"，即"思想得以持续奔涌的源泉、途径和归宿"。② 由此，叶维廉的上述分析给我们的启示是，或可将《华夏集》中的两首战争题材的中国古诗译写，特别是《周朝弓箭手之歌》与"那时"庞德的旋涡主义思想进行直接关联。旋涡主义诗学之"旋涡"即为行动的"节点"，"线路交换台"是"思想得以持续奔涌的源泉、途径和归宿"的比喻式表达。在这个"具有最大'力'的点上"，来自翻译与创作、诗歌与现实、文学与艺术、东方与西方的多方经验被守护的同时亦被释放，成为由此形成的各种思想"得以持续奔涌的源泉、途径和归宿"。

庞德的中国古诗英译一向不以忠实见长，基于《诗经·采薇》的这两个英译本即为明证。即使后来有《采薇》这样比前期《周朝弓箭手之歌》似乎更接近汉语原诗的译本出现，我们还是能在中英文一字一句的比对中发现其中情不自禁的诗意译写。先来看《周朝

---

① Wai-lim Yip, *Ezra Pound's Cathay*, Princeton: Princeton University Press, pp. 110–111.
② 原载于 Ezra Pound, "Vorticism", *Fortnightly Review*, September 1, 1914, pp. 461–471；见 Harriet Zinnes, ed., *Ezra Pound and the Visual Arts*, New York: New Directions, 1980, p. 207。

第二章 他山之石——庞德早期旋涡主义中的中国内容

弓箭手之歌》。和汉语原诗相比,其中最明显的变化发生在基于原文第4节处,即"彼尔维何,维常之华。彼路斯何,君子之车。戎车既驾,四牡业业。岂敢定居,一月三捷"几句。庞德在《华夏集》中将这几句译写为:

> What flower has come into blossom?
> Whose chariot? The General's.
> Horses, his horses even, are tired. They were strong.
> We have no rest, three battles a month. ①

（直译：何花已开？/战车属谁？将军。/马,他的马甚至,都疲倦了。强壮的它们。/我们没有休息时间,一月三战。）

庞德的改动在最后两行体现得更为明显。我们却没有理由将如此改译的原因归结为误读或误解,因为在他细致研读的费诺罗萨古诗笔记中,每一句诗下都有费诺罗萨的逐字解释和对整体句意的疏通,与我们之前讨论的《玉阶怨》《长干行》及其中诗句的处理方式完全相同。在"戎车既驾,四牡业业"及"岂敢定居,一月三捷"下面,"驾"被注为"套马"（to tie the horse）,"捷"被释为"胜利"（victory）；这两句的整体含义被表述为"马已被套上战车,它们看起来精力充沛"及"我们有什么理由休息？我们必须在一个月内攻克敌军三次之多",和汉语原诗差别不大。而在庞德的《周朝弓箭手之歌》中,他将费诺罗萨笔记中的被动语态"套马"（tied）改为形容词"疲倦"（tired）,一字母之别导致含义上的差异。至少在汉语原诗及费诺罗萨笔记中,我们找不到任何表现战马劳累的直接信息,更何况,无论是汉语的"业业"还是笔记中的"精力充沛"

---

① Ezra Pound, *Cathay: The Centennial Edition*, Zhaoming Qian, ed., New York: New Directions, 2015, pp. 27-28.

(vigorous),意义指向都与"疲倦"相悖。再者,针对下一诗节的第一句"驾彼四牡,四牡骙骙"中,费诺罗萨也明确指出,"四匹马被套在一起,它们非常强壮"。由此看来,庞德很有可能是在有意以马之疲示人之倦,这既是下一句"岂敢定居"及《采薇》全诗传达的信息,也是第一次世界大战期间欧洲的整体氛围。如果说"戎车既驾,四牡业业"处的改动是在原诗基础上加义,那么下一句则为在原诗义上做减法。在费诺罗萨笔记中,"捷"及其所在句被清晰标注为"胜利""攻克"之意。但在庞德的《周朝弓箭手之歌》中,他只是强调士兵作战一个月达三次之多,却将从国族集体角度看来是鼓舞人心的结果忽略不提。结合上一句对"套马"一词的修改用意,我们有理由继续认为,这是诗人对战争大背景下的个体遭遇及内心感受的侧重。

而在庞德后期的《诗经》英译中,之于《小雅·采薇》,尽管有体例与音律上的讲究,至少同样在原文第 4 节中,依然不是理雅各那般学者式的中国经典翻译。庞德的《采薇》译本第 4 节如下:

> When it's cherry time with you,
> we'll see the captain's car go thru,
> four big horses to pull that load.
> That's what comes along our road.
> What do you call three fights a month,
> and won'em all?[1]

(直译:当你的樱花季来临之时,/我们将看到军长的战车驶过,/四匹骏马负重前行。/这是我们的路上即将走过的事物。/如果一月三战、大获全胜,你会如何形容之?)

---

[1] Ezra Pound, *The Confucian Odes*, *The Classic Anthology Defined by Confucius*, New York: New Directions, 1954, p. 87.

第二章 他山之石——庞德早期旋涡主义中的中国内容

在这里，虽然庞德没有像自己在《周朝弓箭手之歌》中那样直指马之疲惫或是对我方战事告捷只字不提，但是他依然在弱化原诗的氛围。或许，理雅各在自己的《中国经典》英译中，在《采薇》之前写的几段话更加坚定了庞德的这种诗意译写方向。理雅各表示，"尽管这首诗的初衷是为即将出征的军队鼓舞士气，但其行文仿佛出自行伍之手，描述了他们出发及行进中的感受，直至班师在即"①。在庞德的后期《采薇》译本中，"四牡"对应的既不是原诗，或者说费诺罗萨笔记中的"套马"，也不是《周朝弓箭手之歌》中的"疲倦"，而是对其"负重前行"的客观描写，与战车上威风凛凛的将领形成鲜明对比，颇有下一诗节中的"君子所依，小人所腓"的等级状态。而且，"一月三捷"之"捷"虽有表现，却依然被弱化。后期《采薇》译本将之处理为一个问句，"如果一月三战、大获全胜，你会如何形容之？"——表述三战三胜的事实却就是不明确以"胜利"冠之，暗示出国族的荣耀之下个体的艰辛。汉语全诗的末句是"我心伤悲，莫知我哀"。于此，在《周朝弓箭手之歌》中，庞德一字未易地照搬了费诺罗萨的解释文句，"我们的思想充满悲哀，谁会理解我们的伤悲？"②而在后期英译中，他将这句的对应文字略作改动、置于文末的括号中，反而更引起读者的注意，"（没有人能理解我们的感受，即使有，其程度也不及五成）"③。如此，全诗的感情一以贯之，庞德的态度也再明显不过：他关注的是战争环境中无论成败结果如何，个体都难以避免的悲哀之感。这是他所理解的《小雅·采薇》之思想核心，于是将之化入自己的诗意译写——这在《华夏集》中

---

① James Legge, *The She Jing; Or, The Book of Poetry*, in James Legge, *The Chinese Classics: Translated into English, with Preliminary Essays and Explanatory Notes*, Vol. IV, London: Trübner & Co, 1876, p.197.
② Ezra Pound, *Cathay: The Centennial Edition*, Zhaoming Qian, ed., New York: New Directions, 2015, p.28.
③ Ezra Pound, *The Confucian Odes, The Classic Anthology Defined by Confucius*, New York: New Directions, 1954, p.87.

更为明显。或者说,这是他旋涡主义诗学的那个动态的"意象"即"旋涡",成为全诗的"节点"所在,不同经验的表达以此为枢纽,持续奔涌。

第五节 气韵生动:庞德早期的旋涡主义思想与中国诗画语言

如前所论,中国文化得以形成他山之石,极大地丰富了庞德早期的旋涡主义思想,他后半生仍念念不忘,并在《诗章》中为之回响的"大英博物馆时代"是重要的机缘。他在此时此地直面中国视觉艺术文化,观赏来自东方的古时作品。而在这个过程中,他的那位朋友比尼昂发挥了重要的推手作用。比尼昂自1893年开始在大英博物馆的版画部门工作,随即对东方艺术产生了浓厚的兴趣并投身其中。1910年前后,他不仅策划了中日绘画作品展,在伦敦掀起了持续多年的中国热,为包括庞德在内的观者提供了赏看的契机。对于庞德的旋涡主义思想而言,更为重要的是,比尼昂一系列东方艺术主题演讲及相关著述于思想层面带来的震动,特别是其中以"气韵生动"为关键词的中国诗画语言。

对于1909年前后比尼昂那些被庞德评价为"特别有趣"的"关于'东方和欧洲艺术'的系列讲座",我们一时无从获得反映其具体内容的文字材料。而在20多年后,即1933—1934年,比尼昂在美国哈佛作同主题系列讲演,相关文稿随即被整理成书、一版再版,即现在我们可以看到的《亚洲艺术中的人的气质》(*The Spirit of Man in Asian Art*, 1935)。全书分为6章,以类似《讲演Ⅰ》《讲演Ⅱ》这样的题目顺序排列,如此看来,它应该高度还原了30年代的哈佛讲座信息。而从前文对1909年系列演讲的侧面研究来看,两次系列演讲的主题方向基本同一,所以这本初版于1935年的演讲录可以为我们了解时隔20多年的同题材讲座提供直接的参考。《亚洲艺术中的人

第二章 他山之石——庞德早期旋涡主义中的中国内容

的气质》内容以古中国艺术为核心,同时涵盖古印度、古波斯及古日本。之所以说中国艺术在该书中具有"核心"地位,不仅是因为其所占篇幅最多,更为重要的是,在作者看来,古中国艺术在东方艺术中处于枢纽地位,一度充分吸收上述东方异域思想文化及艺术创作的辐射的同时,也持续向外输出自己的深刻影响——再度提示我们庞德旋涡主义思想中的那个思想在此流进流出的"旋涡"。在第一次讲座时,比尼昂即点明东方艺术之于西方,中国艺术之于东方的思想意义,"它令我们以全新的视角回首审视西方的艺术和理念,而且可能会让我们看得更清楚","对于全亚洲而言,中国艺术如同欧洲的希腊艺术,威望首屈一指"。① 而在1915年的《文艺复兴》("The Renaissance")文章中,庞德对中国作出了与比尼昂一脉相承的定位:"上一百年重审了中世纪。而我们的世纪可能在中国发现一个新希腊";"即使没有费诺罗萨的发现,中国为我们带来的启发也绝不比希腊逊色。这种外在启发力当然不受'我们的行为'所限;大量新奇的艺术和发现过去不为人所知,现在都涌入伦敦的旋涡"。他还在注解中强调中国诗歌传达出的"色彩"特质,并以具体诗人为例:"随着对中国诗歌了解的加深,我们必然会发现其中的纯粹色彩;事实上,如此完美性已经在翻译中投射几许。刘彻、屈原……以及那些在彼特拉克时代的李白之前诞生的优秀的自由诗体作者,他们是下一百年的瑰宝,如希腊人之于文艺复兴那般,其对后世的启发性不可替代。"②

在《亚洲艺术中的人的气质》(我们以此了解20多年前庞德亲耳聆听并给他带来直接影响的同题材演讲)以及比尼昂出版于1911年的另一部讨论东方艺术的力作《龙的翱翔》(*The Flight of the Dragon*, 1911) 中,出现了更多与庞德的旋涡主义思想,特别是其中的

---

① Laurence Binyon, *The Spirit of Man in Asian Art*, New York: Dover Publication, Inc., 1965, pp. 7, 13.
② Ezra Pound, "The Renaissance: I – The Palette", *Poetry*, Vol. 5, No. 5, 1915, pp. 227 – 234.

伊兹拉·庞德：旋涡中的美国诗人及其"力"的追寻

华夏元素直接相关的内容。《龙的翱翔》的副标题似有庞德后来《华夏集》《戈蒂耶－布尔泽斯卡：回忆录》的副标题的影子，可被直译为"一篇关于中国和日本艺术理论与实践的论文，以原始材料为基础"（"An Essay on the Theory and Practice of Art in China and Japan, Based on Original Sources"）。我们希望再次强调这个史实时间上的交汇，庞德沉浸于"大英博物馆时代"、接触比尼昂东方艺术思想的阶段与他获得费诺罗萨手稿的时间几近重合，正是他逐渐形成成熟的意象主义思想，并将其中静止的意象继续向前推进以至最终形成旋涡主义诗学的那些年间。

我们在讨论庞德通过分词状语这种语法传达出一种有别于欧洲传统自然观的理念时提及，费诺罗萨及其手稿只是其中"部分意义上"的激发者——在比尼昂处也出现了如出一辙的表达。两位东方学者的立论基础都是东方、华夏文化的原始材料（文学、绘画），而这种直接的生命体验在同一阶段向庞德传导，必然给诗人留下了深刻的印象。《龙的翱翔》有专门一章讨论人与自然的关系，作者认为，在这一问题上，"中国和日本绘画取得了独特的成功"。在那些以自然万物为主体的画作，尤其是山水主题画中，执笔者对于自然的态度绝非简单的一时欣赏之乐，他表达的是人与自然共存、互为主体的情感寄托，"画者成为了他所画的内容"。与之相对的是，欧洲主流绘画传统呈现出的人对自然的主人姿态，风景只是"人类生活的附庸以及活动的背景"。[①] 由此以绘画为媒介，比尼昂也触及了另一费诺罗萨讨论中国语言、文字时提出的华夏文化的优越性——其表达出"比彼此关联的事物更为真实与重要的关系本身"[②]。而在《亚洲艺术中

[①] Laurence Binyon, *The Flight of the Dragon*, London: John Murray, 1922, pp. 23, 37, 39.

[②] Haroldo de Campos, *Ideograma*: *Lógica*, *Poesia*, *Linguagem*, São Paulo: Editora Cultrix, 1977, pp. 43 - 44. See Haun Saussy, "Fenollosa Compounded: A Discrimination", in Ernest Fenollosa and Ezra Pound, *The Chinese Writing Character as a Medium for Poetry*: *A Critical Edition*, Haun Saussy, et al., eds., New York: Fordham University Press, 2008, p. 22.

第二章 他山之石——庞德早期旋涡主义中的中国内容

的人的气质》中,比尼昂专辟"中国山水画的观念"一章,以此展现东西方思想深层的对立性差异——这是全书以及他的东方艺术史观中极为重要的一方面,其中也涉及人与自然的关系问题。如果"身处西方的我们已经通过耐心的科学研究,将类似于'永恒的力'这样的观念视为表象背后的真实",那么这种"永恒"的施力者必然是人而非自然,这也是为什么在艺术创作上,西方"不存在中国的那种纯粹山水画,表现人与家园之间深刻而持久的依存关系"。在比尼昂看来,中国山水画对沉默与留白的使用于虚静中表达这种被他、费诺罗萨及庞德看重的"关系"本身——如中国的道家思想和翔龙意象,在体悟上强调直觉,在观感上频频流动。这也是"山水画"之为"山"—"水"—"画"的东方艺术智慧,这个名称同时"涉及坚固与流动之物。山是肉,水是血,共同组成生机勃勃的有机体"。①在《龙的翱翔》中,比尼昂再次强调,东西方文化中的书写主体对于自然的迥然不同的姿态,使得西方传统传达的关于自然的美感源于其中的具体事物,"而非自然本身",因此"我们对人与自然万物的关系之理解并不完美,仿佛二者间的关系只是偶然";而在华夏文化中,"艺术家的灵感绝非来自那些驯服于他欲望的尘世身边之物,而是世界——以其整体与自由成为他的精神家园"。②

比尼昂在自己的东方研究,特别是古中国视觉艺术研究中还触及庞德旋涡主义思想中极为重要的一方面,即各艺术门类彼此相通的观点。这是庞德以艺术旋涡为基础,为旋涡派视觉艺术团体进行理论建树时非常看重的内容——如前所述,他的旋涡主义诗学理念认为,能够使用"原始颜料"者并不局限于视觉艺术创作者,以"原始颜料"为源泉,即充满"力"的"旋涡"进行创造者所处的艺术门类可以是音乐、舞蹈甚至文学。这也是庞德试图摆脱意象主义之静态意象等

---

① Laurence Binyon, *The Spirit of Man in Asian Art*, New York: Dover Publication, Inc., 1965, pp. 70, 74, 82.

② Laurence Binyon, *The Flight of the Dragon*, London: John Murray, 1922, pp. 39, 25.

伊兹拉·庞德：旋涡中的美国诗人及其"力"的追寻

诗歌创作理念、以旋涡主义者自居的重要理由。而在比尼昂对《亚洲艺术中的人的气质》全书的总结性表述中，他表示，"如果要指出我们从东方艺术中学习到的最重要一方面为何，我会说是它的连续性（continuity）"，他以中国山水画这样"'高雅'艺术与'装饰'艺术间界限模糊"来说明，"所有艺术同一"。他在稍前处提及，如果一定要为中国艺术、文化确定某种旨归，答案既不是哲学追寻的"摸不到的抽象理念"，也不是科学探索的"看不见的元素和能源"，而是"真实而能深刻满足人类整体要求——不限于思想、情感或理性中的任———的某种"，他最终将之定位于首字母大写的"生命本身"（Life itself）。① 这是这位东方艺术学者时隔20年后依然坚持的答案，也成为廿载前庞德沉浸于中国诗画语言时的生命体验。

关于费诺罗萨手稿中反复提及的，并被庞德化用在他的旋涡主义思想中的汉语言文字之"动词性"，比尼昂以华夏绘画作品及中国古代画论之"气韵生动"为之作出了形象的表达——值得一提的是，"气韵"这一中国传统文化色彩浓厚的术语，在英文中通常被译为庞德旋涡主义思想的关键词之一：energy。"气韵生动"是中国南朝谢赫《古画品录》中提出的"绘画六法"之第一条，比尼昂结合多家西文翻译将之归纳为"在生命活动中表达出来的有节奏的活力，或精神的韵律"。唯恐言不尽意，他特别强调，"艺术家必须超越世界表象、超越自身去获取精神的宏大宇宙节奏，因为这种韵律奠定了生命活动的涌流"。② 庞德的中后期诗歌创作中，那些从旋涡之"力"而来的动态的意象所呈现出的思想的涌动正是中国诗画语言之气韵生动思想的生动体现。由此，无论是文学还是绘画，"作品本身的气韵生动显然有两方面的含义，一是作品的构成是动态的，一是创作行为

---

① Laurence Binyon, *The Spirit of Man in Asian Art*, New York: Dover Publication, Inc., 1965, pp. 216, 214.
② Laurence Binyon, *The Spirit of Man in Asian Art*, New York: Dover Publication, Inc., 1965, pp. 12, 13.

第二章　他山之石——庞德早期旋涡主义中的中国内容

成为作品的组成部分"(耿幼壮语)[1]。法国华裔汉学家程抱一在尝试使用西方结构主义、符号学的思路去解读中国的诗语言与画语言时致力于讨论的问题,很多都与庞德、费诺罗萨、比尼昂理解中国之"气韵生动"问题时的思路非常接近。程抱一下面这两句话就很好地表达出这一理解汉语言文字的角度,而且也与庞德的旋涡主义思想相合:"笔画互相交错,字义互相隐含。在每一个符号下,规约的含义从来不会完全抑制其他更深层的含义,这些深层含义随时准备喷涌而出;而根据平衡和节奏的要求形成的符号之整体,显示为一堆意味深长的'笔画(特征)':姿态、运动、有意而为的矛盾、对立面的和谐,最后还有生存方式。"[2]

"龙"这一虚拟动物形象在华夏文化中源远流长,经历千年岁月的积淀,已成为中国人比喻意义上的血脉源头。而在比尼昂的东方艺术史观中,这一形象亦为以"气韵生动"为关键词的中国诗画语言的直观表达。在东方文化内部,就世事无常、人生苦短的现实,佛教将之归结为人世间苦(值得一提的是,比尼昂将外来宗教,特别是佛教在中国的盛行视为华夏文化兼收并蓄的代表性事件,他以此反对西方故步自封的迷思,"在众多往往是谬误的流行观点中,有这样一种迷思认为:中国固守传统、不思进取,在对过去的奴性顺从中作茧自缚"[3]);而炎黄华夏却以"龙"为象征,传达出一种积极、热情的灵光:

> 在肆意吹拂的风中,在幻化为雨、重归于气的云与雾中,灵魂找到了自己;而灵魂那渗透万物、变幻无常的主导气韵,以

---

[1] 耿幼壮:《姿势与书写——当代西方艺术哲学思想中的中国"内容"》,《文艺研究》2013年第11期。

[2] [法]程抱一:《中国诗画语言研究》,涂卫群译,江苏人民出版社2006年版,第9—10页。

[3] Laurence Binyon, *The Flight of the Dragon*, London: John Murray, 1922, p. 96.

伊兹拉·庞德：旋涡中的美国诗人及其"力"的追寻

"龙"为象征形式。

　　对这一象征的源头，我们不得而知，其已在岁月的层累中无处可寻。可能不是在最初，但一定是早期阶段，它与水的元素、降雨的暴风、云、雷有关。老子云，"天下莫柔弱于水，而攻坚强者莫之能胜，其无以易之"。水于无声中悄然渗透万事万物，无须施力。所以水成为这样一种精神的代表：分散于世间一切存在，在人处重拾形式；而龙凭其与流动力的关联，成为如此无穷无形的象征。[①]

这种如水般的流动成为龙、道家、山水画间的关联，是以"气韵生动"为关键词的中国诗画语言传达出的华夏文化精神。而这种流动性也是费诺罗萨在《作为诗歌媒介的中国书写文字》中看重的中国文字、文学承载的"比彼此关联的事物更为真实与重要的关系本身"，以及庞德旋涡主义思想中"持续奔涌"背后的中国内容背景——这位美国诗人曾专门为《龙的翱翔》写作书评。

尽管山水画于山水与留白间传达出如水如龙的道家精神，若以龙喻精神，或许还是过于抽象。同样是在讨论华夏文化及其画作的精神不拘囿于佛教的影响时，比尼昂谈到了另一能够表现"气韵生动"这一中国诗画语言的动物形象——马。在上述以佛教的传播为例来打破西方的中国形象迷思中，比尼昂将大唐盛世视作古中国对佛教等外来文化兼收并蓄的鼎盛时期，"中国在这一阶段诞生了最伟大的诗人（总体评价看来如此）和最伟大的画家，如此辉煌成就前所未有"[②]。而和基督教在历史上的传播及对艺术作品的影响不同的是，西方人对唐朝墓葬和陶俑形象了解渐多之后，会发现"世俗"也是唐朝时期中国人生活极为重要的方面。那些随着墓葬的开掘重见天日的陪葬品

---

① Laurence Binyon, *The Flight of the Dragon*, London: John Murray, 1922, pp. 33 - 34.
② Laurence Binyon, *The Flight of the Dragon*, London: John Murray, 1922, p. 96; Laurence Binyon, *The Spirit of Man in Asian Art*, New York: Dover Publication, Inc., 1965, p. 54.

第二章 他山之石——庞德早期旋涡主义中的中国内容

中不乏对重要人物府邸厩库的生动描绘。例如在那些陶俑动物形象中,"马和骆驼尤其精美,在镌刻中流露出高贵与自然"。比尼昂观察到中国人对良驹的普遍爱好,以及伟大的唐朝画家们对马题材的钟爱。从"气韵生动"的深层原因来看,"马之所以受如此青睐,是因其象征着动作之速度与美感;马常常被绘作平原上的自由生命,在力量与速度中欢欣鼓舞"[①]。

从东方到西方,从远古到现代,以"气韵生动"为关键词的中国诗画语言,也为旋涡派视觉艺术创作带来了直接的启发。例如,在庞德心中那位为旋涡派艺术"带来了动物般的活力"、以雕塑为主业的戈蒂耶生前留下的为数不多的文字中,不止一次地提到中华文化及其艺术为他个人及旋涡派艺术带来的启发;他的名作之一《男孩和兔子》(*Boy with a Coney*)在报纸专栏上被人视作"对周朝青铜器动物的呼应"[②]。我们已在"艺术旋涡"部分谈过由休谟阐发的沃林格艺术史观中对"同情式艺术"与"抽象式艺术"的划分及二者在此语境下所指为何。如此"抽象"也是比尼昂在东方艺术形象及表达方式中看到的元素。"中国的早期艺术如埃及和亚述(Assyria)那般,以异常生动而有力的方式,将人类面对自然的原始敬畏与神秘感具体化。就勾勒如此感觉而言,唐朝帝王墓中的雄狮可与尼尼微(Nineveh)带翼公牛像及埃及的狮身人面像相提并论。在更古老的小型铜器上,我们可发现丑小鬼这样以不同寻常的方式呈现出自然力的邪恶一面的形象"——"这些铜制品是现存最早的中国艺术品"。比尼昂引用了日本江户时代后期浮世绘画师葛饰北斋(Katsushika Hokusai)的话来继续自己对东西艺术呈现方式及思维方式之别的思考,"在日本绘画中,形式与色彩的呈现总在不经意间轻松实现,而它们在欧洲技法中

[①] Laurence Binyon, *The Spirit of Man in Asian Art*, New York: Dover Publication, Inc., 1965, pp. 56–57.

[②] Gaudier-Brzeska, "Allied Artists' Association Ltd", in Ezra Pound, ed., *Gaudier-Brzeska: A Memoir*, London: John Lane, The Bodley Head, 1916, p. 27.

伊兹拉·庞德：旋涡中的美国诗人及其"力"的追寻

却是气力与观念苦苦追寻的元素"，他进而将东方艺术的这种"技法"以一种接近沃林格、休谟式的语言表述为"来自现实的抽象"（abstraction from reality）。在他看来，就东方艺术的传统与革新而言，"气韵生动的旨归，对表现某种理念的执着，从未流失"。①

> 庞德从"中国书写文字"中汲取了一种书写与思考的"表意"方式思想：一种将细节并置的逻辑，这是"闪闪发光的细节"，它们在被诗人（或其他称职的艺术家）呈现时会为自己发声。②

我们再引苏源熙写于《作为诗歌媒介的中国书写文字：评注本》导论中的这句话，可以说，此处的"表意"（ideogrammic）方式的思想以及"闪闪发光的细节"（luminous details）是旋涡主义者庞德在华夏文化中寻得的最珍贵的遗珠，使得在庞德处，东方之中国与以法国的普罗旺斯、意大利的托斯卡纳为代表的西方文学、文明传统比肩。而事实上，中国古典诗歌、诗画语言之于庞德的作用，相较于"激发"，或以"确证"冠之更为贴切——如纳普（James F. Knapp）所言，"费诺罗萨的笔记只是确证了……庞德几年前就已经开始探索的语言文化理论"③。如此探索可追溯至1911年12月到1912年2月间，庞德在《新时代》（The New Age）分12次连载自己的《我收集奥西里斯的残肢》（"I Gather the Limbs of Osiris"）长文，其中也包括若干庞德对自己钟爱的欧洲诗歌的诗意译写。一段编者的话反复出现在不同期卷的连载中，每次内容相同："庞德先生以此为题，将通过

---

① Laurence Binyon, *The Flight of the Dragon*, London: John Murray, 1922, pp. 42, 53, 97.
② Haun Saussy, "Fenollosa Compounded: A Discrimination", in Ernest Fenollosa and Ezra Pound, *The Chinese Writing Character as a Medium for Poetry: A Critical Edition*, Haun Saussy, et al., eds., New York: Fordham University Press, 2008, p. 4.
③ James F. Knapp, "Discontinuous Form in Modern Poetry: Myth and Counter-Myth", *Boundary*, Vol. 12, No. 1, 1983, p. 159.

第二章 他山之石——庞德早期旋涡主义中的中国内容

阐述和翻译来展示学问的'新方法'。"① 而庞德在第一次发表的导言性质的文字中,即明确将"闪闪发光的细节"指定为如此"新方法"。这是苏源熙所言"闪闪发光的细节"的源头。

尽管在那时,庞德的诗学思想中尚无"表意"一说,但其表意与"闪闪发光的细节"并无二致。庞德早年钻研欧洲文学传统,后来流连于古老东方文明,如此兼收博采的动机也可以从《我收集奥西里斯的残肢》中找到直接答案:"我在古物与近古物中苦苦求索,只为一劳永逸地确定下来,哪些方面已臻于完美,哪些方面我们还有机会继续努力,后者还有很多。即使我们体会到和那些(来自荷马史诗时代的——引者注)百舸争流的人相通的情感,如此情感的发生方式、促发途径、思想层级也必然不同。每一时代都有属于自己的丰富天赋,然而只有少数时代可以将之化为永恒。"② 在庞德看来,若要将时代天赋化为永恒之物,唯凭借"闪闪发光的细节"才可实现,这是如科学实验室中的"原子"般最基础、最不可或缺之物,"在某种意义上,一切细节都尤为重要,一切细节都有可能'具有代表性',而某些细节会让我们在一瞬间洞见周边情境的前因后果、发展脉络和规律所在"。他在描述这些"细节"时似有预见性地动用了他在表述后来旋涡主义思想时常用的比喻,"它们控制知识的方式如线路交换台之于电流"③。换言之,这些"细节"颇似后来在艺术旋涡和华夏文化的双重激发下,庞德提出的那个思想得以在此"持续奔涌的源泉、途径和归宿",即"具有最大'力'的点"、动态的

---

① Ezra Pound, *Ezra Pound's Poetry and Prose: Contribution to Periodicals, 1902 – 1914*, New York: Garland Publishing, Inc., 1991, pp. 43, 44, 46, 47, 48, 50, 53, 54.
② "CREDO" in "I Gather the Limbs of Osiris", in Ezra Pound, *Ezra Pound's Poetry and Prose: Contribution to Periodicals, 1902 – 1914*, New York: Garland Publishing, Inc., 1991, p. 62.
③ "A RATHER DULL INTRODUCTION" in "I Gather the Limbs of Osiris", in Ezra Pound, *Ezra Pound's Poetry and Prose: Contribution to Periodicals, 1902 – 1914*, New York: Garland Publishing, Inc., 1991, p. 44.

伊兹拉·庞德：旋涡中的美国诗人及其"力"的追寻

"旋涡"。①

在这里还值得我们注意之处是，无论是最早期之于如埃及神话中的"奥西里斯的残肢"般的"闪闪发光的细节"，还是后来在中国文字、文学与文化中发现的"表意"方法，庞德一以贯之的重点始终在文学、艺术，而非其他。如还是在《我收集奥西里斯的残肢》的连载中，他以艺术与历史间的对比表明自己的理念，"在艺术和表明事件发展脉络的历史间，我对前者更感兴趣，是因为艺术以生命为起点，历史以文明和文献的发展为基础。艺术家探索闪闪发光的细节并呈现之，他不作评论"②——他后来在气韵生动的中国诗画语言及对中国古诗的诗意译写中找到了自己的思想共鸣。

---

① 原载于 Ezra Pound, "Vorticism"。见 Harriet Zinnes, ed., *Ezra Pound and the Visual Arts*, New York: New Directions, 1980, p. 207; Ezra Pound, "VORTEX", in Wyndham Lewis, ed., *Blast*, No.1, London: John Lane, The Bodley Head, 1914, p. 153。
② "A RATHER DULL INTRODUCTION" in "I Gather the Limbs of Osiris", in Ezra Pound, *Ezra Pound's Poetry and Prose: Contribution to Periodicals, 1902 – 1914*, New York: Garland Publishing, Inc., 1991, p. 45.

第三章 思想过渡：从诗学到现实中的旋涡之"力"

达森布若克的《庞德与视觉艺术》("Pound and the Visual Arts")是纳德尔（Ira B. Nadel）主编的《剑桥伊兹拉·庞德导读本》（*The Cambridge Companion to Ezra Pound*, 1999）中的15篇论文之一。这篇文章指出了庞德的旋涡主义思想及其个人际遇起落由艺术旋涡起，却在后半生陷入政治旋涡的部分内在脉络。就庞德的视觉艺术情结而言，达森布若克洞察到这位美国诗人从始至终的"门外汉"身份："并不特别夸张地说，庞德对视觉艺术的兴趣并不在视觉艺术本身；再明确些讲，他对视觉艺术的兴趣也不是为了视觉艺术本身。视觉艺术吸引庞德的是其社会与公共属性，这种属性在与诗歌更为私人化、内在化的世界相比时更加明显。"[1]

从庞德与旋涡派视觉艺术团体的交往史实来看，达森布若克的观点似有几分偏颇，却也道出大部分事实。如前所述，20世纪初，尽管庞德热心于旋涡主义先锋艺术流派及艺术家个人的发展，但他从中

---

[1] Reed Way Dasenbrock, "Pound and the Visual Arts", in Ira B. Nadel, ed., *The Cambridge Companion to Ezra Pound*, Cambridge: Cambridge University Press, 1999, p. 226.

伊兹拉·庞德：旋涡中的美国诗人及其"力"的追寻

生发、最终流传于世的是诗文，而非如路易斯的绘画、戈蒂耶的雕塑那般专业的视觉艺术作品。诗人自己也在《戈蒂耶-布尔泽斯卡：回忆录》中侧面意识到自己在视觉艺术方面的批评及理论建树的局限，于是说，"对于那些出自并非对应艺术门类大师之手的权威艺术批评，我并不十分信任"①。这种认识与他"原始颜料"式的艺术观点一脉相承，却客观上不符合他个人与旋涡派团体的渊源：庞德本人并不从事任何视觉艺术创作，却为旋涡主义的发生、发展及传世作出了不可磨灭的积极贡献，其中包括以"艺术批评"面貌出现的相关理论文章。这种矛盾现象使得达森布若克的观察更有说服力：庞德从思想到行动上对以旋涡派为代表的现代先锋视觉艺术的支持，或许更多源于后者的社会、公共属性这些外在方面。达森布若克如此"极端"观点的提出，或是在延续他所理解的庞德艺术批评的价值所在，"对于如何在不全盘接受的情况下理解庞德的那些有意为之的反常评论，我们还在继续探索，但在我看来，非此即彼、少走中间路是庞德的批评文字之最可贵的品质（还好，他少走中间路）"②。由此联想到，庞德在编辑《作为诗歌媒介的中国书写文字》时写下的两段前言，其中提到他对费诺罗萨的理解："他的思想总是充满着对东西方艺术的平行比较。对于他来说，异域总是酝酿果实的途径。他期待的是一场美国文艺复兴。"③ 当我们分析庞德的经济、政治思想及其"叛国"恶名时会发现，这几句话用在他的身上非常贴切。特别是在思考经济、政治类的现实问题或文学、艺术领域中的现实因素时，他的思想中往往有非此即彼的对立，虽然美国及其文化总是处于下风的

---

① Ezra Pound, "Gaudier-Brzeska", in Ezra Pound, ed., *Gaudier-Brzeska, A Memoir*, London: John Lane, 1916, p.6.
② Reed Way Dasenbrock, "Pound and the Visual Arts", in Ira B. Nadel, ed., *The Cambridge Companion to Ezra Pound*, Cambridge: Cambridge University Press, 1999, p.224.
③ Ernest Fenollosa, "The Chinese Writing Character as a Medium for Poetry: An Ars Poetica", in Ernest Fenollosa and Ezra Pound, *The Chinese Writing Character as a Medium for Poetry: A Critical Edition*, Haun Saussy, et al., eds., New York: Fordham University Press, 2008, p.41.

第三章　思想过渡：从诗学到现实中的旋涡之"力"

那一方，他却期待着那种他认为可以拯救美国的经济、政治及艺术可以为他的一生所系的故国带来复兴。

与庞德对视觉艺术的关注一道，他对政治经济问题的关心也在他的美国之根中播下种子。我们在庞德的生命轨迹中得知，他的家庭自祖父辈起即参与美国重大政治经济活动。他在自传《自检》（*Indiscretions*，1920）中回忆6岁时的自己对当年美国总统选举结果不满而摔东西的情景时如是说：这种区别于一般孩童的激烈反应只能"归结于某种'冥冥中'的力量"[①]。因此，尽管庞德弱冠之后即远赴大西洋彼岸，他的美国之根和家庭渊源似乎预示着他后半生对政治经济问题的关心。本章将结合庞德个人的文艺思想和现实行动，观察他萌发于"艺术旋涡"的旋涡主义诗学思想如何在迁居意大利之后进一步向现实层面发展，形成他后半生深陷的"政治旋涡"的先声。

第一节　庞德的经济思想背景

一　奎因与"马拉泰斯塔诗章"

按照达森布若克在《庞德与视觉艺术》一文中的说法，"自庞德在1908年抵达伦敦之日起，他就急于在这方舞台上一举成名。而无论是'被遗忘的1909年意象团体'，还是1912—1913年间更有影响力的意象主义，他从属的那些诗歌运动从未在公众间获得多少知音或回应"[②]。这种于公众处的冷清与20世纪初欧美视觉艺术的蓬勃发展形成鲜明对比。以伦敦为例，艺术旋涡中的一场场先锋艺术展，以及大英博物馆为期两年之久的中日绘画作品展带来的中国热是庞德直观感受到的热潮。而且，他也必将通过各种途径了解到视觉艺术展在美

[①] See Tim Redman, "Pound's Politics and Economics", in Ira B. Nadel, ed., *The Cambridge Companion to Ezra Pound*, p. 249.

[②] Reed Way Dasenbrock, "Pound and the Visual Arts", in Ira B. Nadel, ed., *The Cambridge Companion to Ezra Pound*, Cambridge: Cambridge University Press, 1999, p. 226.

伊兹拉·庞德：旋涡中的美国诗人及其"力"的追寻

国的风靡，例如，"在纽约，人们对1913年的军械展热评如潮，身在伦敦的庞德尽管无缘亲视，却也极有可能读到相关报道"[1]。旋涡派视觉艺术跻身其中，虽然以团体之名诞生较晚，但路易斯、戈蒂耶等人的作品早在弗莱主持的若干展览中就成为街谈巷议的热点，褒贬不论。回归至庞德处，他的身份是诗人，热心于视觉艺术更心系文学。由此，视觉艺术的如此盛况于他而言，带来的或有鼓舞或有失落。

这样来看庞德为旋涡派视觉艺术团体所作的理论建树及宣传文章，我们或能读出几分庞德在视觉艺术之外的现实考量。他在旋涡主义思想中集合各艺术门类的契机是"原始颜料"，并强调能够使用如此"原始颜料"者并不限于画家或者雕塑家，以此为源泉从而进行创造者所处的艺术门类可以是音乐、舞蹈甚至文学。换言之，文学从业者也可分享视觉艺术家之"力"与"能量"，如后者般吸引公众的目光、成为引领时代的力量。而在现实层面，我们已在艺术旋涡部分谈过以马里内蒂为首的未来主义为旋涡派视觉艺术团体树立的发展范例；对于庞德及其诗与思来说，如此将文学与视觉艺术关联起来的做法也是一种思路。

在这里必须提及的重要人物是约翰·奎因（John Quinn, 1870—1924），他是一位来自美国的律师暨艺术品收藏家。现代视觉艺术在发展初期不被看好也是常态，对于相对晚熟却早夭的旋涡派而言尤其如此，而奎因却是该团体所获得的极为有限的资金支持中最为慷慨而持续的赞助人。庞德在旋涡派艺术家及其作品与奎因间的持续奔走自然发挥了极大的作用。1910年，庞德与奎因在纽约相识，此后虽平生见面次数寥寥，却通过隔海传书保持密切往来——1910—1920年间的多数时光中，庞德久居伦敦，奎因身在纽约。1915年，庞德首次致信奎因，其中写道："如果一位赞助人从急需钱财（来置办工

---

[1] Reed Way Dasenbrock, "Pound and the Visual Arts", in Ira B. Nadel, ed., *The Cambridge Companion to Ezra Pound*, Cambridge: Cambridge University Press, 1999, p. 227.

第三章　思想过渡：从诗学到现实中的旋涡之"力"

具、获取闲暇、采买食物）的艺术家处购买，那么他就是在将自己置于与艺术家同等的位置上：他将艺术带入世界，他在创造。"[1] 此后将近十年，奎因无论是从行动还是思想上都在向庞德的这种导向靠近。在路易斯、戈蒂耶等旋涡派视觉艺术家之外，他还出资购买了包括凡·高（Van Gogh）、毕加索、马蒂斯及杜尚（Marcel Duchamp）在内的现代主义艺术家们的作品。以律师为本行的奎因作出的更为深远的贡献是，1913年，在他的不懈努力下，美国通过法律条文，允许问世时间不足20年的原创作品进入美国时无须再被征收高达15%的税款。这条新法不仅取消了之前对原创原版作品的歧视性规定，而且对于彼时美国艺术品收藏界不重视当代作品、热衷于名画仿作的风气也起到了侧面压制作用。按照《庞德、奎因书信选集：1915—1924》（*The Selected Letters of Ezra Pound to John Quinn 1915 - 1924*, 1991）的编选者迈特尔（Timothy Materer）的介绍，通过此举，"奎因使得'原创'（original）一词进入法律，从此作品的原创性（authenticity）开始受到关注"[2]。这对于包括旋涡派团体作品在内的现代先锋艺术的发展和传播无疑是极大的鼓舞。奎因在1920年的一封手书中的说法仿佛是5年前庞德观点的翻版，只是此时，他似乎已将之内化为自己的看法："于我而言，从在世的艺术家处购买作品更有价值。如此行为可以帮助他们去生活、去创作，使我获得满足感。除此之外，我仿佛也在参与作品的创作过程，成为合作创造者。"[3]

正如庞德在熟识费诺罗萨的《作为诗歌媒介的中国书写文字》

---

[1] Timothy Materer, *The Selected Letters of Ezra Pound to John Quinn 1915 - 1924*, Durham: Duke University Press, 1991, p. 23.
[2] Timothy Materer, "Introduction (From Henry James to Ezra Pound: John Quinn and the Art of Patronage)", in Timothy Materer, ed., *The Selected Letters of Ezra Pound to John Quinn 1915 - 1924*, Durham: Duke University Press, 1991, p. 4.
[3] See Timothy Materer, "Introduction (From Henry James to Ezra Pound: John Quinn and the Art of Patronage)", in Timothy Materer, ed., *The Selected Letters of Ezra Pound to John Quinn 1915 - 1924*, Durham: Duke University Press, 1991, p. 3.

伊兹拉·庞德：旋涡中的美国诗人及其"力"的追寻

及中国古诗手稿前即在《我收集奥西里斯的残肢》长文中思考"闪闪发光的细节"，奎因的慷慨为他带来触动的先导原因在于，"早在他与旋涡派及奎因交往之前，庞德就认为，现代诗歌如若能找到资助，将再度开启文艺复兴。争取资助是他在诗歌与艺术间构建桥梁的部分动力，也在部分意义上是他最初投向视觉艺术研究的重要原因"[1]。如此跨时空对照的思路在庞德的诗与思中并不鲜见，并在此前此后的《诗章》创作中频频出现——与此处主题直接相关的是庞德创作于20世纪20年代初期的"马拉泰斯塔诗章"（第8—11章）、"威尼斯诗章"（第24—26章）和美国独立元勋之一杰斐逊（Thomas Jefferson）总统在其中出现的《诗章》第21、31章。

按照《诗章》整体的最终编排顺序，在以荷马史诗《奥德赛》（*The Odyssey*）故事开篇的系列神话诗章之后，"马拉泰斯塔诗章"是诗人首次将历史作为跨时空中的对照的一方的尝试。行至《诗章》第7章，诗人的心境如其中诗行所示，"敲的是空屋子的门，追寻的是被埋葬的美/……/没有回应的声音"[2]，颇似叶芝（William B. Yeats）《再度降临》（"The Second Coming"）对"至善者信心尽失，怙恶者/蠢蠢欲动"[3]的感叹，而这也是《休·赛尔温·莫伯利》诗中孤独的艺术家E. P.、莫伯利感受到的当代艺术界乱象。于是，按照麦克纳马拉（Robert McNamara）的说法，"为了寻找那些本应灌注于诗的创造力（creative energies），庞德转向历史，尤其在《诗章》第8—11章中，转向西吉斯蒙多·马拉泰斯塔这位首个在《诗章》中被全面刻画的主人公"[4]。"西吉斯蒙多"在历史上确有其人，属于

---

[1] Reed Way Dasenbrock, "Pound and the Visual Arts", in Ira B. Nadel, ed., *The Cambridge Companion to Ezra Pound*, Cambridge: Cambridge University Press, 1999, pp. 228–229.

[2] Ezra Pound, *The Cantos of Ezra Pound*, London: Faber and Faber, 1975, p. 25.

[3] William B. Yeats, "The Second Coming", in James Pethica, ed., *Yeats's Poetry, Drama, and Prose*, New York: W. W. Norton & Company, 2000, p. 76.

[4] Robert McNamara, "Pound's Malatesta: An Alternative to the Martial Ideal", *Pacific Coast Philology*, Vol. 20, No. 1/2, 1985, pp. 57–58.

第三章 思想过渡：从诗学到现实中的旋涡之"力"

中世纪至文艺复兴时期意大利贵族马拉泰斯塔世家。他是 15 世纪中期意大利里米尼（Rimini）、法诺（Fano）、切塞纳（Cesena）多地的领主，以雇佣兵、军事家、艺术赞助人多重身份留名。[1] 这些人格形象是庞德在《诗章》第 8—11 章以各种"闪闪发光的细节"——生动呈现的主人公面貌，也是他在《文化指南》（Guide to Kulchur）一书中称这位马拉泰斯塔领主为"完全的（entire）人"[2] 的重要理由。

雷尼（Lawrence S. Rainey）指出，唯通过格尔茨（Clifford Geertz）提出的关于文学文本的三重密度（density）——历史的、物质的与制序的（institutional）——方能理解"马拉泰斯塔诗章"中的"深描"（thick description）。[3] 庞德将历史与现实置于对照的两端，而他的文学文本对历史、文艺复兴、马拉泰斯塔这些物质材料的处理方式，遵从的是一种"对文艺复兴的'浪漫化'解读"的方式。[4] 我们在后文将会看到，他政治思想中为他本人带来危险的那些方面，说是对当代意大利法西斯政权社会的"浪漫化"解读也不为过。麦克纳马拉的文章进一步指出，《诗章》中的马拉泰斯塔形象代表的是由布克哈特（Jacob Burckhardt）之《意大利文艺复兴时期的文化》（The Civilization of the Renaissance in Italy）开启的此种倾向，其中提到："狂妄、不敬、军事才能与高雅文化极为罕见地集于西吉斯蒙多·马拉泰斯塔个人一身。"[5] 除"军事才能"外，其他褒贬倾向不一的用词之于 20 世纪初处于萌发状态的现代主义文学艺术及其中个

---

[1] Carroll F. Terrell, *A Companion to the Cantos of Ezra Pound*, Berkeley: University of California Press, 1980, p. 37.

[2] Ezra Pound, *Guide to Kulchur*, New York: New Directions, 1952, p. 194.

[3] See Cary Wolfe, "Review: *Ezra Pound and the Monument of Culture: Text, History and the Mala-testa Cantos* by Lawrence S. Rainey", *American Literature*, Vol. 65, No. 2, 1993, p. 376.

[4] Cary Wolfe, "Review: *Ezra Pound and the Monument of Culture: Text, History and the Malatesta Cantos* by Lawrence S. Rainey", *American Literature*, Vol. 65, No. 2, 1993, p. 377.

[5] Robert McNamara, "Pound's Malatesta: An Alternative to the Martial Ideal", *Pacific Coast Philology*, Vol. 20, No. 1/2, 1985, p. 58.

伊兹拉·庞德：旋涡中的美国诗人及其"力"的追寻

人也十分贴切。而未来主义对战争与毁灭的鼓吹、两次世界大战在欧洲打响的史实，都使得"军事"成为至少20世纪前半叶的文学、艺术难以回避的关键词——例如，旋涡派团体的阵地刊物名为《爆炸》；再如，《休·赛尔温·莫伯利》诗中描述的第一次世界大战带来的家园疮痍。在麦克纳马拉看来，马拉泰斯塔的军事才能展现出来的力与能量是彼时的庞德——或可强调的是，旋涡主义者庞德——苦苦追寻的东西："庞德选择并塑造这样一位残酷、凶猛、卓尔尚武的典范，其中原因在于，如此［文学］改造使得马拉泰斯塔呈现出庞德追寻的创造、建设之能量（energies），并展示出19世纪末20世纪初占主导的那一种之外、另一种集阳刚之力（energies）及战争精神于一身的理想形象。"① 麦克纳马拉对"马拉泰斯塔诗章"的分析并未借旋涡、旋涡主义、旋涡主义者之名，但是他对战争、军事这些具象事件，以及"力"与"能量"如此抽象精神的强调与我们之前对庞德的旋涡主义思想进行讨论的思路极为相近。而马拉泰斯塔的旋涡主义者特质还表现为他的抗争精神，在《诗章》第8章中，他坚持自己的立场，不惧与主流观点抗衡，展现出一位"在社会与政治的混乱中，秩序与文化的创立者"② 形象。如诗末所示：

> 教会与他对立，
> 美第奇财库暗渡陈仓，
> 纸老虎似的斯福尔扎反对他
> 弗兰切斯科·斯福尔扎，臃肿的鼻子
> 谁在9月将他的（弗兰切斯科的）
> 女儿嫁给了他（西吉斯蒙多），

---

① Robert McNamara, "Pound's Malatesta: An Alternative to the Martial Ideal", *Pacific Coast Philology*, Vol. 20, No. 1/2, 1985, p. 58.
② Robert McNamara, "Pound's Malatesta: An Alternative to the Martial Ideal", *Pacific Coast Philology*, Vol. 20, No. 1/2, 1985, p. 60.

第三章 思想过渡：从诗学到现实中的旋涡之"力"

> 谁在 10 月窃取了佩萨罗（如布罗利奥所言，"禽兽"），
> 谁在 11 月与威尼斯人并肩，
> 在 12 月与米兰人同在
> 如此种种，
> 春天领军米兰，
> 仲夏时是威尼斯人
> 秋季重归米兰
> 10 月与那不勒斯联手，
> 他，西吉斯蒙多，*建起神殿*
> 在罗马尼亚，盗畜贼猖獗的地方。①

如前所述，在旋涡主义之后，从视觉艺术批评角度，庞德以是否具有、能否表现并释放"力"作为优劣评判标准，从而热情地赞美和宣传旋涡派艺术家及其作品。以"马拉泰斯塔诗章"为起始，如此标准也成为他将目光投向跨时空的历史与现实时知人论世的规范。更何况，在马拉泰斯塔分享的力与能量品质、对社会秩序（这是庞德后半生再次将目光投向东方，尤其是中国儒家经典的重要动力）的坚持之外，他也是支持当代艺术发展的领主典范——历史的、物质的与制序的。在《诗章》第 8 章中，马拉泰斯塔治下的时代中的艺术家们可以"随心所欲地工作，/或者随心所欲地浪费时间"②。如此，无金钱生活之忧的惬意与庞德看到的 20 世纪初现代主义视觉艺术、旋涡派艺术家们的艰难境遇形成鲜明对比。

再采达森布若克的概述："如果庞德是在两个阶段间建立对比——无论是实际上的还是仅为心向往之，那么他比较的并非两个阶段的艺术家——因为他非常清楚现代艺术在诸多方面都在与文艺复兴开启的

---

① Ezra Pound, *The Cantos of Ezra Pound*, London: Faber and Faber, 1975, p. 32.
② Ezra Pound, *The Cantos of Ezra Pound*, London: Faber and Faber, 1975, p. 29.

伊兹拉·庞德：旋涡中的美国诗人及其"力"的追寻

传统发生决裂——而是他们所处的社会状况"；"对于庞德来说，约翰·奎因的行为最接近马拉泰斯塔或美第奇（Medici），但他相对有限的资源所能提供的有限支持使庞德再次深刻意识到，现代阶段与文艺复兴相比之下的落差"。①《诗章》的说服力在于，如此落差并非一蹴而就的简单对照。在《诗章》第24—26章又名"威尼斯诗章"中，我们读到的是马拉泰斯塔时代仅过去百年，艺术发展的社会环境已有了今不如昔的趋势。达森布若克将一个世纪间世风变化的基本原因归于"艺术成为商品"，人们追求的不再是艺术、作品本身的价值，而是外在浮华的市场因素。在庞德看来，"尽管（或者说因为）威尼斯人有这个经济能力，他们也不购买上乘艺术"。于是，"提香所在的威尼斯时代有其富庶与商品化的一面，是现代社会的旧影——商品价值在彼时的艺术界无孔不入"。如此，以现代社会为对照一方，另一方先有反向的"马拉泰斯塔诗章"，再有趋近的"威尼斯诗章"，诗人的用意随即明朗起来，"庞德对提香与威尼斯政府间的关系的指摘，与其对被商业、市场之力糟蹋的艺术界的蔑视如出一辙"。②

由此，奎因的珍贵之处在于：在"威尼斯诗章"式的现代社会环境中，给予先锋文学、艺术马拉泰斯塔式的支持。我们在迈特尔的介绍中读到奎因的援助范围不仅包括视觉艺术、旋涡派团体，还有文学。想必打动他的重要人物依然是庞德。"当庞德决定加入《自我主义者》来为艾略特、乔伊斯和路易斯的写作争取一处发表地时，奎因即向该刊承诺，将会每年出资150英镑并持续两年。"后来庞德改做《微评》（*Little Review*）的海外编辑时，奎因在继续自己的援助之外，还为他争取到两位投资者。这些钱财最终带来的，是使《微评》

---

[1] Reed Way Dasenbrock, "Pound and the Visual Arts", in Ira B. Nadel, ed., *The Cambridge Companion to Ezra Pound*, Cambridge: Cambridge University Press, 1999, p. 229.

[2] Reed Way Dasenbrock, "Pound and the Visual Arts", in Ira B. Nadel, ed., *The Cambridge Companion to Ezra Pound*, Cambridge: Cambridge University Press, 1999, p. 231.

第三章　思想过渡：从诗学到现实中的旋涡之"力"

"成为现代文学史上最负盛名的小刊物"。[1] 奎因在现实社会中发挥的作用，仿佛意大利历史上的马拉泰斯塔，或是美国历史上庞德赞赏过的屈指可数的领袖人物之一杰斐逊总统——"奎因不仅是旋涡派唯一真正意义上的赞助者，对于庞德而言更重要的是，他是一位理想的赞助者。因为他和庞德同样关心的是让艺术家有钱可用，而非像大多数艺术投资者那般迎合那些艺术界的投机倒把之流"[2]。然而，遗憾的是，奎因本人在1924年溘然长逝，随即使得"庞德愈发觉得，杰斐逊的如此精神遗赠在美国垂垂老矣"[3]。我们之前提及，即使奎因在世时，他的资源与能量也远不及历史上的领主或领袖，庞德本人也深刻地认识到这一点。怀着如此对照、落差心态的他继续追寻，又在种种机缘下，在他的主观建构中，当代意大利法西斯主义政权仿佛成为最后的希望寄托。

在庞德的跨时空对照思维中，"马拉泰斯塔诗章"展现的是文艺复兴时期的意大利，在时空两方面均与之相对的是诗人所处时代中的美国。尽管有奎因这样继承了杰斐逊精神的馈赠者，但他的慷慨在彼时彼地的大势中，显得异常孤独而短暂——至少在庞德看来如此。这种以悲观为底色却又总有渺茫希望几乎是他终其一生对故国的态度。1912年9—11月，庞德以每周一更的速度在《新时代》上连载发表11篇系列文章《我的祖国》("Patria Mia")，集中表达自己对彼时美国艺术界的上述态度。从时间上看，他描述的美国图景很有可能是他在1910年短暂回国时的所见——正是在此过程中，他与奎因相识。在首篇《我的祖国》文中，他首先提出了自己的艺术定义——"对

---

[1] See Timothy Materer, "Introduction (From Henry James to Ezra Pound: John Quinn and the Art of Patronage)", in Timothy Materer, ed., *The Selected Letters of Ezra Pound to John Quinn 1915–1924*, Durham: Duke University Press, 1991, p. 9.

[2] Reed Way Dasenbrock, "Pound and the Visual Arts", in Ira B. Nadel, ed., *The Cambridge Companion to Ezra Pound*, Cambridge: Cambridge University Press, 1999, p. 228.

[3] Reed Way Dasenbrock, "Pound and the Visual Arts", in Ira B. Nadel, ed., *The Cambridge Companion to Ezra Pound*, Cambridge: Cambridge University Press, 1999, p. 232.

伊兹拉·庞德：旋涡中的美国诗人及其"力"的追寻

于精确性的炽热向往",并强调,如此激情是"所有伟大艺术作品得以产生的诸多推动力之一"。① 在这十几篇文章中,庞德总在有意无意地将意大利与美国作比,前者始终是难以逾越的标准,后者自然总占下风:"如果一个国家没有[像罗马那样]'条条大路通'的城市,则不足以称之为'国'"(《我的祖国》之一);诗人漫步在纽约街头,满目钢筋水泥铸就的现代高楼使他产生的联想是,"如此广厦居然有700英尺高,并统领纽约,正如托斯卡纳那些傲居山城的旧塔楼"(之三);意大利历史上的帝国气象也直接出现在《我的祖国》文中,"所有关于帝国、世界性帝国、罗马、恢复主权等的梦想最终由盛而衰。然而,如此梦想依然有其可贵之处,它树立起一个可供参照、建立秩序的楷模。从8世纪直至16世纪,它鼓舞了每一次觉醒"(之三)。② 在如此以"精确"为关键词的艺术标准和意大利后无来者的典范映照中,美国、美国人就显得卑微起来。在庞德的主观建构中,好的艺术在如此环境中难以发展。

关于庞德以"精确"为标准去衡量的好艺术和坏艺术,我们在他首发于1913年的《严肃的艺术家》("The Serious Artist")文章中看得更清楚。这年10—11月间,该文分三次连载在《新自由女性》(*The New Freewoman*)上。和《我的祖国》系列文章相同的是,庞德以科学标准为参照来提出艺术的好坏伦理标准——尽管他在长篇举例、对比、分析后有几分无奈地说,"人们不必在白纸上看到黑字,就可以懂得关于医生的这种道德。但是,要使一个普通人相信坏艺术也是'不道德'的,却得大费口舌"③。来自科学的"精确"标准是他衡量好的与坏

---

① Ezra Pound, "Patria Mia I", in Ezra Pound, *Ezra Pound's Poetry and Prose: Contributions to Periodicals, 1902 – 1914*, New York: Garland Publishing, Inc., 1991, p. 77.

② See Ezra Pound, "Patria Mia I, III, VI", in Ezra Pound, *Ezra Pound's Poetry and Prose: Contributions to Periodicals, 1902 – 1914*, New York: Garland Publishing, Inc., 1991, pp. 77, 79, 101.

③ [美]庞德:《严肃的艺术家》,罗式刚、麦任曾译,载高建平、丁国旗主编《西方文论经典(第四卷):从唯美主义到意识流》,安徽文艺出版社2014年版,第164页。

第三章　思想过渡：从诗学到现实中的旋涡之"力"

的、道德的与不道德的艺术的圭臬。艺术的处理对象也是人，只不过是抽象的人，或者说人性。那么，是否如实地反映出彼时的人性即为艺术之好坏、道德与不道德的区分标准——从伦理角度讲，做不到"精确"的即为"撒谎"。因此，在他看来，"严肃的艺术家是科学的，就因为他精确地表现他的希望、憎恨或淡漠的形象，精确得完全和他内心那种希望、憎恨或淡漠相符。他描绘得愈确切，他的艺术作品也就愈经得起时间的考验、愈无懈可击"。庞德以充满诗意的语言向读者展示，那种出自严肃的艺术家之手、好的、道德的作品传达出的"美"为何："当春风拂面时，不消争辩，你就感到精神振作"，"柏拉图的作品中那敏捷的文思"和"雕像那优美的线条"就是"作真见证的艺术、最精确的艺术"方的例证。甚至，我们在《严肃的艺术家》中读到了非常旋涡主义式的艺术源泉表达："在艺术中，主要的是一股力量，一股有点像电流或放射作用的力量，一股融会贯通的力量。"①

回到《我的祖国》，庞德眼中的美国似先天地不具备支持艺术发展的社会环境。需要强调的是，庞德并不否认在美国存在"严肃的艺术家"和"精确"的艺术。他在纽约的都市气象中得出的感悟是，"美国是唯一关注当代建筑的地方，至少在此处，艺术还活着"；他会笼统地表示，"美国比所有欧洲国家都更具艺术灵感"，也会具体地赞颂，"我们时代的祖国向世界献出两位巨子，[画家]惠特勒（Whistler）……和[文学家]亨利·詹姆斯"，后者被他视为"福楼拜的继承者"。但这些渺茫的希望无力改变他整体悲观的态度，认为美国文学、艺术存在痼疾，甚至放言道，"'黑暗时期'是对我们所处时代的最贴切表达"。② 对于祖国这位病人，庞德医生的问诊结论

---

① [美]庞德：《严肃的艺术家》，罗式刚、麦任曾译，载高建平、丁国旗主编《西方文论经典（第四卷）：从唯美主义到意识流》，安徽文艺出版社2014年版，第164—166页。
② Ezra Pound, "Patria Mia I, V, VIII", in Ezra Pound, *Ezra Pound's Poetry and Prose: Contributions to Periodicals, 1902–1914*, New York: Garland Publishing, Inc., 1991, pp. 79, 99, 103, 99.

伊兹拉·庞德：旋涡中的美国诗人及其"力"的追寻

是，病因在于如 E. P.、莫伯利所处的时空那般评论界、市场对于艺术品的优劣不分，从而导致艺术家也不得不受此错误导向指引。这是《我的祖国》从第五篇文章开始主要展现的问题。庞德直言不讳道，"在美国根本不存在一位懂得鉴赏艺术品优劣的人，我的意思是，在[艺术品的]流通体系中找不到这样的人"；对于年轻的美国诗人来说，尽管他具备"内在的直觉与灵感"，却没有人告诉他如下这些庞德从意象主义至旋涡主义一以贯之的"精确"艺术标准：

> 精确地写下你的感受和意思！表达尽可能简洁、避免一切虚假的装饰。尽你所能地直接学习大师们的创作高招，不要去理那些自己写不出来经典诗作的人的建议。要像朗吉努斯之前建议过的那样，时不时地思考下，如果一位大师读到你的作品时，他会作何感想。①

换言之，美国的问题在于艺术本身与商业社会的矛盾。庞德明确地指出，"艺术家的本行是道出真相，无论外人好恶与否，而刊物编者的工作是发行、流通"。他提到自己在纽约偶遇的一位小有诗才的人。庞德被他的文采打动，希望帮助他在伦敦发表作品。但一首诗接一首诗地读下来，庞德大失所望，内心评价是"可惜了"，于是问对方："你为什么要这样做？""你为什么要彻底毁掉原本的节奏，反而用这种乏味的倒置去营造大家早已厌倦的陈旧韵律？""你为什么要违背自己的原意去刻意设置这些你不需要的节拍？"他得到的回答万变不离其宗——"他们告诉我的"。② 此处的"他们"正是上述引文中那些"自己写不出来经典诗作的人"。在后面的第七篇文章中，

---

① Ezra Pound, "Patria Mia V", in Ezra Pound, *Ezra Pound's Poetry and Prose: Contributions to Periodicals, 1902–1914*, New York: Garland Publishing, Inc., 1991, p. 99.

② Ezra Pound, "Patria Mia V", in Ezra Pound, *Ezra Pound's Poetry and Prose: Contributions to Periodicals, 1902–1914*, New York: Garland Publishing, Inc., 1991, p. 100.

第三章 思想过渡：从诗学到现实中的旋涡之"力"

美国彼时的百万富翁们与意大利文艺复兴期间的美第奇家族形成对照，评判结论无须赘述。于是庞德再次无奈地指出，"美国诗歌坏，原因不在于缺乏灵感，而是因为该国几乎无人能够明辨真假与好坏"。如此带来的结果是美国诗歌作品创新力的缺乏，现象之一是他们不知道"哪些方面已成明日黄花，哪些尚有待挖掘"，产生了大量重复之作。①

《我的祖国》系列连载文章是庞德的私人书信之外，较早公开体现他关于艺术发展与经济支持间关系的思考的文字。随着他与20世纪初欧洲现代视觉艺术，特别是旋涡派的往来逐渐密切，艺术与经济间的张力在他心中有增无减。巧合而必然的是，《我的祖国》的发表载体《新时代》是他较早获得"经济学教育"的刊物，他与主编奥里奇（A. R. Orage）的交往并通过他结识经济学家道格拉斯，这些事件奠定了他此后的经济、政治思想走向。

二 《新时代》与道格拉斯

庞德初抵伦敦不久，即开始与《新时代》报刊及其主编奥里奇持续保持密切联系。"他为这家报社持续写稿10年，从1911年11月30日至1921年1月13日（仅在1913年10月至1915年1月出现了一次15个月的断档，其间庞德只在此发了一篇文章）。"② 我们在兹妮斯整理的《庞德与视觉艺术》文集中也可清楚地看到，仅就这一话题，多产的庞德在《新时代》上的发文量就超过其中半数。庞德最初很有可能还是出于推广自己的文学、艺术理念的考虑而为之，如雷德曼所言，"我们应该想到，那时的庞德非常年轻，还没有成就自己的文人事业，急于功成名就。他为奥里奇写文章在很大程度上是在

---

① Ezra Pound, "Patria Mia VII", in *Ezra Pound's Poetry and Prose: Contributions to Periodicals, 1902–1914*, New York: Garland Publishing, Inc., 1991, p. 102.

② Tim Redman, *Ezra Pound and Italian Fascism*, Cambridge: Cambridge University Press, 1991, p. 17.

争取后者的支持"①。在此期间,他频繁到访这家报社,并参加每周一在"法院巷的 ABC 餐厅地下室"进行的撰稿人下午茶会。马丁(Wallace Martin)指出,"法院巷的 ABC 是很多纯粹对文学感兴趣的人(其中包括伊兹拉·庞德)首次接受政治、经济教育的地方"②。

《新时代》有着深刻的费边社(Fabian Society)背景,在 1907 年初问世时即以如此副标题自我定位:"独立的社会主义报刊,以政治、文学、艺术评论为己任"。它随其主编奥里奇在政治取向上偏左翼,但如费边社般并不十分认同马克思主义(Marxism)式的暴力革命来改变现实。"《新时代》常谈摧毁、判决和革命,坚持站在劳动者一方,尽管如此,它更多代表的仍是渐进式的而非革命性的社会主义。……[如社会信贷般]承诺在基本保持现行政治、社会体制的前提下,为经济困境提供解决方案。"庞德在此"首次接受政治、经济教育",在很多方面预示了他后来趋近墨索里尼的机缘,如雷德曼看到的,"像他后来的英雄墨索里尼那样,庞德的法西斯转向从一份社会主义报刊开始";和《新时代》及奥里奇的思想走向一致的是,"几乎与此同时,墨索里尼正在意大利酝酿的正是社会主义与工团主义(syndicalism),这样就很容易看出庞德为什么……后来会在法西斯主义中找到很多自己认同、已然熟悉的观点"。③ 奥里奇的经济、政治思想对庞德产生了深刻的影响,后者对前者的信奉与支持在以下史实中也可看出:1932 年奥里奇重操旧业、主创《新英周报》(*The New English Weekly*)后,直至两年后去世之前,此时文人事业已成的庞德依然是他忠实的撰稿人;再者,奥里奇曾在广播中宣传自己的思想,也启发了庞德后来通过罗马电台开展类似活动。

---

① Tim Redman, *Ezra Pound and Italian Fascism*, Cambridge: Cambridge University Press, 1991, p. 19.
② Tim Redman, *Ezra Pound and Italian Fascism*, Cambridge: Cambridge University Press, 1991, p. 17.
③ See Tim Redman, *Ezra Pound and Italian Fascism*, Cambridge: Cambridge University Press, 1991, pp. 17 – 18, 22.

第三章 思想过渡：从诗学到现实中的旋涡之"力"

奥里奇及《新时代》的主导思想中的两个关键词是"综合"和"阶级"。也正是这两方面对庞德产生了最深刻的影响。首先，其"综合"所指如下：

> ……《新时代》的创刊目的是审视社会主义与艺术、哲学间的关系。它致力于通过系统审视社会主义为艺术、文学及哲学带来的影响，从而丰富政治理论，如此创刊方针使之生机勃勃、始终引人注目，即使在它的涉猎范围超出经济、开始讨论关于文化的一切时也是如此。奥里奇有意识地将欧洲生活的各方面联系起来，包括艺术和社会科学。①

上述观点取自雷德曼的著述，他同时受到了马丁研究的启发。马丁还指出这种源自19世纪思想遗产的意识的核心所在："政治、经济问题和文化整体问题密不可分。"② 换言之，文化中的任何一方面（政治、经济、文学、艺术、哲学等）如若出现问题，都要在文化整体处寻找病因。庞德自然认同这种政治、经济与文化间存在紧密关联的"综合"意识与"整体"思想：这与他旋涡主义思想的关键词之一—"原始原料"产生深切共鸣——相信诸艺术门类相通、各门类中的艺术家可被等量齐观；而且，由此可见，庞德为何会在自己的经济思想中反复考量艺术本身与所处经济社会环境间存在的矛盾。而在他接近意大利法西斯主义政权时，这种试图修复不完美的"综合"文化整体的愿望即发展为对"极权主义"（totalitarianism）的迷恋。这是他的经济思想渐进发展，渐入歧途，形成他思想深处和身处政治旋涡的基本脉络之一。

---

① Tim Redman, *Ezra Pound and Italian Fascism*, Cambridge: Cambridge University Press, 1991, p. 21.
② See Tim Redman, *Ezra Pound and Italian Fascism*, Cambridge: Cambridge University Press, 1991, p. 21.

伊兹拉·庞德：旋涡中的美国诗人及其"力"的追寻

关于奥里奇的经济思想中的"阶级"，他强调的是资本主义中的阶级差异，即与广义的"特权阶级"相比，英国社会中的劳动阶级（working class）所付出的无限艰辛与所得到微薄回报之间的尖锐的不对等现象。这是奥里奇在担任《新时代》主编十余年间持续关注的话题。相比第一次世界大战之前，这种落差在战争期间更为明显，并持续至战后，构成这位主编信奉道格拉斯（D. H. Douglas）经济思想的直接原因。

第一次世界大战爆发之后，英国一度实行自愿入伍政策。而随着伤亡人数的上升和战事的吃紧，后来开展强制兵役制，劳动阶级自然构成征兵对象的主体。《新时代》连篇累牍的话题依然是英国劳动阶级的不平等待遇，只是和战前相比，其批判的对象具体转化为"对于人，而非资本的征用；生命，而非利润的牺牲"[1]。关于他们在前线的恶劣生存环境，我们在旋涡派雕塑艺术家戈蒂耶的战场信札中也可得见。他的手书不以抱怨为底色，雕塑、艺术依然是他心心念念的事业，但我们也会在个别细节中发现其中的艰苦，例如他在1914年11月4日写给庞德的信中提到，"一个星期的战壕生活过后，我们今天休息。我们经历了雨水、泥泞、阳光、子弹、炮弹、霰弹、沙丁鱼和快乐"[2]。战争压力之于劳动阶级与特权阶级处的分担并不平等，而弱势阶级并不会因为自己的牺牲而获得应有的回报，这是战争期间的《新时代》在奥里奇的主导下持续关注的话题。雷德曼指出，"从一开始，《新时代》即强烈呼吁士兵的合理报酬、反对强制兵役制"[3]。之于庞德，戈蒂耶的战死沙场为他带来了强烈冲击，在一定程度上改变了他的想法，"友人已逝，奥里奇持续关注为何有的群体

---

[1] Tim Redman, *Ezra Pound and Italian Fascism*, Cambridge: Cambridge University Press, 1991, p. 23.

[2] Gaudier-Brzeska, "Letters to me", in Ezra Pound, ed., *Gaudier-Brzeska, A Memoir*, London: John Lane, 1916, p. 61.

[3] Tim Redman, *Ezra Pound and Italian Fascism*, Cambridge: Cambridge University Press, 1991, p. 24.

第三章 思想过渡：从诗学到现实中的旋涡之"力"

能从战争中获利，而其他人却深受其害的不平等现象，这两方面形成合力，逐渐对庞德发生作用，他关于艺术家对社会的责任的想法发生转变"①。

如前所述，1913—1915年，庞德为《新时代》持续十年的撰稿出现间歇断档。从他个人的文人事业脉络来看，这15个月的空白刚好是旋涡派视觉艺术团体及他的意象主义、旋涡主义诗学两方面并行从酝酿、蓄势到蓬勃发展的关键时期，也是中国语言（包括文字）、文学及文化与他的思想发生碰撞的那些年间。在此期间，他对经济、政治着墨不多，公开发表、出版的诗文还是以文学、艺术方面为主，其中不乏那些发展自己的旋涡主义诗学思想，同时为旋涡派团体扩大影响的文章。从他这阶段的文字看，至少在此时，他所理解的"严肃的艺术家"与所处时代背景、社会环境间的关系是，前者的唯一使命就是以严肃求"真"的态度进行创作，对于所在时空条件中那些是非不明的评论、好坏不分的市场，坐视不理的姿态也未尝不可。《向塞克图斯·普罗佩提乌斯致敬》（"Homage to Sextus Propertius"）和《休·赛尔温·莫伯利》是庞德相继创作于1920年前后的诗歌作品，雷德曼提示我们，其中体现出庞德关于艺术家与所处时空之间的关系的思考发生的断裂性变化：从《向塞克图斯·普罗佩提乌斯致敬》来看，"晚至1917年，庞德依然对于艺术家保持冷漠的能力颇有信心"；而《莫伯利》诗已然有了几分决裂的意味，"自足（self-sufficient）、自洽（self-justifying）是庞德自己的生活状态，但《莫伯利》诗中，他与这样一位诗人作别。这绝对是一首充满感情的告别之作，但依然是一首告别之作"②。

在如此思想转变中，奥里奇的阶级差异观点自然为庞德带来了极

---

① Tim Redman, *Ezra Pound and Italian Fascism*, Cambridge: Cambridge University Press, 1991, p. 28.

② Tim Redman, *Ezra Pound and Italian Fascism*, Cambridge: Cambridge University Press, 1991, pp. 29–30.

伊兹拉·庞德：旋涡中的美国诗人及其"力"的追寻

大的触动。但在心系文学、艺术的后者处，就不平等关系的弱势一方而言，前者的"劳动阶级"被自觉不自觉地置换为"先锋派视觉艺术家"。下面是1916年11月9日的《新时代》中，奥里奇在"本周记"("Notes of the Week")中对英德两国经济现实的观察："两国的突出经济现象是对照的双方：那些献身于战争与工事的人所作的牺牲，与占有生产工具从而享受奢华生活并迅速致富的阶级。"[①] 回顾前文庞德的"马拉泰斯塔诗章""威尼斯诗章"及他与奎因的传书，奥里奇处劳动阶级的巨大牺牲与特权阶级的资本积累，俨然庞德看到的严肃、孤独而落魄的艺术家与投机获利的艺术投资人间的现实图景。

庞德对经济学问题的关心，也如奥里奇及《新时代》般经历了一个潜移默化的渐进发展过程。基于对阶级差异问题的持续探索，奥里奇在第一次世界大战背景下提出如此关键问题：谁来承担这场战争的巨额账单？这是奥里奇的关注点开始转向经济学的重要契机。国际金本位的坍塌是战争带来的现实一种，而对于奥里奇、《新时代》和庞德而言，他们在战争爆发不到一个月后即直接接触到来自权威经济学家关于金本位崩塌的预言。这位经济学家是英国银行和货币改革联盟（British Banking and Currency Reform League）主席基特森（Arthur Kitson）。1914年9月3日，他在发表于《新时代》的一篇文章中指出，"如今，金本位的骗局被一览无余。黄金信用体系正在被国家信用体系取代……"这是他频频公开表明的观点。奥里奇、庞德后来被以"社会信用"为核心的道格拉斯经济学思想吸引，在此也可找到几分先声。对于这两位文人，基特森的预言意味还表现在，他在《新时代》上不时发出反犹倾向的言论——奥里奇常常随即发文澄清，他本人以及该报无意于此。例如，早在1913年7月末，基特森

[①] See Tim Redman, *Ezra Pound and Italian Fascism*, Cambridge: Cambridge University Press, 1991, p. 34.

第三章 思想过渡：从诗学到现实中的旋涡之"力"

在《20世纪的拿破仑》("The 20th Century Napoleon")一文中，极具讽刺意味地将犹太人斥为"在伦敦、巴黎、纽约、柏林、维也纳的银行广厦后台，安坐办公室的人"，言辞激烈至"一小撮原本无关紧要的人手持黄金和信贷……征服了世界。随着金本位的强行实施——这些犹太借贷人在过去40年中约束世界的方式——贸易在本质上改头换面，已经蜕化为冷冰冰的唯金是图"。[①] 言下之意，仿佛金本位经济体系的崩塌昭示了以犹太人为代表的金融业群体长久以来的阴谋。

大量人力、物力在战争中顷刻消耗，而借贷生意随之兴隆。如此表面上看来，金融业包括银行大发"不义"战争财，盆满钵盈。在1916年2月3日《新时代》的"本周记"中，奥里奇记述了这一衰退中的繁荣现象：

> 让我们来看上周发布的银行业报。上一年度，所有大银行都展现出前所未有的繁荣景象，无一例外。……我们认为，一个国家在日渐赤贫的同时展现出富庶之国的面目，这有悖常理，却符合资本主义的本质：国家的经济陷入困窘，而其借贷人与投机者却大发横财。[②]

此时，和之前强烈反对之于劳动阶级的不公待遇（强制兵役、微薄报酬）相比，奥里奇的批判对象更加明朗化，矛头明确指向金融业，这种发展如雷德曼所言，"随着奥里奇对金融作用的发现，他过去理解的所有者和劳动者间的阶级斗争扩展至一个新的维度，即金融，出现了一位新的反派，即银行家"。1917年12月，《新时代》发

[①] See Tim Redman, *Ezra Pound and Italian Fascism*, Cambridge: Cambridge University Press, 1991, pp. 38–39.

[②] See Tim Redman, *Ezra Pound and Italian Fascism*, Cambridge: Cambridge University Press, 1991, p. 41.

伊兹拉·庞德：旋涡中的美国诗人及其"力"的追寻

表了另一位撰稿人兰德尔（A. E. Randall）在为那位经济学家基特森的著作写的书评中，将批判的对象沿此方向再度推进，"高利贷是文明真正的敌人"①——"高利贷"是后来庞德"反犹"思想的基本理据。

回到奥里奇在1920年前先后关注的那两个话题：阶级差异和战争成本。金本位体系崩溃后，英国在清理战争账单时采取超额发行纸币的调控措施，导致通货膨胀，物价飞涨。劳动阶级从战场上回归后，依然难逃战争带来的经济恶果。"战争结束时，奥里奇开始坚信，由银行和政府操控的货币体系是导致英国劳工陷入经济困境的罪魁祸首。"② 在《诗章》第22章中，庞德在诗行中呈现了道格拉斯和传统经济学家代表凯恩斯（John Maynard Keynes）③ 会面的情景。无论所言虚实，前者面对如此现实经济问题的无力感跃然纸上，他给不出令人信服的解释，更无法提供行之有效的解决方案：

> 道格拉斯向著名的凯恩斯先生提问道：
> "如此高昂生活成本的原因是什么？"然后凯恩斯先生，
> 这位多国经济学家顾问，说：
> "劳动力不足。"
> 而有200万人处于失业状态。
> 道格拉斯沉默了，他说

---

① Tim Redman, *Ezra Pound and Italian Fascism*, Cambridge: Cambridge University Press, 1991, pp. 41 –42.

② Tim Redman, *Ezra Pound and Italian Fascism*, Cambridge: Cambridge University Press, 1991, p. 46.

③ "凯恩斯（John Maynard Keynes, 1883—1946），英国经济学家。他早年支持金本位、抗议反对凡尔赛条约（Versailles Treaty），并在《和平的经济后果》（*Economic Consequences of the Peace*, 1919）中表达如此观点，使他闻名世界。但他在1929年远离经典自由经济观点，支持劳莱·乔治（Lloyd George）的公共工事和政府开支项目，即通过提高国家负债来增加就业。"见 Carroll F. Terrell, *A Companion to the Cantos of Ezra Pound*, Berkeley: University of California Press, 1980, p. 90。

第三章 思想过渡：从诗学到现实中的旋涡之"力"

> 他要省下这份气力来吹凉自己的粥羹，
> 但是我没有，我继续折磨凯恩斯先生
> 他最后说："我是一位传统
> 经济学家。"①

庞德以 H. C. L.，即"高昂生活成本"（High Cost of Living）点出了战后英国社会的总体经济图景。按照奥里奇的思路，那些平日付出最多辛苦、战时甚至牺牲生命的普通劳动阶级成为如此生存环境中受苦最深重的群体。而从上述《诗章》第 22 章选段也可看出，很明显，至少在庞德以及奥里奇、《新时代》主导观点看来，传统经济学无法解释，也无力解决如此战后困境。相反，道格拉斯经济学思想似乎带来了希望。这位在多本庞德传记中常常被称作"道格拉斯上校"的人士在第一次世界大战期间曾为英国皇家空军效力，专业背景是工程学而非经济学。事实上，那位通过奥里奇和《新时代》对庞德产生影响的经济学权威基特森也是工程师、发明家出身。类似的跨界人士在庞德崇敬的群体中不在少数。② 这倒是和庞德本人有几分相似：他本行是诗人，却如达森布若克所言，"致力于在各个领域中一展身手、成为内行，很少对什么领域仅为浅尝辄止而已，其中最引人关注的方面即为经济和政治"③（在此可以补充的是，他在视觉艺术方面也是如此）。至少在 20 世纪 30 年代，作为新兴学科的经济学门槛并不算高，客观上为庞德等人提供了尝试的可能。

道格拉斯经济学的思想基础是"A + B"理论。他在《信贷力与民主》（*Credit Power and Democracy*, 1921）一书中这样详细解释之：

---

① Ezra Pound, *The Cantos of Ezra Pound*, London: Faber and Faber, 1975, pp. 101 – 102.
② See J. J. Wilhelm, *Ezra Pound: The Tragic Years (1925 – 1972)*, University Park: The Pennsylvania State University Press, 1994, p. 56.
③ Reed Way Dasenbrock, "Pound and the Visual Arts", in Ira B. Nadel, ed., *The Cambridge Companion to Ezra Pound*, Cambridge: Cambridge University Press, 1999, pp. 225 – 226.

伊兹拉·庞德：旋涡中的美国诗人及其"力"的追寻

> 工厂及类似的生产组织在经济职能，即产品的生产者之外，还有金融职能……表现为通过时薪、月俸和红利等方式向个人分配购买力；同时制造价格——金融价值。由此，工厂的支出可以被分为两部分：
>
> A 组：所有向个人支付的部分（时薪、月俸和红利）。
>
> B 组：所有向其他单位支出的部分（原材料、银行收取的费用以及其他外部花费）。
>
> 现在，A 代表流向个人的购买力份额，然而由于全部支出都要在价格中体现出来，最终价格的总份额不会低于 A + B……但是 A 无力购买 A + B，所以产品中至少不能低于 B 的一部分份额必须以购买力的方式分配出去，而这部分份额在 A 组中并不存在……贷款信用（银行透支）或出口信用的方式应对这部分额外购买力提供支持。①

庞德在《诗章》第 38 章中以诗的语言基本上原意传达了道格拉斯此处的"A + B"理论，表现出至少在此时对于道格拉斯思想的照单全收态势。而在转述之后，他似对工厂这样具有金融职能的机构有天然的厌恶一般补充道：

> ……这就是全部
> 被加在总价格中的全部
> 起因是工厂，所有可恶的工厂
> 因此必须有一个塞子去添堵
> 购买力永远无法
> （在当前体系下）达到

---

① C. H. Douglas, *Credit Power and Democracy*, London: Palmer, 1921, pp. 21 - 22; See J. J. Wilhelm, *Ezra Pound: The Tragic Years (1925 - 1972)*, University Park: The Pennsylvania State University Press, 1994, p. 57.

第三章　思想过渡：从诗学到现实中的旋涡之"力"

价格的总体水平。①

在奥里奇看来，《新时代》关注并同情的劳动阶级通过长时劳作所获得的只有 A，自然不具备与 A + B 式价格对应的购买力。这与战后英国物价飞涨、民众购买力相应难以为继的社会状况一致，也与他们对政府、银行积怨已久的不信任产生深刻共鸣。在经济学史上，面对经济波动问题，19 世纪至 20 世纪上半期的主流宏观经济理论（例如以凯恩斯为代表的传统经济学观点）往往采取搁置式的"舍象"态度。而道格拉斯的思想属于相对边缘化的"消费不足理论"。该理论大类分支作为"周期性不稳定的最古老解释之一"，对"经济在扩张期继续消费其产出的能力不断下降"的现象作出段位不一的理解。而道格拉斯秉持的是其中最朴素的观点。用经济学术语来表达 A + B 理论背后的理念，则是经济在扩张期之所以没有足够的购买力来消费生产产出、遭受周期性的危机，最简单的原因在于那些"支付给银行的借贷利息减少了购买力"，而相应的解决办法是由政府提供"社会信贷"来补充购买力不足部分的数额，从而让经济"能继续消费其正在生产的产出"。但道格拉斯的软肋正在于他和庞德一样的非专业性，"对现代银行系统缺乏了解"，只一叶障目地看到"公司支付给银行的利息来自生产过程"，却没有认识到更为复杂的经济运作过程，例如"利息可以通过新银行贷款等渠道流回到收入循环中"。②这种片面性不仅使道格拉斯自己的声音游离于主流经济话语之外、湮没在经济学史中，也带来了奥里奇、《新时代》以及庞德对经济问题的片面理解。

---

① Ezra Pound, *The Cantos of Ezra Pound*, London: Faber and Faber, 1975, p. 190.
② ［美］M. P. 尼米诺、P. A. 克莱因：《金融与经济周期预测》，邱东等译，何宝善审校，中国统计出版社 1998 年版，第 66—68 页。

第二节 转向法西斯之路：庞德的经济思想过渡及意大利的文化民族主义

从庞德的生活轨迹来看，在1920年即《休·赛尔温·莫伯利》诗出版的那一年，他与伦敦作别，前往法国巴黎。此后五载，他又时时离开巴黎，虽不至于居无定所，但此心不安非吾乡倒也是事实。1923年后，他多次前往意大利为自己寻访住地，并在此过程中和海明威徒步旅行，与终身情人奥尔佳相识；最终从1925年1月起，同妻子多萝西定居拉帕洛。庞德在20年代初的移居动因"既有他不喜欢英国的艺术环境，也有他被巴黎战后的艺术、文学氛围吸引"，这里有很多他文学、艺术界的朋友。而庞德夫妇经过一番考察最终在拉帕洛安家，则是一个"符合逻辑的选择"。这里风景优美，气候宜人，生活成本更低，"墨索里尼的新政府看着还井然有序，日新月异"——尽管雷德曼和斯托克（Noel Stock）这两位庞德研究大家都认为，至少在1924年，政治还不足以成为吸引庞德迁居拉帕洛的诱因。[①] 而庞德开始以"严肃的艺术家"式的态度去对待经济及政治、最终深陷政治旋涡，确实是定居意大利之后的事情。如前所述，在伦敦、巴黎岁月期间，他在与奥里奇、《新时代》、道格拉斯的交往中及《莫伯利》诗、"马拉泰斯塔诗章"等的写作中埋下了种子。而从他内在的思想动因看，这一切成为他迁居意大利后，在内在经济思想过渡及外在意大利的文化民族主义意识形态环境的激发下进一步向自己的政治旋涡——法西斯主义转向的基本前提。

一 内在：庞德的经济思想过渡

1931年3月，庞德在拉帕洛接受莫诺蒂（Francesco Monotti）的

[①] See Tim Redman, *Ezra Pound and Italian Fascism*, Cambridge: Cambridge University Press, 1991, pp. 72 - 73.

第三章 思想过渡：从诗学到现实中的旋涡之"力"

访问时，被问及为何会选择在意大利安家。诗人的回答很长，最终刊载在《瞭望》(*Belvedere*)杂志上的访谈录中有这样一段话：

> 他最终告诉我，"这个世界上最吸引我的是文明，文化的制高点。意大利已经两次促成了欧洲的文明。除此之外没有任何一个国家曾经做到过一次。每当一股强劲、生机勃勃的力在意大利恣意昂扬之时，一场新的文艺复兴即接踵而至。我写过很多次，战后的英国已经堕落至街头弃尸。法国思想尚存，却已倦怠，倦怠至极，但至少还能集中力量将其死去的思想的遗骸好生安葬。英国的愚蠢和法国的低能让我同样厌倦，尽管二者所涉的领域不尽相同"。①

从这段话可以看出，庞德离开伦敦、前往巴黎又到达意大利的生活轨迹，与他思想中当代文明的发展现状脉络保持一致——正如他在20世纪初从美国来到欧洲时怀揣的梦想。如旋涡般一度充满力与能量的英国伦敦在战后成为文化荒原，巴黎也不甚理想，最终他来到了心目中在历史上曾经是、当下有可能再次成为"文化的制高点"的意大利。雷德曼亦以"旋涡"为譬喻表达诗人此时的思想动态，"庞德需要相信，意大利即将开启一场新的文艺复兴，部分原因在于他需要自己随时处于新运动的中心或旋涡"——这继承了他早年热心于意象主义、旋涡主义文学艺术革新的重要动力。而他心系文学、艺术的同时投身于经济、政治领域，也可以在其中找到缘由："他希望帮助促成之，这就解释了他大部分的纲领式写作（programmatic writing）……以及他向意大利读者群输出的不耐心与强力（energy）。"②

---

① Tim Redman, *Ezra Pound and Italian Fascism*, Cambridge: Cambridge University Press, 1991, p. 76.
② Tim Redman, *Ezra Pound and Italian Fascism*, Cambridge: Cambridge University Press, 1991, p. 77.

伊兹拉·庞德：旋涡中的美国诗人及其"力"的追寻

除《阅读 ABC》《经济学 ABC》外，庞德在 30 年代前半期完成的《杰斐逊和/或墨索里尼》(*Jefferson and/or Mussolini*, 1935) 是如此纲领性写作的代表。这本书首版于 1935 年 7 月，其写作早在 1934 年即已结束。和同为"纲领性写作"且有"不专业"之嫌的《经济学 ABC》境遇类似，《杰斐逊和/或墨索里尼》并不十分被看好。但我们可从中读出庞德的思想正式滑向墨索里尼法西斯主义政府的内在脉络。雷德曼指出这本书在庞德思想发展中的关键过渡作用：

> 尽管他的一些观点，特别是那些关于经济和孔子的在后来进一步发展，这本书依然是庞德为意大利法西斯主义首次公开作出的辩护文（Apologia），也是他建立起连贯的政治哲学的初试锋芒。……它在庞德的法西斯主义转向过程中起到决定性作用，必须被认真对待。[①]

庞德选择这一著述主题，既是他一贯的时空对照思路的延续，也是在将他理解的"文化的制高点"从意大利推介至他国，特别是故国美国的尝试。而且，至少在此时，在他看来，两位来自不同时代背景、不同地域的国家领导人"之间的在本质上的相同之处可能多于彼此的差异"[②]——这是《杰斐逊和/或墨索里尼》正文的开篇语。读者们很难认同这句话，在意大利法西斯政权成为被历史批判的过去时更是如此。但细读全书，我们会发现，庞德的如此断语并非全然出于唱赞歌式的"狂热"[③]（这是雷德曼提及的、庞德不喜欢巴黎的原因），其中也多少包含些他试图自圆其说的分析与逻辑。最直观的体

[①] Tim Redman, *Ezra Pound and Italian Fascism*, Cambridge: Cambridge University Press, 1991, p. 102.

[②] Ezra Pound, *Jefferson and/or Mussolini*, New York: Liveright, 1970, p. 11.

[③] Tim Redman, *Ezra Pound and Italian Fascism*, Cambridge: Cambridge University Press, 1991, p. 72.

第三章 思想过渡：从诗学到现实中的旋涡之"力"

现是，诗人在上述"断语"之后明确指出，二者的"言语表现（verbal manifestation）或者至少是其中被大力宣传的那一部分，无疑差异极大"①。这本书和《经济学ABC》类似的情况还在于，从庞德的一生文人事业来看，其总体成就并不算高（威尔海姆为庞德作的三卷本传记中只为它保留了不到一页的三段篇幅），却是我们理解诗人试图在政治、经济领域一展身手时的思想的重要原始材料。在有限的论述中，威尔海姆还是从庞德个人的思想认识角度，大致总结出这位美国诗人眼中两位领袖的共同点：

> （1）二者都认为"最好的政府是管理最少的政府"；（2）二者都相信无论是新生的（美国）还是衰颓的社会，都需要意志的行动（*directio voluntatis*）去供给能量；（3）二人都在农业、音乐、文学、建筑及艺术方面博闻强识。简言之，他们都是实干者，勇于与所处的蒙昧时代及身边无能的政客们抗衡。②

从庞德给出的两位领导人前两条的共同点中，我们可提炼出的关键词是"效率"与"行动"，这是诗人自伦敦岁月的旋涡主义运动起即开始追寻的创作与诗学理念。于是，在现实经济、政治领域中，如此纯粹艺术标准居然成为他知人论世的核心衡量依据。一直以来，庞德都对行动力，即有效率的行动崇拜有加，这种态度在他的思想中适用于一切领域，过渡到现实层面的经济与政治中亦是如此。在《杰斐逊和/或墨索里尼》一书中，他多次阐明"行动"对于真与善的意义，例如，"*真正的*智慧如若不付诸行动，则不存在"③，以及再谈何

---

① Ezra Pound, *Jefferson and/or Mussolini*, New York: Liveright, 1970, p. 11.
② J. J. Wilhelm, *Ezra Pound: The Tragic Years (1925–1972)*, University Park: The Pennsylvania State University Press, 1994, p. 97.
③ Ezra Pound, *Jefferson and/or Mussolini*, New York: Liveright, 1970, p. 18. 斜体（真正的/real）为原文所加。

伊兹拉·庞德：旋涡中的美国诗人及其"力"的追寻

为"最好的政府"时，他将上述重视"效率"的第一条（其中引文也出自庞德原文①）借"翻译"这一文学术语表述得更为明确："最好的政府就是那将最好的思想以最快的速度转化（translate）为、落实于行动的政府。"② 在他看来，杰斐逊时期的美国政府、墨索里尼治下的意大利法西斯政权以及当时列宁领导的俄国社会主义政权皆为如此具有行动力的"好的政府"。

俄国领导人列宁与墨索里尼同时而不同国，前者在《杰斐逊和/或墨索里尼》一书中出现，在很大程度上是因为在诗人的迷思中他与墨索里尼"相得益彰"的卓越行动力。虽然两人所在国的现实情况必然不同，但正是从他们因地制宜、不循规蹈矩的行动中体现出上述"最好的政府"的力与效率。在庞德看来，墨索里尼的"过人之处"还表现在，和列宁相比，他深厉浅揭的政治行动会进一步细化、顾及意大利国家内部不同地区间的微观差异。他以墨索里尼在意大利各地的演说为例，"我们能看到［演说］在城与城间的差异。因为他了解他的人民和他的意大利。弗利（Forlì）的演说只会发生在弗利，不会在都灵（Torino）"③。对于庞德的意识形态思想而言，列宁及其社会主义在书中的出现还提示我们，庞德在艺术领域生发的"行动""效率"衡量依据用诸政治界，只在笼统抽象，而非具体意义上具有普遍性。正如雷德曼所论，"庞德的政治意识形态中的重要一点是，他坚持法西斯主义这样的政治形式只适用于意大利"。具体而言，庞德反对意识形态输出——即使在他看来，意大利及其法西斯主义政权有可能再次创造出"文化制高点"，他也依然认识到该政体不一定适合其他国家，"一个国家的最佳政治形式源自本土"。在艺术旋涡部分，庞德及其他旋涡派视觉艺术家特别强调所在艺术团体的英国本土性，认为唯基于此，方能最真切地表达出既属于这个时代，又属于这

---

① Ezra Pound, *Jefferson and/or Mussolini*, New York: Liveright, 1970, p. 11.
② Ezra Pound, *Jefferson and/or Mussolini*, New York: Liveright, 1970, p. 91.
③ Ezra Pound, *Jefferson and/or Mussolini*, New York: Liveright, 1970, p. 65.

第三章 思想过渡：从诗学到现实中的旋涡之"力"

个地方的精神。在《杰斐逊和/或墨索里尼》中，"列宁和墨索里尼都是庞德的英雄。两人都对所在国的具体历史情境了然于心，并有足够的决断力……两人都是庞德期待的那种新艺术形式的艺术家，在思想与政治行动间取中庸之道"。凑巧的是，列宁也是墨索里尼本人最崇敬的同代人。[①]

由此可见，庞德在衡量现实层面的经济与政治图景时，所遵从的思维模式依然是源于"艺术旋涡"的、以"力"为核心的知人论世标准。而诗学和现实的重大差异之一在于，前者可暂论优劣，而后者必须明辨是非。他主观上的狂热使他仅存的理性分析在是非问题上不堪卒读。例如，就在他提出其他国家包括美国也不能照搬意大利的政权形式时论及，美国虽然在南北内战之后"丧失了原本的理想与传统"，但依然可以"对恢复早期的优良传统保持乐观态度"，只须"应对由法西斯主义、共产主义为美国政体带来的挑战"即可[②]——在庞德看来，美国的政体目前尚可与当代意大利的、俄国的处于并列地位。所以，庞德明确的实用主义（practical）立场虽然让他区别于那些只信奉一种意识形态者，却仍让他在跨越领域、混淆标准的同时渐入歧途。如雷德曼的假设说法，"在一定程度上，他成为法西斯主义的代言人只是因为彼时他生活在意大利。如果他身在莫斯科。他的写作将会带有不同的色彩"[③]。外在环境的影响力无论多么巨大，都恐难构成为个人在是非问题上的错误走向进行开脱的理由。毕竟，诗人在经济与政治领域的"理性"分析基础，均为经时间的检验后证明为否、为非的理论或现实。他的选择由此而生，注定了他的梦想终将失败，现实终将走向悲剧。

[①] Tim Redman, *Ezra Pound and Italian Fascism*, Cambridge: Cambridge University Press, 1991, pp. 106, 108, 109, 108.

[②] Tim Redman, *Ezra Pound and Italian Fascism*, Cambridge: Cambridge University Press, 1991, p. 110.

[③] Tim Redman, *Ezra Pound and Italian Fascism*, Cambridge: Cambridge University Press, 1991, p. 107.

伊兹拉·庞德：旋涡中的美国诗人及其"力"的追寻

庞德这种对行动力的崇敬和实用主义立场，更为明显地体现在他的法西斯主义思想转向过程中对一位名为格塞尔（Silvio Gesell）的经济学家学说的信奉。格塞尔和道格拉斯及庞德本人相同的是，他的经济学素养也不是来自专业训练，而是他跨洲多国的从商经历中对经济，特别是货币的现实观察。而格塞尔的弱项为他带来的好处是，没有各种先见的束缚，或能无知无畏地提出些许洞见。事实也是如此，他对货币本质的全新认识深刻影响了当时及后世。从庞德个人的经济学脉络来看，道格拉斯及其社会信贷理论"打开了我对经济学的兴趣之门"[1]。但他渐渐看到道格拉斯学说中的两方面弱项（或许对于一位专业经济学家并不是什么大问题，但在庞德看来却十分紧要）：语言表达能力的薄弱和有效率的行动的缺失。这两方面违背了庞德贯通于文化的一切领域中的普遍标准。[2] 道格拉斯和格塞尔的学说在本质上都属于"消费不足理论"，但在庞德看来，对于战后以英国为代表的欧洲国家的经济衰退现象，道格拉斯能做的只是解释，而非行动上的解决——"社会信贷运动从未在英国形成气候，30年代时只在新西兰和加拿大的阿尔伯塔（Alberta）省获得选举意义上的成功"[3]。相比之下，格塞尔在奥地利推行的"印花税"（Stamp Scrip）经济政策显得小有成就，虽然范围有限，且好景不长：

印花税为世界性经济危机提供了一个解决方案，这是最早在奥地利的沃格尔（Woergl）村庄进行的一个实验。每月月初，所

---

[1] Ezra Pound, "A Visiting Card", in Ezra Pound, *Selected Prose 1909–1965*, William Cookson, ed., New York: New Directions, 1973, p. 312.
[2] 庞德在1935年写道："在经济学中我们需要：（1）简化术语；（2）阐明术语（"物有本末，事有始终。知所先后，则近道矣"）；（3）鼓励汇聚式运动（converging movement）；（4）落实根源思想。" See Tim Redman, *Ezra Pound and Italian Fascism*, Cambridge: Cambridge University Press, 1991, p. 125.
[3] See Tim Redman, *Ezra Pound and Italian Fascism*, Cambridge: Cambridge University Press, 1991, p. 51.

第三章　思想过渡：从诗学到现实中的旋涡之"力"

有的流通纸币上都要加盖一个相当于面额1%的印花，如此方可保值。带来的效果是货币的流通速度加快，因为如果一张纸币未被使用，则或者贬值，或者被按月征税。格塞尔的实验一直进行到被中央银行查禁为止。①

1933年，身在拉帕洛的庞德在论及"如何遏制通货膨胀"时，给出两个他认为会避免美元货币贬值的方法：其一是印花税，其二是理解道格拉斯。他还补充说，"上层人物如若忽视这些，则与叛国罪近在咫尺"。②此时的他定然不会想到的是，这在十年之后会成为悬在自己头上的罪名。对于庞德而言，格塞尔的印花税举措带来的短暂积极成果无疑在道格拉斯学说的基础上有了现实行动的力量。显然，庞德信奉的依然是经济危机背景下最朴素的那种缓解方法：由政府超量发行纸币来弥补与 A + B 式的价格相比、购买力不足的那一部分。

格塞尔对庞德及后世影响更为深远的是他关于金钱的价值本质的认识。在他看来，"当时主流观点的本质性错误在于，大多数货币理论家的理论出发点是货币具有价值"。而持如此"谬见"的代表人物即为马克思（Karl Marx）。简言之，包括马克思在内的理论家的立论前提是价格、货币的价值与其本身的金属材料价值相关，而格塞尔提出价格、货币价值的符号性质。他有限的洞察力在于，"尽管如此关于金钱的本质的观点现在已成常识，但在格塞尔、庞德进行著述时，这一点还处于迷雾之中"③。庞德在受道格拉斯的经济学思想启发、写下《经济学 ABC》时即对马克思主义经济学产生过外行人的怀疑。

---

① Tim Redman, *Ezra Pound and Italian Fascism*, Cambridge: Cambridge University Press, 1991, p. 99.
② Ezra Pound, "How to Avoid Inflation", in Ezra Pound, *Ezra Pound's Poetry and Prose: Contributions to Periodicals, 1902–1914*, New York: Garland Publishing, Inc., 1991, p. 75.
③ See Tim Redman, *Ezra Pound and Italian Fascism*, Cambridge: Cambridge University Press, 1991, p. 136.

伊兹拉·庞德：旋涡中的美国诗人及其"力"的追寻

庞德的论述表明，此刻他观察到的马克思经济学思想中的问题和后来他转向格塞尔经济学时发现的道格里斯学说中的问题相似：表达力与行动力不足。之于前者，庞德提出，"马克思了解自己经济学的局限，却或者是忘了，或者不管怎么说都没能把它说清楚"；庞德用非常浅白的例子表明马克思主义经济学在行动力方面的缺失，仅"关乎用于出售的商品、商店中的商品。当我进行家庭烹饪或者将四块板钉成一把椅子时，我不在马克思主义经济学的循环整体中"。①

在格塞尔处，马克思理论体系中的"剩余价值"被具体化为劳动者不应被剥夺的"利息"或"租金"。他认为，劳动者的"全部劳动所得都不应以利息或租金的形式交给资本家，相反，一位劳苦功高的人付出的辛苦和具备的能力理应得到回报"。而经济社会中缺失的这部分应付给所有者的租金，则要以"国债券"（statebond）的形式全额给付。为避免特权从土地所有者又转移至债券持有者处，格塞尔学说下的货币改革要与土地国有化同时进行。② 在他的经济思考和行动方案中，都有"全体人无一例外地对地球有同等的权利"的前提，而庞德心中的杰斐逊也曾提出"地球属于活人"（《诗章》第77章）③——二者处都出现的理应享有同等权利的"活人"在奥里奇处是过分承担社会重担的劳动阶级，在庞德处一度更多的是严肃而贫困的艺术家。在货币价值与物质价值分离后，格塞尔提出货币的发行应归于国家权力，受法律保护制约。而要避免人们在货币价值方面滥用权力，"教育"是比法律更重要的方式，"真正有效的保护措施是对人们进行充分的货币教育，可以说，这些受过教育的人在法规侵犯货币标准时会成为警卫，阻止［货币］符号陷于笨蛋和骗子之手"。这

---

① Ezra Pound, "ABC of Economics", in Ezra Pound, *Selected Prose 1909–1965*, William Cookson, ed., New York: New Directions, 1973, p. 239.
② See Tim Redman, *Ezra Pound and Italian Fascism*, Cambridge: Cambridge University Press, 1991, p. 134.
③ Ezra Pound, *The Cantos of Ezra Pound*, London: Faber and Faber, 1975, p. 468.

第三章　思想过渡：从诗学到现实中的旋涡之"力"

一点无疑与庞德的文学、艺术认识产生深刻共鸣："这有些理想，但却与庞德在 30 年代的行为高度一致，甚至在《诗章》中，他还在努力为自己的读者提供货币方面的教育。"① 《经济学 ABC》的首句即为："这本手册旨在简要而清楚地介绍经济学的基本原理，使得即使是奉行不同经济理念的群体也能在讨论中理解彼此。"② 再如，《怎样阅读》和《阅读 ABC》同样以教育为目的。我们还会记得，庞德在 1914 年的两篇文章《旋涡》和《旋涡主义》中以几乎相同的文句将"两种人"作比：面对巨大的时代变革，一种艺术家被动地观察、接收、模仿；另一种以一己之力勇敢地与时势抗衡，从而孕育出引领方向的新生力量。③ 进入 30 年代，庞德理解的文人、艺术家与社会间的关系和《莫伯利》诗中相比进一步密切。前者有能力、有责任去对荒原社会进行教育，从而在抗衡中孕育新生。

在此值得一提的是，格塞尔的经济学思想在庞德的法西斯主义转向过程中发挥的更直接的影响，是后者承续了前者对罗斯福经济政策的怨恨。按照格塞尔的货币改革方案及其发行国债券的思路，庞德认为，国家在亟须用钱时大可不必去向银行借贷、迎合少数特权阶级的阴谋：

> 国家完全不用为自己的信用支付"租金"，亦即不必向职业高利贷大户借款。几乎在所有没能意识到这一点、过分依附于有害的先入之见的国家，这些放高利贷者都如此行事。例如，这种

---

① Tim Redman, *Ezra Pound and Italian Fascism*, Cambridge: Cambridge University Press, 1991, p. 138.
② Ezra Pound, "ABC of Economics", in Ezra Pound, *Selected Prose 1909 – 1965*, William Cookson, ed., New York: New Directions, 1973, p. 233.
③ Ezra Pound, "VORTEX", in *Blast*, No. 1, London: John Lane, The Bodley Head, 1914, p. 153. 原载于 Ezra Pound, "Vorticism", *Fortnightly Review*, September 1, 1914, pp. 461 – 471；见 Harriet Zinnes, ed., *Ezra Pound and the Visual Arts*, New York: New Directions, 1980, pp. 205 – 206。

伊兹拉·庞德：旋涡中的美国诗人及其"力"的追寻

> 情况发生在美国——我最可耻的祖国、法国……和英国。①

我们会在庞德后来的迷途中进一步看到他对罗斯福（Franklin D. Roosevelt）及祖国的谴责。他在这段话中用诸美国的形容词是"可耻"。他的行动提示我们他对祖国爱之深、责之切的矛盾与眷恋——正如路易斯在旋涡派阵地刊物，即两期《爆炸》中对伦敦的类似感情。

从上述庞德出于教育目的而进行的多领域"纲领式写作"（其中包括他并不擅长的经济和政治领域）及试图以己之力改变时局的努力中，我们可以看出庞德思想中对个人力量的张扬。他对杰斐逊、亚当斯（John Adams）两位元勋级总统的故事的阅读、对美国独立战争的了解极大地影响到他政治观点的形成，因此在他看来"政治运动……的形成有赖于作为个体的人的理解［力］（understanding）、意志［力］（will）和引导［力］（direction）"②。这种对个人力量的张扬带来的直接结果是之于他人的功过决定论和之于自己的自我权威感。前者在此时成为高扬墨索里尼之"功"、谴责罗斯福之"过"的背景。关于庞德的自我权威感，他在伦敦岁月期间打下的文学江山使他有充分的理由在文学、艺术界自视如此，而他在意大利期间却误将这种优越感带至政治、经济方面。之前在谈到他理想中的"最好的政府"时，他用的是一个多用于文学方面的语汇"翻译"（translate，又有"转化"之意）来说明观念转化为现实的行动力。事实上，"翻译"同时是奥里奇和庞德重视的文艺、思想的发展途径。在1920年9月的《新时代》中，奥里奇写道，"对于一个国家来讲，'进口'

---

① Ezra Pound, "Toward an Orthological Economy", *Rassegna Monetaria*, No. 5 – 6, 1937, p. 395; See Tim Redman, *Ezra Pound and Italian Fascism*, Cambridge: Cambridge University Press, 1991, p. 142.
② See Tim Redman, *Ezra Pound and Italian Fascism*, Cambridge: Cambridge University Press, 1991, p. 112.

第三章 思想过渡：从诗学到现实中的旋涡之"力"

(import) 艺术总比没有要好；而且，评论者确实有这个义务去尽可能多地引进最佳国外模式来刺激本国创作"；大约十年后，身在意大利的庞德公开招募翻译志愿者，希望将那些经他鉴定能促进本年度（1931）意大利文学界发展的国外材料翻译成意大利语。雷德曼再次动用"旋涡"譬喻来表现庞德此时的思想进程，"他正在尝试在热那亚（Genoa，拉帕洛小城所属的上级行政区划——引者注）创造一个旋涡，努力在意大利推广当代英国、美国和法国文学中的重要作品"。庞德似乎有意延续自己在伦敦岁月中的辉煌成就和影响力，于是"旋涡转移至拉帕洛"。①

庞德号召一种以"精确"（concision）为核心的国际艺术标准。这一尺度源自他的文学、艺术思想。他希望意大利——历史上的"文化制高点"——的方方面面均能分享他在英法两国时推崇的这一艺术标准。这也是他继续为自己正名的方式："庞德对意大利书写的未来寄予厚望，并希望在这里的文学界中获得与他早年在伦敦和巴黎时同等的影响力。"② 实用主义者庞德将重心转至意大利自然有其现实考量，随着他迁居拉帕洛，"他的文字见诸英美刊物上渐少，反而在意大利更有权威性"③；以《杰斐逊和/或墨索里尼》式的写作为代表，"他在英国遇到了困难，在接受度、作品出版方面都出现了问题"④。

庞德在意大利逐渐膨胀起如此权威感的过程中，他与墨索里尼的会面似一针兴奋剂在他内心掀起了无限的波澜。这场会面发生在

---

① Tim Redman, *Ezra Pound and Italian Fascism*, Cambridge: Cambridge University Press, 1991, p. 81.
② Tim Redman, *Ezra Pound and Italian Fascism*, Cambridge: Cambridge University Press, 1991, p. 82.
③ Tim Redman, *Ezra Pound and Italian Fascism*, Cambridge: Cambridge University Press, 1991, p. 98.
④ Tim Redman, *Ezra Pound and Italian Fascism*, Cambridge: Cambridge University Press, 1991, p. 104.

伊兹拉·庞德：旋涡中的美国诗人及其"力"的追寻

1933年1月30日下午五点半，全长半小时，地点在罗马的威尼斯宫——"也就是这位领袖发表激情演说的那个阳台"[1] 所在的地方。这是每一本庞德传记都不会错过的重大事件。[2]

1932年4月，庞德致信墨索里尼的私人秘书，希望有机会面见领袖、谈谈自己对意大利的感觉。他收到的回复是领袖很忙，没空面见，但是欢迎他以书信形式进行交流。庞德回信说，自己希望讲讲过去10年间意大利各地区在法西斯的领导下取得的成就，以及他看到的两个问题——西西里硫矿的劳作条件及软木工业在和葡萄牙、西班牙、法国相比时存在的问题。这两个问题有为找理由见面而找理由之嫌，故而这一次他没有收到回复。12月，他再次写信表达自己的愿望，并附上自己为记录法西斯的诞生而作的电影剧本，并说希望将之送到国外，来回应美国新闻界对墨索里尼的批评。或许是这句攸关法西斯政权及墨索里尼本人的国际形象的话起了作用，奥尔佳的人际关系网在这个过程中也起了作用，庞德终于得到首肯，于次月前往罗马见到了墨索里尼。

他在"十一首新诗章"的最末一首，即《诗章》第41章开头记录下当时的情景和自己的联想：

> "但是这，"
>   这位领导说，"很有趣。"
> 他在健儿到达之前即抓住了要点；
> 他排空了瓦达边的淤泥
> 以及西塞罗附近的湿地，没有人曾

---

[1] J. J. Wilhelm, *Ezra Pound: The Tragic Years (1925–1972)*, University Park: The Pennsylvania State University Press, 1994, p. 69.

[2] 下文关于庞德和墨索里尼的见面基本情况介绍见 J. J. Wilhelm, *Ezra Pound: The Tragic Years (1925–1972)*, University Park: The Pennsylvania State University Press, 1994, pp. 60–70; Humphrey Carpenter, *A Serious Character: The Life of Ezra Pound*, New York: Delta, 1988, pp. 489–491。

第三章 思想过渡：从诗学到现实中的旋涡之"力"

排空过它。
2000年的等待，终于从沼泽中吃到粮谷；
为千万人供水，为千万人盖房
这是供人居住的房。
　　法西斯十一年（1931），我们的时代。①

真正记录这场会面场景的只有第一句，后面都是庞德当时或后来关于法西斯政权取得的成就的浮想。根据诗人自己的描述，他进去见到墨索里尼的时候，后者正在读《诗章》——可能是庞德之前随信寄过来的，也有说法是他此行携带过去的。"但是这……很有趣"，这句被庞德单纯理解为赞美的话深得他心。雷德曼提出的不同解释是，这或许只是一句客套的日常问候语；也有可能如庞德后来在圣·伊丽莎白医院中的追忆，当时墨索里尼身边还有一位年轻漂亮的英语老师，他们要庞德解释其中一句诗中用到的方言，诗人自然欣然从命，领袖了解其意后即说了一句"有趣"作为回应。②

之后，庞德向墨索里尼递上一份文书，内有自己提炼的道格拉斯经济学的要点。这不在墨索里尼预想的见面话题中，他对之似乎也并不感兴趣。他们又谈到了共同认识的奥尔佳，进而说到了音乐——"之前，奥尔佳和庞德讲过，这位领袖通晓音乐。他最喜欢的作曲家是莫扎特（可以说也是庞德的最爱），他还能用小提琴出色地演绎莫扎特的作品"③。他们还聊到了德国哲学、英国文学和当代意大利文学。威尔海姆作的传记提到，墨索里尼没有接受过正规高等院校教育。尽管如此，墨索里尼呈现出的广博的学识和他领导的意大利法西

---

① Ezra Pound, *The Cantos of Ezra Pound*, London: Faber and Faber, 1975, p. 202.
② See Tim Redman, *Ezra Pound and Italian Fascism*, Cambridge: Cambridge University Press, 1991, p. 96.
③ J. J. Wilhelm, *Ezra Pound: The Tragic Years (1925–1972)*, University Park: The Pennsylvania State University Press, 1994, pp. 71–72.

伊兹拉·庞德：旋涡中的美国诗人及其"力"的追寻

斯政权的政绩（例如上述《诗章》第 41 章选段提到的在水利和住房等民生问题上取得的进展）还是让庞德对这位领袖产生了无限的崇敬感。如《诗章》中那位在还乡路上苦苦求索的奥德修斯一般，"［庞德］一直在当代领导人中寻觅一位新的西吉斯蒙多·马拉泰斯塔，他开始相信他就是这位墨索里尼"①。因此，在《杰斐逊和/或墨索里尼》中，庞德以杰斐逊总统为正面参照，对墨索里尼的行动力和博学多才大加赞赏——"二人都在农业、音乐、文学、建筑及艺术方面博闻强识"②。在《诗章》第 41 章中，以"他在健儿到达之前即抓住了要点"为喻表现领袖的行动力。后来在《文化指南》(*Guide to Kulchur*, 1938) 一书［在威尔海姆看来，这本书是在为墨索里尼唱"赞歌"(paean)③］中，他将自己心目中对墨索里尼的崇敬感明确表达为："我们能直观地感受到伟大的墨索里尼为时局带来的深刻影响，而他思维的敏捷与情绪的喜怒却深藏不露"，"墨索里尼会迅速毫不犹疑地将思想落实于根本"。④

回顾庞德内在的经济思想过渡历程，我们会发现，他对经济问题的关心始于对文学艺术及其从业者的关怀，他误向以墨索里尼为首的意大利法西斯主义靠近是寄希望于一种他理想中构拟的政权——他并不十分在乎这种政权的性质是意大利法西斯主义的还是俄国社会主义的——只是幻想可以实行理想的经济政策、实现文化上的复兴，并为美国提供抽象意义上的榜样，而非具体模式上的参照。亦即，他的全部经济、政治思考都关乎他平生所系的两大方面：文学艺术和美国之根。这种抽象而似乎美好的理想在他直接以艺术家的标准去衡量政治

---

① Humphrey Carpenter, *A Serious Character: The Life of Ezra Pound*, New York: Delta, 1988, p. 489.

② J. J. Wilhelm, *Ezra Pound: The Tragic Years (1925–1972)*, University Park: The Pennsylvania State University Press, 1994, p. 97.

③ J. J. Wilhelm, *Ezra Pound: The Tragic Years (1925–1972)*, University Park: The Pennsylvania State University Press, 1994, p. 71.

④ Ezra Pound, *Guide to Kulchur*, New York: New Directions, 1952, p. 105.

第三章　思想过渡：从诗学到现实中的旋涡之"力"

人物的论述中也可见得："将［墨索里尼］视为艺术家则全部细节各得其所，否则你只会在各种矛盾中一头雾水。"①

早在1920年前后，庞德就提出要减少个人的工作时长，既可缓解失业，又能为艺术创作提供更多的闲暇。在这样需要政府补贴、国家权力介入的经济发展提议中，他不自觉地滑向政治。而他也曾自觉地意识到自己的重心偏移。1933年，他在《被资本谋杀》("Murder by Capital")一文中再次强调"坏艺术的意味在坏艺术之外"的观点。针对严肃的艺术家失业、好的艺术作品找不到市场的现象，他在艺术之外的领域找原因，从而在"社会的罪恶最先在艺术领域中呈现的"前提下得出基本结论："大多数社会的罪恶归根结底是经济问题。从我个人的经验来看，所有，或者说绝大多数社会罪恶都可被经济手段治愈。"墨索里尼在这篇文章中再次以救世主式的积极形象出现，他"是我们时代第一位认识到并推行将质量作为国家产业衡量尺度的政府首脑"②。无论此"国家产业"在墨索里尼的原始语境中所指为何，在作为诗人的庞德眼中，它必然首先包括文学、艺术产出。他将艺术问题归于经济，并寄希望于政治，也是基于他在《诗章》第33章中以意大利语直接表达出的认识：文学什么都治不好。③在雷德曼看来，"庞德通常会把更为个人化的感情用外语表达出来（这一点在《比萨诗章》中尤为明显），所以这一句值得深思。也许文学治得好，或者至少能给出诊断。而也许它不具备这个能力"④。我们注意到，在20年代初《莫伯利》诗的基础上，30年代的庞德对文学、艺术的信心进一步减弱。

但在庞德关心经济、政治的历程中，他的思想中常常出现前后

---

① Ezra Pound, *Jefferson and/or Mussolini*, New York: Liveright, p. 34.
② Ezra Pound, "Murder by Capital", in Ezra Pound, *Selected Prose 1909–1965*, William Cookson, ed., New York: New Directions, 1973, pp. 227, 229, 230. 着重号为引者所加。
③ Ezra Pound, *The Cantos of Ezra Pound*, London: Faber and Faber, 1975, p. 161.
④ Tim Redman, *Ezra Pound and Italian Fascism*, Cambridge: Cambridge University Press, 1991, p. 87.

伊兹拉·庞德：旋涡中的美国诗人及其"力"的追寻

不一的矛盾现象。最直观地体现为衡量同一事物却由于讨论对象不同而生发两套标准。这或许也是他有意无意忽视意大利的坏、看不到美国的好的基本原因。例如他在《被资本谋杀》一文中批判审查制度，认为出版业的整体状况是"为最好的写作横生障碍""为最好的雕塑、绘画和音乐设置壁垒"，并以自己的亲身经历为例："在我伦敦岁月的尾声，即使是《新时代》的奥里奇先生这样一位反叛报的非主流编者，也不得不将我限制在音乐批评领域，因为再没有话题比这更为安全。"① 问题在于，同样面对国家对言论的审查与过滤，当政权主体转变为意大利、法西斯、墨索里尼，庞德的思路即发生了逆转：

>如领袖铿锵有力地讲的那样："'自由'的媒体只为少数人利益服务。"
>……
>仔细看来，众生对自由媒体的喧哗都不过是在为不负责任的行为嚎叫。②
>
>如果你说的是负责任的媒体的自由，那就是另一码事。当前意大利的国家媒体就非常接近这种二者兼备的状态。③

1925 年，意大利颁布出版法规，开始对国内媒体及国外讯息进行严格的审查。所以，略具讽刺性的是，庞德身在意大利，又以新闻报道为主要信息来源，他接收到的大多数讯息已然经过如此过滤程

---

① Ezra Pound, "Murder by Capital", in Ezra Pound, *Selected Prose 1909 – 1965*, William Cookson, ed., New York: New Directions, 1973, p. 229.
② Ezra Pound, *Jefferson and/or Mussolini*, New York: Liveright, 1970, p. 41. 着重号为引者所加。
③ Ezra Pound, *Jefferson and/or Mussolini*, New York: Liveright, 1970, pp. 43 – 44. 着重号为引者所加。

第三章　思想过渡：从诗学到现实中的旋涡之"力"

序。他的矛盾与双标带来的偏见是，即使读到了"对真实问题的报道"，也会"弃之不顾或是利用它去进一步歌颂墨索里尼"——想必他双标式的理据是领袖在问题面前的行动力。"他甚至继而扬言道，英国'松弛'（sloppy）的法律使得人们没有思想，因此就是一个谎言，与之相比，[意大利]的情况要好太多。"① 在为如此偏见的形成寻找原因的过程中，在他个人的文人事业在英美发展不甚顺利，反而在意大利获得权威的现实情况之外，我们也会看到，庞德以严肃求真为好的艺术家的标准，同时也深受意大利法西斯政权的意识形态影响。这是他的思想过渡过程中的外部原因。

雷德曼指出，在庞德的法西斯主义转向中，他没有分清楚自己对墨索里尼个人的崇拜和对法西斯主义政权的支持。"这两方面基本上同一，因为对*墨索里尼主义*神话的有意打造是其政权的核心教义之一。'墨索里尼永远正确'的标语写满意大利的大街小巷。"② 我们从以下史实中也可看出当时意大利民间整体对墨索里尼的狂热。庞德前去罗马面见领袖的消息被拉帕洛当地媒体报道，而"当他回到拉帕洛的时候，一群钦羡的居民前来迎接。在他们眼中，这位古怪的诗人先生瞬间身份陡涨，他南下至罗马和领袖'侃大山'，谈货币改革的宏大计划"③。以上种种，包括庞德在《诗章》第 41 章中写下的民生工程等，都是以墨索里尼为首的意大利法西斯政权之"文化民族主义"（Cultural Nationalism）工程的冰山一角。

二　外部：意大利的文化民族主义

庞德与意大利的直接渊源最早可追溯至 1898 年。时年 13 岁的他

---

① See Tim Redman, *Ezra Pound and Italian Fascism*, Cambridge: Cambridge University Press, p. 103.
② Tim Redman, *Ezra Pound and Italian Fascism*, Cambridge: Cambridge University Press, p. 104. 斜体部分原文为意大利语。
③ J. J. Wilhelm, *Ezra Pound: The Tragic Years (1925–1972)*, University Park: The Pennsylvania State University Press, 1994, p. 76.

伊兹拉·庞德：旋涡中的美国诗人及其"力"的追寻

随家人游历欧洲，途经威尼斯。10年之后，庞德远离故国前往欧洲正式开启自己的文人事业，威尼斯及诞生于此的100本诗集《熄灭的细烛》(*A Lume Spento*) 是他的起点。1972年，这座"水城"成为诗人的长眠地。回到1908年，他在威尼斯短居一年之后迁往伦敦，至于重返意大利久居就是近20年后回到拉帕洛的事情了。

1910年前，庞德在威尼斯的旅居并未为他带来多少与意大利的共鸣感，这与他在1930年后对之的浓烈情感截然相反。究其原因，一部分来自他的既往文学经验积累，一部分源于他此时的文学、艺术观念。在保欧（Catherine E. Paul）看来，"庞德此时对威尼斯的理解在很大程度上承袭了英美旅人的高度审美化［经验］"。庞德的亲身见闻和既往阅读中那个被高度商业化的旅游城市别无二致，甚至他本身作为游人的游览路线和体验方式也被不自觉地提早规定下来。换言之，他只是对前人走过的路、看过的风景、拥有的体验进行一次亲身复刻而已。如他1917年在《诗章三首》（"Three Cantos"）中写下的"打卡式"经历，"没错，是威尼斯，／在花神咖啡馆，在北面的拱廊下／我看过别样的面容，吃过小餐包当早饭，就此而言；／所以，就它的价值而言，我拥有了如此经历（background）"。[1]

尽管此时威尼斯赋予庞德的不过是平淡无奇的游客式体验（这显然是他不满于此、前往伦敦的直接原因），但1910年前后，一场在后来的法西斯主义政权期间达到高峰并为他带来深刻影响、名为"文化民族主义"的复兴运动已然在意大利悄然拉开帷幕。"文化民族主义"一说来自那位学者保欧，在《法西斯主义指令：庞德和意大利文化民族主义》（*Fascist Directive: Ezra Pound and Italian Cultural Nationalism*, 2016）一书中，她以此来概述庞德的法西斯主义转向过程中，外部意大利社会环境给他带来的影响。或者继续本书的思路，

---

[1] Catherine E. Paul, *Fascist Directive: Ezra Pound and Italian Cultural Nationalism*, Clemson: Clemson University Press, 2016, p. 21.

第三章 思想过渡：从诗学到现实中的旋涡之"力"

这是他的旋涡主义思想演进过程中"政治旋涡"的部分先声。

在庞德踏足该国的 1908 年，作为国家整体的"意大利"尚为一个晚近的概念。"意大利统一"（Risorgimento，在意大利语中有"复兴"之意）在不到一百年前的 1815 年拉开序幕，罗马在 1861 年成为意大利名义上的首府，却在 1870 年才成为该国的一部分，像威尼斯朱利亚（Venezia Giulia）和特伦托（Trentino）这样的自治地被纳入版图则是第一次世界大战之后的事情。[1] 20 世纪初，意大利实现了大体上的政治统一，在文化方面则呈涣散之貌。保欧将该国发生在法西斯革命之前的策略统称为"文化民族主义"（Cultural Nationalism），这是"一种理解意大利国家结构、强化国家身份认同的特别方法"，"具体而言，这种方法的立论前提是一个国家的全体公民都拥有共同的文化［根基］，其中包括历史、宗教、语言、艺术和民俗。因此，强化国家身份认同将通过引导国民进行共同的文化活动来进行，感知那灌输于当下及未来的群体性的过去"。[2]

纵观 20 世纪意大利的"文化民族主义"，包括演进至法西斯主义的基本政治文化策略，一以贯之的思路是将过去、现在与未来贯通：以历史上辉煌的罗马帝国、文艺复兴为参照，以期在当下再度实现复兴，创造美好的未来。该思路本身即包含与庞德的文学、艺术理念高度一致的地方。在包括《罗曼斯的精神》（*The Spirit of Romance*，1910）、《我收集奥西里斯的残肢》以及《严肃的艺术家》在内的写作中，庞德或对心目中欧洲诗歌史上的经典诗人及作品进行举隅，以示"闪闪发光的细节"，或以纯粹的论说方式表述何为"严肃的艺术家"——"求真"和"精确"是他们的创作关键词。庞德以此表明以过去的辉煌照亮现在与未来的艺术理想。再回到 20 世纪初、庞德

---

[1] See Catherine E. Paul, *Fascist Directive*: *Ezra Pound and Italian Cultural Nationalism*, Clemson: Clemson University Press, 2016, p. 25.

[2] Catherine E. Paul, *Fascist Directive*: *Ezra Pound and Italian Cultural Nationalism*, Clemson: Clemson University Press, 2016, p. 30.

伊兹拉·庞德：旋涡中的美国诗人及其"力"的追寻

所处的 1908—1909 年间的意大利，过去、现在与未来间的贯通思想已初见雏形。和后来法西斯政权以各种方式在现实中重现罗马帝国、文艺复兴式的光荣与梦想同而不同的是，此时的"立新"大有不破不立之势，对于"旧"的总体态度以"破"占上风。如当时一位媒体人对"两种意大利"的划分——"衰颓的、雄辩的（oratorical）、无能的"与"进取的、活跃的、创造的"，并进一步对新一代先锋文学界、艺术界和政治界提出希望："捣毁前一种［意大利］，为后一种开辟道路。"① 至少在 1920 年之前，这是意大利国家社会主义建设面对新与旧时的总体态度。

1908 年间，适逢意大利经济衰退、波斯尼亚（Bosnian）危机、移民问题，在此连环作用下，国家民族主义的宣传在媒体、出版界相对低迷。② 我们之前提及，庞德对威尼斯的淡漠态度中的另一半原因在于他自己的文学、艺术理念。如上所言，此时意大利的文学、艺术过分急于"立"，于是在"破"上往往用力过猛。马里内蒂在《未来主义的创立和宣言》中号称"要摧毁一切博物馆、图书馆和科学院"③ 即为明证。这种全然摒弃传统的态度却是即将到来的旋涡主义运动以及身在其中的庞德的批判对象。

1910 年前后，他这样描述自己的近来生活状态："我的四面几乎都是东方"④。类似的表达方式同样适用于 1925 年后，重返意大利的庞德感受到的国家民族主义的整体氛围，如保欧所言，"他周边的一切都是［法西斯主义］政权在千方百计地利用意大利的文化传统来

---

① See Catherine E. Paul, *Fascist Directive*: *Ezra Pound and Italian Cultural Nationalism*, Clemson: Clemson University Press, 2016, p. 25.
② See Catherine E. Paul, *Fascist Directive*: *Ezra Pound and Italian Cultural Nationalism*, Clemson: Clemson University Press, 2016, p. 27.
③ ［意］马里内蒂：《未来主义的创立和宣言》，载高建平、丁国旗主编《西方文论经典（第四卷）：从唯美主义到意识流》，安徽文艺出版社 2014 年版，第 318 页。
④ Omar Pound and A. Walton Litz, eds., *Ezra Pound and Dorothy Shakespeare*, *Their Letters*: *1909 – 1914*, New York: New Directions, 1984, p. 164.

第三章 思想过渡：从诗学到现实中的旋涡之"力"

构建法西斯主义式的现代"①。这是一场以历史、文化、艺术等为手段、有明确旨归的政治化宣传。

法西斯主义政权的标志物是同名为"法西斯"（fasces）的束棒，以捆绑在一起的木棍或麦穗象征团结，以斧头代表权力。束棒在古罗马时代即有之，至20世纪，如此具有高度政治隐喻色彩的标志既对应着意大利的现实国情，也于无形中承继了过去、现在相通的思想。无论是意大利社会整体还是法西斯政党本身，都呈现出内部差异明显的异质性群体面貌，在文化方面尤为如此。不同政党、不同艺术流派、不同宗教群体间思想差异很大，南北地区间的语言、民俗等也相去甚远。这种分裂状态是身居政要的墨索里尼与美国诗人庞德共同认识到的意大利文化现实。于是后者会高度赞赏前者因地制宜式的演说策略。在法西斯主义时期，束棒直观地寓意着将文化上四分五裂的意大利统一在该政权，或者说墨索里尼的麾下。国家民族主义思想建设以此为目标，在短期内取得了一定效果，成功地对那位希望助力当下意大利再度实现文艺复兴、引领欧洲甚至全世界走向理想中的文化状态的美国诗人发挥了作用。

在两次世界大战之间，意大利掀起了被历史学家真蒂莱（Emilio Gentile）称为"领袖神话"，或者说"墨索里尼主义"的热潮。在亦真亦幻的舆论打造下，意大利民众眼中的领袖一度成神：不眠不休，永葆青春，长命百岁，绝处逢生，等等。保欧指出，"庞德对墨索里尼的想象分享了这些神话因素，却也强化了其中的一些方面"②。例如庞德在《杰斐逊和/或墨索里尼》中，频频对这位意大利神话级领袖的洞察力和行动力大加赞赏。在该书第三章"意志的方向"（原文是意大利语 DIRECTIO VOLUNTATIS，即 Direction of the Will）中，庞

---

① Catherine E. Paul, *Fascist Directive: Ezra Pound and Italian Cultural Nationalism*, Clemson: Clemson University Press, 2016, p. 83.
② Catherine E. Paul, *Fascist Directive: Ezra Pound and Italian Cultural Nationalism*, Clemson: Clemson University Press, 2016, pp. 91–93.

伊兹拉·庞德：旋涡中的美国诗人及其"力"的追寻

德这样定义"天才"（genius）："当一个人拥有趋近于完满的知识，或者适用于第三或第四维空间的智识，有能力处理**新**情况时，我们称之为天才"；相隔 20 章之后又渲染道，"天才……意味着在庸人见到一、能人见到三之处见到十，**以及**在他的艺术材料中运用这种多重感知的能力"；与墨索里尼正向参照的杰斐逊总统拥有的是"落实于行动中的活力"。① 类似对领袖的领导力、行动力的赞扬在他的思想和文字中并不是首次出现，只是此前，如此歌颂的对象以旋涡派视觉艺术家为主，再次如保欧看到的："庞德渐渐习得钦佩领袖的方方面面，只是在很大程度上，他被墨索里尼吸引是因为这位领袖具备那些他之前就在拥护的品质。"②

墨索里尼的语言风格也深得诗人之心。这位意大利领袖的"演讲风格直接，选词简洁，句法质朴，他的雄辩力不在夸夸其谈而源于节奏和音调"③。在《阅读 ABC》中，庞德明确提出自己在文学领域对类似语言风格的钟爱，"好的作家是那些使语言保持有效的作家。就是说，使它保持精确，使它保持清晰"；随后再次强调文学水准下降与国运将息间的并行症候关系，"如果一个民族的文学堕落下去，这个民族就会退化和腐败"。④ 我们以此反推诗人面对墨索里尼的语言风格时的欣喜之情：文学、语言之力预示着国家的整体复兴，其中自然包括文化，即他梦寐以求的文艺复兴。他与墨索里尼的短暂会面无疑使他更加坚定地沿此方向继续前行。在国家社会主义整体建设的外在包围中，庞德的幻想承载了一个时代与社会的集体意识，正如坎尼斯特拉罗（Cannistraro）和苏利万（Sullivan）两位学者在读罢 20

---

① Ezra Pound, *Jefferson and/or Mussolini*, New York: Liveright, 1970, pp. 18 – 19, 88 – 89. 粗体部分在原文中为全部字母大写（NEW & PLUS）。
② Catherine E. Paul, *Fascist Directive: Ezra Pound and Italian Cultural Nationalism*, Clemson: Clemson University Press, 2016, p. 94.
③ See Catherine E. Paul, *Fascist Directive: Ezra Pound and Italian Cultural Nationalism*, Clemson: Clemson University Press, 2016, p. 95.
④ ［美］埃兹拉·庞德：《阅读 ABC》，陈东飚译，译林出版社 2014 年版，第 32 页。

第三章 思想过渡：从诗学到现实中的旋涡之"力"

年代出版的《墨索里尼传》(*The Life of Mussolini*, 1925; *Dux*, 1926)后的直观感受是，这本书是墨索里尼主义宣传的起点，而如此关于领袖的神话是"该政权最持久而系统化的宣传运动"[1]。

20世纪二三十年代，法西斯主义在构造领袖神话的同时，加紧进行以古罗马遗迹为目标的考古挖掘和各种仿古、寓古工事建设，在视觉效果上将当下的意大利及其领导人与古罗马式的光荣与梦想连接起来。在此以几个成功吸引了庞德注意力的建设为例。

首先是帝国广场大道（via dell'Impero），"1932年10月28日，在墨索里尼的推动下动工，这项工程的最突出之处是以一条现代式的宽阔道路连接起斗兽场（Colosseo）和威尼斯广场"。前者来自近两千年之前的古罗马，后者是墨索里尼政权的驻扎地，也是他发表著名演讲的地方。于是在视觉效果上，这条街的象征意味再明显不过："在墨索里尼政权宝座和罗马帝国的最明显历史遗迹间构建起一条可视的连接。"1933年7月，一座凯撒大帝的铜像在帝国广场大道上落成，墨索里尼在同日的演讲中"将罗马游行与凯撒的鲁比孔（Rubicon）渡河直接关联起来"。[2] 后一历史事件之后，凯撒称帝，罗马帝国蒸蒸日上。墨索里尼及法西斯主义的寓意指向再明显不过。

再者是对奥斯提亚安蒂卡（Ostia Antica）遗迹的挖掘。保欧对奥斯提亚的历史发展，及其在20世纪30年代之后对当时建筑风格的影响作出提要式的介绍：

> 古时，奥斯提亚曾是罗马蒂贝（Tiber）河口的海港。这座城市逐渐废弃——最开始是地震、海啸和倾倒陶瓷碎片所致；后来随着帝国的解体，海盗和侵略者随即到来；再后来，教堂建造

---

[1] See Catherine E. Paul, *Fascist Directive: Ezra Pound and Italian Cultural Nationalism*, Clemson: Clemson University Press, 2016, p. 97.

[2] Catherine E. Paul, *Fascist Directive: Ezra Pound and Italian Cultural Nationalism*, Clemson: Clemson University Press, 2016, p. 126.

伊兹拉·庞德：旋涡中的美国诗人及其"力"的追寻

者和巴洛克时期的建筑师在此为新工事寻找材料。就像很多罗马城周边的工事那样，奥斯提亚的挖掘在1938年加速进行，在1938—1942年的四年间，在卡尔扎（Guido Calza）及其团队的努力下，现在能看到的建筑群中的半数已重见天日。奥斯提亚的出土表明，古罗马的建筑和在罗马持续存在的古典维特鲁威（Vitruvian）的装饰性结构大相径庭。在奥斯提亚发现的公寓建筑、市场、仓库等日常建筑的风格几乎完全采用平易风格，即不加修饰的砖墙，简洁明快的形状，加以精巧的黑白镶嵌式地面。随着这些建筑元素为人知晓，全意大利的建筑师们在新建的住宅民居中对之进行积极的模仿。[1]

来自美国罗马协会的一位学者说："现代阶段发展至今，人们第一次感觉到，古迹遗产属于全体意大利人民；可以说，对那些遗产的发掘、保存和解读是政府最基本，也是最尊贵的功能之一。"[2] 由此，法西斯主义政权的一系列工事建设、挖掘既在将过去与现在贯通，更是让"全体意大利人民"感受到如此贯通，从而认可政府统治的政治行动。1932年10月9日，"法西斯革命展"（Mostra della Rivoluzione Fascista）在罗马开幕，纪念法西斯罗马游行十周年的同时，以现代先锋艺术的形式展现历史。在建筑史学家看来，这场展览的基本特点是"简单到极致"，从中可再次看出如帝国广场大道那般"连接法西斯主义与意大利罗马传统"的高密度象征。对墨索里尼办公室面貌的复现则是继续讲述关于领袖的神话。在此次展览中，"参观者不再是被动的观察者，而是历史体验过程中的积极参与者——从而融入意大利法西斯主义工程"，庞德将之解读为"由意大利人自己而非外

---

[1] Catherine E. Paul, *Fascist Directive: Ezra Pound and Italian Cultural Nationalism*, Clemson: Clemson University Press, 2016, pp. 133–134.

[2] Catherine E. Paul, *Fascist Directive: Ezra Pound and Italian Cultural Nationalism*, Clemson: Clemson University Press, 2016, p. 119.

人讲述的……历史"。① 此次展览为庞德带来的另一波澜，是其中体现出来的对先锋艺术家及其创作的支持——诗人显然没能认识到或有意忽视的是，他珍视的这一群体于此时此景中无疑成为一种意识形态宣传的工具。心怀历史上的马拉泰斯塔、杰斐逊以及当代的奎因的美国诗人庞德此时唯一看到并承认的，仿佛唯有墨索里尼这位"现代文艺复兴中的资助王"②。

第三节　最后的稻草：波尔与1939年的美国之行

庞德滑向法西斯主义的基本动机在于他的经济立场，源于他对文学、艺术的珍视而引发的对经济问题的关心。从史实上来看，几位经济学家"前仆后继"地将他一步步推向法西斯主义政权的支持者队伍。前文已经对道格拉斯上校和格塞尔如何在经济思想上对他产生了深刻影响作过详细介绍，可以说，波尔（Odon Por）成为这条在庞德处持续发挥作用的经济学家链条上的最后一环。和道格拉斯、格塞尔的同而不同之处在于，这位匈牙利/意大利经济学家仿佛是在前两位经济学家对庞德的思想"贡献"的基础之上，在现实层面更进一步："事实上，庞德之所以对墨索里尼政体将会推进实施社会信贷和格塞尔的政策深信不疑，在很大程度上是因为他与这位匈牙利经济学家的通信。"③ 而且，我们会看到，在庞德向罗马电台争取那份播音"工作"时，波尔在信札文字中表示支持甚至鼓动之外，也切实通过自己的人脉帮忙推荐。

---

① Catherine E. Paul, *Fascist Directive: Ezra Pound and Italian Cultural Nationalism*, Clemson: Clemson University Press, 2016, pp. 104–105.

② Catherine E. Paul, *Fascist Directive: Ezra Pound and Italian Cultural Nationalism*, Clemson: Clemson University Press, 2016, p. 118.

③ Tim Redman, *Ezra Pound and Italian Fascism*, Cambridge: Cambridge University Press, 1991, p. 160.

伊兹拉·庞德：旋涡中的美国诗人及其"力"的追寻

如雷德曼所言，以《阅读 ABC》和《文化指南》这两本书为标志，我们可以看到"4 年之间庞德的思想已经走了多远"，最明显的指征就是后一本"涉及文学甚少"。① 这种经济、政治转向也频频体现在他 30 年代的书信中。例如，1934 年 7 月，他在写给英国法西斯联盟（British Union of Fascists）创立者莫斯利（Oswald Mosley）爵士的信中"再次强调对［自己］而言法西斯主义作为货币改革手段的重要性"②。这种以文学、艺术为出发点，以经济为前提的政治取向后来使庞德渐入深渊。

一些友人在那时就已经注意到其中的危险，很多人还善意提醒他悬崖勒马。奥里奇在自己生命的最后一年初，还"敦促他将全部精力转至文学、《诗章》，这是他能真正发挥影响的领域"；艾略特也曾以玩笑的口气就他的《诗章》创作走向提出过自己的看法。③ 其中，邓肯（Ronald Duncan）就事论事地在 1936 年的一封信中明确表示："你放弃了诗歌事宜，反而像一位巫师一样在平常事务中另谋生路……一位优秀的诗人被毁了，成为外强中干的政客。/你和那些政界人士，特别是美国政界人士的联系，似乎脆弱得可怜。"④

的确如邓肯看到的那样，庞德从文学转向政治不仅大大浪费了自己的诗才，而且就现实效果而言，也并没有在这个不擅长的领域中取得多少实质性的成就。1939 年，在庞德专程从意大利回到美国的经历中，友人的预言不幸成真。行前，庞德对自己的还乡之旅充满期待，计划面见美国政界人士——其中包括他的通信友人、共和党人和

---

① Tim Redman, *Ezra Pound and Italian Fascism*, Cambridge: Cambridge University Press, 1991, p. 180.
② Tim Redman, *Ezra Pound and Italian Fascism*, Cambridge: Cambridge University Press, 1991, p. 157.
③ See Tim Redman, *Ezra Pound and Italian Fascism*, Cambridge: Cambridge University Press, 1991, p. 155.
④ See Tim Redman, *Ezra Pound and Italian Fascism*, Cambridge: Cambridge University Press, 1991, p. 172.

第三章　思想过渡：从诗学到现实中的旋涡之"力"

当权的罗斯福总统（民主党），从而对包括来年大选在内的美国政治格局发挥影响。雷德曼指出，庞德的上述预期表明，他很有可能还对通过上述行动"巩固并扩大自己的影响"心怀希望。① 从过程和结果来看，诗人的美国之行并不成功，理想和现实间的巨大落差无疑也让他自己失望至极。如果说邓肯的预见在时间上有些遥远、在针对性上有些迂回，那么我们可以一阅就在此行之前庞德和路易斯的通信。这位昔日的旋涡主义者好友已然在为诗人进行心理建设——尽管庞德或者并不认同，或者心存侥幸而不改初衷。路易斯的书信摘录如下：

> 至于你搭乘四等舱回美国这件事到底值不值得——我能说什么呢？这取决于你想通过此行得到什么。我非常确定的是，如果你顶着法西斯主义的帽徽，不但将一无所获，反而还会滋生一堆烦恼。如果你能克制住自己、不满口墨索里尼如何如何，倒是很有可能和一些出版社或者一两个编辑建立起联系。②

邓肯和路易斯的表达方式不同，却传达出相似的言下之意：希望庞德一如既往地将才华直接施展在文学、艺术方面，为自己在该领域的发展作长远打算——和出版界而不是政界搞好关系，更不要成为明显很有问题的意识形态政权的代言人。我们有理由相信，同为文学、艺术中人的朋友们不会对庞德多年以来的思想发展脉络包括文学艺术关怀一无所知，尽管如此，他们仍然希望诗人迷途知返——毕竟从旁观者角度来看，庞德多年的经济、政治探索收获寥寥，并随着时势的发展而危险起来。回到1939年，还是决定按计划行事的庞德于4月20日抵达美国纽约，而后南下华盛顿。他没能与总统亲自会谈，全

---

① Tim Redman, *Ezra Pound and Italian Fascism*, Cambridge: Cambridge University Press, 1991, p. 187.
② See Tim Redman, *Ezra Pound and Italian Fascism*, Cambridge: Cambridge University Press, 1991, p. 187.

伊兹拉·庞德：旋涡中的美国诗人及其"力"的追寻

程见到的最高长官是时任农业部部长、后来成为副总统的华莱士（Henry A. Wallace）。他寻找一切可能机会，向美国政府介绍自己的政治、经济主张和策略，而收效自然甚微。[1] 他在《诗章》第 84 章开头即追忆了自己的见闻和惆怅：

> 若一切悲伤与泪水
> 　　　　　　安戈尔德　他死了
> 一切有价值的，一切好的
> 　　　　　　安戈尔德　他死了
>
> "别以为他总是朝三暮四
> 拗得像一头骡子，对，拗得像一头骡子，
> 满脑子东方的货币观念。"
> 　　　　　　参议员班克黑德这样说。
> "真不知道像你这样的人
> 　　　在这儿能找到啥事儿干？"
> 　　　　　　参议员博拉说。
> 这是那些在华盛顿的贤哲们
> 执法，治国，公元 1939 年[2]

这位姓氏从英文原意读来饶有趣味的"班克黑德/银行脑"（John Hollis **Bankhead**）是当时的一位美国参议员。根据特里尔（Carroll F. Terrell）的注解，"庞德对他评价很高，因为班克黑德相信印花券的效力，并将之写在了参议案中"，而且"骡子"这一句是诗

---

[1] See Tim Redman, *Ezra Pound and Italian Fascism*, Cambridge：Cambridge University Press, 1991, p. 189.
[2] ［美］伊兹拉·庞德：《比萨诗章·庞德诗选》，黄运特译，湖南文艺出版社 2017 年版，第 221—222 页。

第三章 思想过渡：从诗学到现实中的旋涡之"力"

人和参议员见面时发生的真实对话，讽刺对象"很有可能是罗斯福"。① 考虑到庞德在当时的海运条件下跨洋而至，却始终未能见到这位美国总统，而早在1933年小费周章即见到了墨索里尼的事实，两相对比，他的高下心理落差显而易见。另一位参议员"博拉"与庞德彼此明显都没有什么好感。诗行中没有提及的语境是，庞德提出，自己愿意帮助美国脱离战争之忧——于是招致了对方这句不太客气的回应。② 5月，庞德从华盛顿折返纽约，其间曾和一位记者面谈。我们从这位记者的描述中可以看到，那位参议员博拉对庞德的印象并非个例：

> 不得不说，在当前的庞德交响曲中，文学已成为次要旋律。我们以此轻松开场，而很快——或者说立即——话题转至经济、政治宣传以及在他的最新居所意大利，被他称为"左翼法西斯主义者"的群体。他满口都是那些在法西斯主义思想界响当当的名字，滔滔不绝。③

从庞德在《比萨诗章》（上文引用的第84章是这一组诗章的最后一则）中的追忆来看，直至战后被捕之时，他依然为当年自己的设身处地未能获得祖国将心比心的回应而感到气恼。他长久以来对美国的片面印象无疑深刻影响了他的现实判断，并进一步形成旅途中将意大利、美国两国及各自当权者对比而产生的巨大心理落差。而问题在于，这种主观评价夹杂了太多他的个人经验和情感。从意大利这方

---

① Carroll F. Terrell, *A Companion to the Cantos of Ezra Pound*, Clemson: Clemson University Press, 2016, p. 464.
② Carroll F. Terrell, *A Companion to the Cantos of Ezra Pound*, Clemson: Clemson University Press, 2016, p. 464.
③ Edmund Gilligan, "Ezra Pound Excoriates Britons", *New York Sun*, 26 May 1939, 10; See Tim Redman, *Ezra Pound and Italian Fascism*, Cambridge: Cambridge University Press, 1991, p. 190.

伊兹拉·庞德：旋涡中的美国诗人及其"力"的追寻

来讲，在一些机缘巧合的客观因素（例如，见到了墨索里尼，没见到罗斯福，等等）之外，庞德确实在墨索里尼时代的意大利找到了与自己的经济理念貌似一致的地方，并继续对之进行主观演绎式解读。

需要再次强调的是，他的评价体系中政治与经济间的关联：他对政治"行动力"的判断标准，正是对他支持的经济措施的实施与否。在他个人看来，意大利做到了，美国则相反。1936年3月12日，意大利政府通过法令，进行银行国有化改革，由国家设立总行来领导全国银行工作，带来的直接结果是，"意大利银行（The Bank of Italy）被转型为公有机构，私人股东被请出；它由此成为国有银行……"① 必定会让庞德兴奋不已的是，和遥远的加拿大阿尔伯塔和新西兰相比，他身在其中的意大利仿佛在道格拉斯上校的社会信贷思想方向上迈出了坚实的一大步：执掌银行的不再是那些要为战争和经济危机负责的可恶的银行家、金融投机者之流，而是国家；后者以自己的权威和信用推行社会信贷。早在法令通过之前一周，庞德就已经了解到这一动向，并在同一天先后向波尔寄出两封信表达自己的激动之情："我们已经在这场漂亮的银行改革中赚到了多少？信用国家化？社会信贷工会信贷/没有民主，哇，我/生来，没有眼泪，保持先锋作用，这一定是进步"，"至少它意味着国家在使用国家信用/不必再向那些外国犹太人强盗摇尾乞怜"。②

庞德的表达中充满一厢情愿的过度解读倾向。他只看到自己坚信不疑的那一方面，必然不去认真推敲意大利政府的银行国有化改革背后的起因和动机，是上层建筑的需要还是如诗人所期——实际情况自然是前者。这种以自我为中心、一叶障目式的经验主义在他面对金钱

---

① See Tim Redman, *Ezra Pound and Italian Fascism*, Cambridge: Cambridge University Press, 1991, p. 170.
② See Tim Redman, *Ezra Pound and Italian Fascism*, Cambridge: Cambridge University Press, 1991, p. 171.

第三章　思想过渡：从诗学到现实中的旋涡之"力"

问题时的态度和解读中一次次卷土重来，也是他解读自己现实生活中的经济问题时频频重蹈覆辙的思维模式。就他个人的经济来源而言，虽然身在意大利，但他收入的货币形式依然以美元为主，因此罗斯福新政时期的货币贬值调控会为他在异国的生活质量带来直接影响，从而招致他的抱怨；让人感到无奈的是，在上述新政措施于美国推行大约半年之后，意大利政府通过类似的里拉（lira，意大利当时的货币单位）贬值手段来弥补由国家信贷带来的亏空，居然博得庞德的赞扬。雷德曼的研究还提到一个细节，庞德在30年代常常和一位来自西西里地区的记者卡伊科（Lina Caico）通信。后者频频在传书中提醒诗人注意意大利法西斯主义政权存在的诸多问题。例如，在1935年9月，她在信中"用庞德一度用来谴责英国、支持格塞尔的语言来批评意大利的高赋税"，"然而，身为外国人的庞德不用交很多意大利的税费，所以无视了她的观点"。[①] 卡伊科曾指出庞德思维中的根本问题所在：

> 你的问题还在于，当你清楚地看到一些真相的价值后，就不再仔细观察接下来的事件的价值了。你被你的前见蒙蔽，而这就是你在政治问题上的思维方式。你看到了一些好的方面之后就认为万事完美。而当一件失败的事情打击到你时，你不会将它的先导因素归于你赞扬的那些方面。[②]

这种思维方式明显是对经验主义式的先见的过分信赖。庞德的问题在于，尽管心怀诗人的求真初心，但在如此思维方式的引导下，他只相信那些基于他之前的经验、他愿意相信的方面——而对

[①] See Tim Redman, *Ezra Pound and Italian Fascism*, Cambridge: Cambridge University Press, 1991, p. 160.

[②] See Tim Redman, *Ezra Pound and Italian Fascism*, Cambridge: Cambridge University Press, 1991, p. 188.

伊兹拉·庞德：旋涡中的美国诗人及其"力"的追寻

这些前见的真假、对错、是非则不再进一步反思。于是，面对意大利法西斯政权的负面因素，他的反应是辩护，或者无视，至少公开只强调它的好；而他的"两套标准"又促使他一味指责美利坚故国存在的问题。

在庞德对一种经济理论、国家政体或者领导人物的评价体系中，一荣俱荣、一损俱损的片面化倾向格外明显。这在一定程度上可以帮忙解释为何意大利入侵他国、参与第二次世界大战，直至与德国纳粹党结盟之后，庞德依然对之心存幻想，并继续自己在罗马电台的广播工作。按照雷德曼的说法，"庞德的显著倾向是，只采用对他的结论有利的论据。他的法西斯主义信仰和他无意识中对欧洲文化卓越性的肯定使他将意大利在埃塞俄比亚的行径合理化"[1]。他的书面和口头表达在运用这种相当成问题的思维方式后，即呈现为跳过细节间的连接点、直接跃进自己的结论性短语的表达习惯，带来的整体效果自然是"破碎、不相衔接"[2]。这种行文风格在他30年代的写作中格外明显，包括《杰斐逊和/或墨索里尼》《文化指南》和致友人们的信。在后来的罗马电台广播中，这种强调结论、弱化推理过程的思维和表达方式也是给他带来麻烦的原因之一——毕竟在定罪时，审判者只强调那些他希望强调的方面，而诗人又自投罗网地把这些置于明显的位置上。

庞德连续为罗马电台广播是第二次世界大战之后的事情，而早在1934年，他就做过一次电台演讲。是年11月初，奥里奇在自己最后的时光中作了一次广播、谈自己的经济思想。庞德似乎受到了友人思想传播方式的启发。而凑巧的是，意大利新闻宣传部（Ministry of Press and Propaganda）就在此时联系到庞德，希望他在意大利广播公

---

[1] Tim Redman, *Ezra Pound and Italian Fascism*, Cambridge: Cambridge University Press, 1991, p. 165.

[2] Tim Redman, *Ezra Pound and Italian Fascism*, Cambridge: Cambridge University Press, 1991, p. 167.

第三章 思想过渡：从诗学到现实中的旋涡之"力"

司（Italian Broadcasting Company）发声——"庞德对这次讲话非常热心，因为这将成为自己在意大利政府内部建立新人脉的机会"。根据一位听到这次广播的友人回顾，庞德谈的主题是"法西斯主义的经济成果"①。其实，从这次广播的因由中也能清楚地看到诗人庞德的初衷：对于他个人而言，广播不过是在文字之外宣传自己经济理念的一种方式，应邀而至也是他在意大利政府建立人脉的途径。

如前所述，波尔在庞德的广播之路上发挥了推荐、鼓动作用。和庞德在意大利广播公司发声相隔一年多后，1936 年 1 月，波尔在写给庞德的信中建议他可以在广播公司求一个长职，只是和之前那些劝他"迷途知返"的友人们相似的是，他警告庞德说："在和他们的人接触时不要百无禁忌……只说你要在广播中说的就好——不要谈金钱这类的问题。他们听不明白——他们什么都不懂，［你这样做的唯一］结果就是：他们把你看作怪人，绕着你走。"庞德显然持不同意见，他在回信中说："除了钱的问题，我还想在广播中说什么？……我什么也不想在广播中谈了。"② 庞德与政府建立关系、在官方电台广播的醉翁之意再明显不过，他自以为是而处处漏洞的逻辑链条再度复现：他期待一场所谓的经济改革，由此促成当代文艺复兴的发生。

在同一封信中，庞德还请波尔帮忙为自己的记者证续期："这会使他［继续］享受火车票的三折优惠。"波尔生活拮据的时候，庞德也借过几次钱给他。③ 庞德本人和友人的遭遇无疑会再度触动到他，从而使其加深对经济问题的关心，旋涡派视觉艺术家们的困境似乎还在上演。战争加剧了他和家人生活中的艰难。

---

① See Tim Redman, *Ezra Pound and Italian Fascism*, Cambridge: Cambridge University Press, 1991, p. 158.
② See Tim Redman, *Ezra Pound and Italian Fascism*, Cambridge: Cambridge University Press, 1991, p. 169.
③ See Tim Redman, *Ezra Pound and Italian Fascism*, Cambridge: Cambridge University Press, 1991, pp. 170, 160.

第四节 《经济学 ABC》:"不专心"的诗人和他"不专业"的写作

1933 年 4 月,庞德出版《经济学 ABC》一书,这部篇幅不长的著作后来被收入由库克森(William Cookson)编辑、整理的庞德《文选 1909—1965》(*Selected Prose 1909 - 1965*, 1973)。尤其是和大约一年之后出版、至今仍有影响力的《阅读 ABC》相比,庞德的这本"经济学"专著一直以来并不被看好。对于同一时期相继出版的这两本著作获得的不同反响,威尔海姆从庞德作为诗人的专业性角度,指出最为可能的直接原因是,"庞德首先以诗人为本行,仅仅出于强力(driving)的意志与激情才尝试在经济学领域一展身手"[①]。就我们理解庞德的思想发展脉络而言,《经济学 ABC》的价值并不在于其中道出了几分经济学的门道——正误不论,反倒在那些作者时不时表现出的"不专业",甚至"不专心"的倾向。

庞德在《经济学 ABC》中暴露的"不专业",主要体现于他与经济学直接相关的那部分表述或者源自对包括道格拉斯等在内的"经济学家"的片面理解,或者进一步融入自己的诗人化主观理解,将这位上校经济学家的观点继续理想化。道格拉斯本人对之的评价值得玩味:"我认为[这本书]的说服力更多地在于其可读性,而非专业术语上的精确性。"[②] 庞德的讨论起点是"生产过剩"(overproduction)和"分配"(distribution)问题,这的确是道格里斯 A + B 理论及社会信贷思想的立足点。"分配"是其中的关键问题,于此,道格拉斯讨论的是"购买力"(purchasing power)的分配,这自然也是奥

---

① J. J. Wilhelm, *Ezra Pound: The Tragic Years (1925 - 1972)*, University Park: The Pennsylvania State University Press, 1994, p. 84.
② See Tim Redman, *Ezra Pound and Italian Fascism*, Cambridge: Cambridge University Press, 1991, p. 99.

第三章 思想过渡：从诗学到现实中的旋涡之"力"

里奇及《新时代》为劳动阶级发声时的关注点。而庞德一方面与道格拉斯高度一致，在《经济学 ABC》第一部分即表明，生产过剩并非工业之过，而是自然过程，"当前，可能唯一亟待解决的经济问题就是分配问题"；另一方面又在此基础上延续，甚至偏离道格拉斯的原本，"我的起点是工作（work）的分配，这并非道格拉斯青睐的方面"。①

上述《诗章》第 22 章选段中展现的两位经济学家见面的虚拟情景表明，英国经济社会出现了"劳动力不足"与"200 万人处于失业状态"共存的矛盾现象。庞德延续道格拉斯的思想认为，减少个人的工作时间或可创造更多的就业机会，也就是"将工作时间缩减至一个人无法去做两三个人的带薪工作的程度"；至于道格里斯提出的购买力分配，在庞德处则为一种很理想化的、根据"工作完成情况（生产或运送的产品、发现、助力等）给予如实认证（honest certificates）"的方式。② 这两条也是诗人为通货膨胀开出的明显过于天真的诊疗方案。诚然，如此缺乏标准的举措在工业化生产中万难实现，但在文学、艺术创作领域并非完全不可行。庞德的"不专心"由此表现出来，无论是他先后接近奥里奇、《新时代》、道格拉斯，还是沉迷于经济以及后来的政治，文学、艺术及其从业者是他持续的心中所系。如雷德曼所言：

> 至少庞德最初受到道格拉斯思想的吸引，开始关注这些经济、政治理论的必要条件之一，是道格拉斯对于休闲时间在民族文化的经济生活中的重要性的强调，他希望让社会中更具创造力的成员享受自由时间，如此方可让他们得以形成文明进步所需的

---

① Ezra Pound, "ABC of Economics", in Ezra Pound, *Selected Prose 1909 – 1965*, William Cookson, ed., New York: New Directions, 1973, pp. 233 – 234, 242.
② Ezra Pound, "ABC of Economics", in Ezra Pound, *Selected Prose 1909 – 1965*, William Cookson, ed., New York: New Directions, 1973, p. 237.

伊兹拉·庞德：旋涡中的美国诗人及其"力"的追寻

高水平创新、发明才能。①

这种从现实到理想、从工业到文艺的演绎在《经济学 ABC》中的一处细节记录也可见得。此时生活在 20 世纪 30 年代的庞德追忆道：

> 10 多年前，道格拉斯上校坦言，我一度启发了他。我曾指出，我的祖父修建铁路，主要并不是为了赚钱，或者出于他在此处可以获得更多的想法；他的动力更多出自内心的活动、艺术家**创造**的愿望，这是创造的乐趣，以智取胜、克服障碍的游戏。②

庞德在谈到非艺术家者一般意义上的超时工作时提出，"让人做 4 小时带薪工作，如果他希望继续工作，就让他像艺术家或者诗人那样工作"。他列举了一些陶冶情操、休闲身心的活动之后，认为如此可让人"从生活中获得更多"，"如果他具有智慧的种子，则更有可能发挥、发展之，无论如何他的'所得将远远超过钱财'"。关于金钱与时间的关系，诗人是这样认识的："从实际而非理论看来，相比于钱财多、时间少的状态而言，如果你囊中羞涩却拥有很多的闲暇时光，你的生活会无限地更好。时间不等同于金钱，但它几乎是除金钱之外的一切。"③ 庞德构想的是最符合诗人、艺术家的惬意生活状态，有足够的经济来源支持温饱，有充足的闲暇时光进行创作。他反复强调，这种状态下的"闲暇"（leisure）并不仅仅意味着"不工作"，

---

① Tim Redman, *Ezra Pound and Italian Fascism*, Cambridge: Cambridge University Press, 1991, p. 70.
② Ezra Pound, "ABC of Economics", in Ezra Pound, *Selected Prose 1909 – 1965*, William Cookson, ed., New York: New Directions, 1973, p. 239. 粗体字在原文中为全部字母大写（MAKE）。
③ Ezra Pound, "ABC of Economics", in Ezra Pound, *Selected Prose 1909 – 1965*, William Cookson, ed., New York: New Directions, 1973, p. 241.

第三章 思想过渡：从诗学到现实中的旋涡之"力"

而是指"远离焦虑的自由时光"。① 只是在"马拉泰斯塔诗章"的美好时代过后，直至庞德及旋涡派视觉艺术家们生活的 20 世纪，艺术已然成为商品，艺术家总要面对市场的压力和需求，艺术品的价值不再单系于艺术价值本身。庞德自然希望出现更多像奎因般慧眼识珠、愿为当代艺术的发展提供支持的艺术品收藏家，或者更多他期待的那种"独立私有公司"——不依托于政府、银行的同时，有权力"不偏不倚地发放国家的信贷"。② 就像道格拉斯、奥里奇希望通过国家信贷的方式提高劳动阶级的应有购买力那样，庞德幻想严肃的艺术家们有类似的机会可以衣食无忧，在充分的闲暇状态下专心创作上乘的艺术作品。这是诗人理想中的"闲暇人文"（leisure humanity），即"文明的人类生活"（civilized human life），③ 或者说，他一直期待的当代文艺复兴。

在为当代严肃的艺术家争取权益的过程中，庞德明显受到了奥里奇对政府、银行高度不信任的影响。这种"阴谋论"的倾向随着道格拉斯经济学思想的介入进一步加深。在《经济学 ABC》中，如此倾向主要体现为对银行及与艺术家相对的"特权阶级"（和奥里奇不同的是，在庞德处常常特指那些艺术品市场中的投机倒把之流）的谴责："看起来格外明显的是，特权并**没有**催生责任感的产生"，"这同时适用于金融和政治特权"。④ 他认为，政府要为经济衰退和持续波动承担主要责任，英国战时经济的"繁荣"是政府长期攘外而不安内带来的累积恶果，更可恶的是为投机倒把、发战争财之流提供了

---

① Ezra Pound, "ABC of Economics", in Ezra Pound, *Selected Prose 1909–1965*, William Cookson, ed., New York: New Directions, 1973, p. 243.
② Ezra Pound, "ABC of Economics", in Ezra Pound, *Selected Prose 1909–1965*, William Cookson, ed., New York: New Directions, 1973, p. 238.
③ Ezra Pound, "ABC of Economics", in Ezra Pound, *Selected Prose 1909–1965*, William Cookson, ed., New York: New Directions, 1973, p. 257.
④ Ezra Pound, "ABC of Economics", in Ezra Pound, *Selected Prose 1909–1965*, William Cookson, ed., New York: New Directions, 1973, p. 247. 粗体字在原文中为全部字母大写（NOT）。

伊兹拉·庞德：旋涡中的美国诗人及其"力"的追寻

机会。① 对于金融银行界人士，庞德的措词更加激烈，且不论以"团伙"（gang）和"邪恶"（bogy）这样主观厌恶色彩浓厚的词汇冠之，更将通货膨胀的责任归于银行的阴谋："通货膨胀是在满足少数人的利益"，"银行（这群邪恶的人）随心所欲地实行通货膨胀或紧缩，或者至少看上去如此"，"银行很有可能是在动用他们的权力实行通货膨胀或紧缩，来实现他们高高在上的特权"。②

纵观庞德的《经济学 ABC》，我们须注意的还有两方面。首先，在如此"专门"的经济学讨论中，庞德即使对金融银行业大加谴责，也未直接流露任何被后人指责的反犹倾向。在同时期及之前的诗歌创作中，最露骨的也不过是对高利贷的攻讦。再者，从时间上看，这里面也有 30 年代始于美国、席卷世界的那场资本主义经济史上最持久、深刻、严重的周期性世界经济危机作为背景。美国之根是在文学、艺术之外，庞德唯一的一生所系。我们在这本经济学"专著"中读到他思想中的美国文化由盛而衰的脉络，由杰斐逊总统、范布伦（Van Buren）总统开启的辉煌传统，在内战期间黯淡下来。

回到道格拉斯思想在其中呈现的《诗章》第 38 章，开篇是但丁对法兰西腓力四世国王的控诉，后者的罪名是"伪造货币"③——历史上的滥用权力、操纵金融的形式。道格拉斯的 A + B 理论、社会信贷思想在其中出现，此前此后皆是各种混乱场景。按照威尔海姆的体验，"其间，我们突然听到道格拉斯上校的箴言，仿佛引领我们走出黑暗的一束光芒"④。从《诗章》第 31 章开始直至第 41 章结束，既构成了 1930—1934 年庞德创作的"十一首新诗章"，也开启了他

---

① Ezra Pound, "ABC of Economics", in Ezra Pound, *Selected Prose 1909 – 1965*, William Cookson, ed., New York: New Directions, 1973, p. 245.
② Ezra Pound, "ABC of Economics", in Ezra Pound, *Selected Prose 1909 – 1965*, William Cookson, ed., New York: New Directions, 1973, pp. 237, 250.
③ Ezra Pound, *The Cantos of Ezra Pound*, London: Faber and Faber, 1975, p. 187.
④ J. J. Wilhelm, *Ezra Pound: The Tragic Years (1925 – 1972)*, University Park: The Pennsylvania State University Press, 1994, p. 101.

第三章　思想过渡：从诗学到现实中的旋涡之"力"

"中期诗章"的写作，持续至《诗章》第73章，即合称为《比萨诗章》的第74—84章之前。如此，由道格拉斯带来的光芒是对庞德理解的旋涡派艺术家之力与能量、严肃的艺术家之真的延续。这种对一种理想状态的欲望持续至《经济学ABC》，其中不乏对经济体系之"好的意志"（good will）[1]的希冀。在对"好"的定义中，我们再次找到旋涡主义诗学的痕迹："'好'……一定涵盖行动的能力；［理解］行动与纯粹的思想或言语间存在的关联。"[2] 在庞德看来，唯有意大利文艺复兴时期的马拉泰斯塔领主、美国开国元勋杰斐逊总统这般具有行动力，又具有责任感的"特权阶级"方有最大的行动自由，为文学、艺术的行动提供可能——正如道格拉斯和庞德在1933年前后达成的共识：经济改革的前提是政治改革、运用政治权力（power）。[3] 他以为当代的意大利仿佛存在这样一位支持文学、艺术发展又具有行动力的领导者。"十一首新诗章"的最后一则记述了诗人与墨索里尼的会面，《经济学ABC》的尾声也在向他致敬："我们既要体会这位领袖的语录和思想，也要研究他将之贯彻于行动的方式。"[4]

在上述庞德的跨领域转向过程中，我们可见一条从文学、艺术到经济、政治，而后又折返至文学、艺术的思想脉络。这种并不典型，却确实发生在他身上的迂回思路使得庞德的现实政治态度发生了逆转：由旁观到入世，对政府（在此特指意大利法西斯主义政府）亦由奥里奇、道格拉斯秉持的"阴谋论"式的敌对态度转为趋近——1938年，庞德在《罗马语言》（"Ubicumque Lingua Romana"）一文

---

[1] Ezra Pound, "ABC of Economics", in Ezra Pound, *Selected Prose 1909 – 1965*, William Cookson, ed., New York: New Directions, 1973, p. 238.

[2] Ezra Pound, "ABC of Economics", in Ezra Pound, *Selected Prose 1909 – 1965*, William Cookson, ed., New York: New Directions, 1973, p. 247.

[3] Tim Redman, *Ezra Pound and Italian Fascism*, Cambridge: Cambridge University Press, 1991, p. 100.

[4] Ezra Pound, "ABC of Economics", in Ezra Pound, *Selected Prose 1909 – 1965*, William Cookson, ed., New York: New Directions, 1973, p. 261.

中写下:"在墨索里尼时代的意大利,最有思想的人、最直率的人力(energies)不在地方知识分子处",相反,"意大利最有思想的人或者在机关岗位就职,或者积极关注政府工作"。[1] 此时,无论从主观思想还是客观史实两方面脉络来看,庞德距离自己的"政治旋涡"均只有一步之遥。

---

[1] See Catherine E. Paul, *Fascist Directive: Ezra Pound and Italian Cultural Nationalism*, Clemson: Clemson University Press, p. 144.

第四章 诗人/罪人：庞德的政治旋涡

在《法西斯主义指令：庞德和意大利文化民族主义》的最后一章中，保欧提出，她在庞德的终生挚友杜丽特尔（Hilda Doolittle，通常被称作 H. D.）的那本《苦难的终结：关于伊兹拉·庞德的回忆录》（*End to Torment: A Memoir of Ezra Pound*, 1979）中读出了为这位女诗人带来最大困扰的问题：一位诗人有可能成为背叛者吗？[1] 保欧首先能给出的旁观者式的客观回答是，"庞德因在罗马电台广播被捕，我们由此知道，美国政府的答案是肯定的"[2]。本书用"政治旋涡"一词，同时指涉庞德内在的思想发展脉络和他身外所遭遇的史实。之于前者，20世纪第二个十年中，在西方先锋视觉艺术团体和东方古老文化智慧的共同作用下，他形成了自己以文学、艺术为主要关切的旋涡主义诗学思想，其中的关键词、思维方式等在他后来热心于经济、政治时依然持续发挥着虽方枘圆凿却无比强大的作用力。之于后者，从基本史实来看，进入30年代后，他在思想和

---

[1] Catherine E. Paul, *Fascist Directive: Ezra Pound and Italian Cultural Nationalism*, Clemson: Clemson University Press, 2016, p. 238.
[2] Catherine E. Paul, *Fascist Directive: Ezra Pound and Italian Cultural Nationalism*, Clemson: Clemson University Press, 2016, p. 4.

伊兹拉·庞德：旋涡中的美国诗人及其"力"的追寻

行动上支持意大利法西斯主义，特别是一度参与罗马电台广播——这成为他后来"叛国""反犹"一系列罪名的直接证据。重审庞德的政治旋涡，特别是现实层面的政治行动，杜丽特尔心中的那个问题即显得复杂而深邃——这也是集"诗人/罪人"之名于一身的庞德的基本特征。

    本章将以史实为主，呈现集"诗人/罪人"之名于一身的庞德的政治旋涡。在前章所述的道格拉斯、格塞尔、波尔三位经济学家思想的影响下，在1939年的美国之行感受到的落寞与失望情绪中，庞德对意大利现实一厢情愿的主观解读被进一步强化。终于，他在行动上投身以墨索里尼为首的意大利法西斯主义政权，为受其控制的罗马电台播音，其中不时出现不利于美国的言论和"反犹主义"的嫌疑。这成为战争即将结束之时直至战后，美国司法部以"叛国罪"对他提起诉讼的理由。从1943年下半年到1945年末，诗人完成了两段后来看起来富含象征意味的还乡之旅：从罗马到拉帕洛，从意大利到美国。最终，他在圣·伊丽莎白医院被羁押长达12年半之久。《比萨诗章》诞生于诗人被囚禁在意大利比萨期间，记录了诗人的现实处境与思想危机的同时，又体现出他的经济、政治思想中一以贯之的一些方面，例如从对高利贷的憎恶始，集体无意识式的对犹太人的痛恨。第三节将主要以其中的第74章和第80章为依据，反思庞德之旋涡主义者式的"反犹"之本质。与此同时，值得关注的方面还有东方文化在诗人晚年间的回归，虽其具体内容与鼎盛期现代主义（high modernism）不同，但诗意的平淡与东方的智慧在晚期现代主义期间在同一人处再度真实相遇，《凿岩机诗章》正是在此种灵光的碰撞中诞生，成为作为旋涡主义者庞德之"最后的旋涡"中重要的一环。最后以若干诗人对庞德个人及其文学成就和政治事件的态度作为尾声，以追问来反思"一位诗人有可能成为背叛者吗？"

第四章　诗人/罪人：庞德的政治旋涡

第一节　罪与罚："伊兹拉·庞德，为您广播……"

从倒叙结果上来看，1943年7月，美国司法部以"叛国罪"对庞德发起诉讼。诗人很快通过英国广播得知了这一消息。不到十天后，他写了一份《自我辩护书》（"apologia pro sua vita"），并留在瑞士驻罗马领事馆，希望将此转交给美国司法部。在这封文书中，他希望对方了解"若干事实"，其中第一条就是："我认为，不管在哪里，在电台播音这一单纯的行为本身构不成叛国。我想，这必须取决于说了什么，以及说话背后的动机（motive）。"[1] 庞德的连续播音从1941年10月开始，若要了解他"说了什么"以及"说话背后的动机"，我们考察的时间要至少向前推至1939年9月，也就是第二次世界大战刚刚爆发的时候。

从庞德自身来说，他继续以一直以来的文字及后来的声音这两种为载体，为由意大利政府控制的罗马电台工作，其基本动机有二：一是长久以来的理想，就像他1933年与墨索里尼会面时要谈道格拉斯经济思想那样，其目的在于让政界中人听取他的建议，从而实施经济改革；二是不得不面对的现实——这是他赚钱养家的一种方式。特别是第二次世界大战爆发后，庞德全家在意大利的日子并不好过，基本经济来源仅存庞德父亲的退休金和庞德本人的不稳定收入，却要供养至少6个人（庞德自己、父母亲、妻子、伴侣、女儿）。后来，庞德的父亲收不到自己来自美国的收入，诗人的在美活期账户（checking account）也被冻结，无疑加重了这个家庭的经济负担。如庞德的朋友，也是后来成为他作品的主要出版人的劳克林（James Laughlin）所言："谈到仍居留意大利的庞德，还是要多解释几句。人们听到他

---

[1] See J. J. Wilhelm, *Ezra Pound: The Tragic Years (1925–1972)*, University Park: The Pennsylvania State University Press, 1994, p. 199.

伊兹拉·庞德：旋涡中的美国诗人及其"力"的追寻

为意大利政府所作的广播，却没有想到他在这种情况下没有选择。比如说，如果大家知道他有不是美国公民的直系亲属，所以他不能离开意大利，可能在对他作评判时会更加宽容。而这些都是事实。"① 的确，早在1940年夏秋之交，庞德就决定要带全家人集体返回美国，并开始处置物品、打点行装。然而，摆在他们一家面前的两个回国方案都有难以克服的难题：方案一是取道法国到达伊比利亚（Iberian）半岛，再通过葡萄牙的大西洋港口乘船返美，问题在于，这条海路凶险而且价格不菲，唯1800美元之巨方能支持庞德全家成行；方案二是借助泛美（Pan American Clipper）的新航线回国，但是庞德始终无法订到票。② 1941年下半年，庞德父亲严重摔伤，无法移动，为一家的归途又增加了阻碍。在如此拮据的情况下，庞德动用一切人脉、想尽一切办法寻找工作的机会。1939年下半年，在写给美国朋友们的信中，他甚至还焦虑到在痛骂英国政府（战争爆发之初，庞德就认为英国是过错一方）的同时有些意气用事地微露出为美国工作的意愿："我血腥的国家**有义务尽快**开始供养我。肮脏的英国政府要抽取我35%的版税去购置毒气和面具。"③ 如雷德曼的观察所示，"这一阶段庞德的不少书信都直接或间接地涉及为自己找工作的内容"④。只是，他不愿在自己原本安身立命的领域丧失"严肃的艺术家"式的骄傲与自爱。1939年10月31日，他给波尔写信征询是否有可能做一些有偿讲演。波尔善意回信，请他"写一封信，说清楚你现在的经济状况，为什么他们不兑现你的美国支票，你过去的日用账

---

① See J. J. Wilhelm, *Ezra Pound: The Tragic Years (1925–1972)*, University Park: The Pennsylvania State University Press, 1994, p. 181.
② See Tim Redman, *Ezra Pound and Italian Fascism*, Cambridge: Cambridge University Press, 1991, pp. 204–206.
③ See Tim Redman, *Ezra Pound and Italian Fascism*, Cambridge: Cambridge University Press, 1991, p. 195. 粗体部分在原文中为全部字母大写（OUGHT & SOON）。
④ Tim Redman, *Ezra Pound and Italian Fascism*, Cambridge: Cambridge University Press, 1991, p. 198.

第四章 诗人/罪人：庞德的政治旋涡

单已经（或者一度）累积到什么地步"，希望帮助庞德渡过难关的波尔计划以此为凭去向他人求助。然而并不十分出乎意料的是，庞德拒绝写下这样的乞讨文，骄傲地回复说："我并不是要通过消费我过去的成就来赚钱、坐吃山空。我的目标只是满足一位作家的基本生活所需。"[①]

从庞德的回复中，我们能看到的不仅是他试图维护的骄傲与自尊，还有一种将代表理想的文学、艺术、思想与现实生活分割得很明晰的思想倾向。至少，他以为可以不让后者干扰到前者的"纯粹"。于是，他只愿意通过自以为"正确""求真"的途径去换取收入——如他提议的有偿演讲以及确实做了的不计较酬劳地为波尔翻译新书，而不会去做"错误"的事情——违背他对客观世界的理解或者主观良知。从结果反观他思想中的焦灼与最终的现实选择，倏忽之间，他的是非观与对错论已然和现实脱节，并使之最终走上了违背国家利益与公序良俗的迷途。如此，思与行间的关联在他战时广播的行为中没有理由全部失效。的确，他接受广播工作的动机中有金钱的因素（其实酬劳也没有很高，他每10—15分钟一次的广播所换取的酬劳不会超过350里拉，按照当时的汇率折算大约是18美元；他中间还主动有过几次断档）。而笔者依然认为，至少从庞德"说了什么"和"说话背后的动机"来看，他的广播行为以及对墨索里尼政府的支持，还是对他思想深层中对"力"的追寻的延续：如20世纪第二个十年间的旋涡派艺术家（其中也包括旋涡主义者庞德）般以己之力与能量及时势抗衡，孕育出引领方向的新生力量。只是1930年后，他对力与能量的理解与追寻更多地从文学、艺术转向经济、政治——从根本上讲，他涉足政治的因由是对经济改革的向往，初心依然是带来一场文化上的文艺复兴。广播行为本身和信奉法西斯政府别无二

[①] See Tim Redman, *Ezra Pound and Italian Fascism*, Cambridge: Cambridge University Press, 1991, p. 206.

致，在他这里不过是实现理想的手段。只是这一次，不愿以现实污染理想，却不在乎理想在现实中的实现方式的诗人，在各种主客观因素的作用下，终究在客观上迈出了"有罪"的那一步——无论他"说话背后的动机"在主观上有无背叛，都不足以成为他在法律意义上获得豁免的借口。

1941年1月21日，庞德获得了正式而模糊的"工作任命"。这一天，他前往罗马的意大利大众文化部（Ministry of Popular Culture），与时任政治宣传总指挥的科赫（Armando Koch）会谈。威尔海姆作的传记提到两个细节："在这之前，[科赫]绕着他走"，以及这一任用决定的"考虑时间"长达一年之久。① 1930年后，庞德一直在争取与意大利政界建立联系；就此次广播任务的如愿以偿而言，他自己以及包括波尔在内的诸位友人的长久努力算是有了一个"不错"的回报。庞德当天即作了一次录音，大致内容是敦促美国不要卷入战争，在两天后被播出。"在被[美国]联邦通讯委员会（Federal Communications Commision）下属的国外广播情报系统监听的不少于125次的广播中，这是最频繁出现的主题。"是日正式的"任命"从程序上看来很模糊，甚至并不正规。根据庞德本人后来在圣·伊丽莎白医院中对他人的口述回忆，他"没有书面合同之类的东西，只是把意大利政府当作他的'出版人'，报酬按照工作量计件支付"②。他的广播对象以英语世界，特别是英美两国为主。

杜布（Leonard W. Doob）在自己整理、编辑的《"伊兹拉·庞德，为您广播"：第二次世界大战广播演说》（*"Ezra Pound Speaking": Radio Speeches of World War II*, 1978）导言中提到，庞德的这份工作需要每周在电台进行两次播音，而在此之前，他也给电台写过

---

① J. J. Wilhelm, *Ezra Pound: The Tragic Years (1925 – 1972)*, University Park: The Pennsylvania State University Press, 1994, p. 176.

② J. J. Wilhelm, *Ezra Pound: The Tragic Years (1925 – 1972)*, University Park: The Pennsylvania State University Press, 1994, pp. 176 – 177.

第四章　诗人/罪人：庞德的政治旋涡

稿，只是由他人来读。杜布的这本诗人电台演说录中收集了120篇文字，其中110篇囊括了绝大部分由美国联邦通讯委员会监听并记录下来的文字，另外10篇是在监听施行之前诗人写下的播音文稿，"一些由庞德来读，一些由他人播出，还有一些没用过也没被监听到的"。[①]那110篇被监听并记录下来的文稿成为后来起诉庞德的主要依据。杜布编辑的这本书是目前对庞德的罗马电台播音情况收集最为完备的原始记录——从数量规模上来看如此。然而，基本占据了全部资料的110篇文字的来源本身就意味着某种有目的的选择倾向——笔者对其中字句（包括不会带来过分偏差的误听误解误记）的真实性不抱怀疑态度，只是想指出，这份资料的主体部分是被某种政治取向筛选过后，最能反映这一倾向本身目的的选择结果。

那110篇被美国联邦通讯委员会留存下来的广播稿的时间跨度如下：1941年10月2日至12月7日，1942年1月29日至7月26日，1943年2月18日至7月25日。除1941年1—9月由于客观原因确实没有记录外，其间只出现了两次断档，第一次将近2个月，第二次则有半年多之久——这是诗人两次停止广播后又重拾旧业的行为记录。这部分的文字以劝说美国远离或者撤离战争的诉求为主体，其中不乏对祖国、政府及罗斯福总统的谴责甚至谩骂，并夹杂着自己一直以来信奉的经济思想和由此而来的对高利贷及犹太人的憎恨。

1941年12月7日，也就是上述第一次断档之前的最后一次播音当天，日本偷袭珍珠港，太平洋战争爆发，美国正式参与第二次世界大战，并于次年元旦加入英国也在其中的26国反法西斯统一战线。庞德在1939年亲自前往华盛顿以及珍珠港事件爆发之前的播音中，一直在劝说美国远离战场，保持中立。战争事件与广播断档在时间上的巧合让我们有理由猜想二者之间的直接关联——如同第一次世界大

[①] Leonard W. Doob, ed., *"Ezra Pound Speaking"*: *Radio Speeches of World War II*, Westport: Greenwood Press, 1978, pp. xi – xii.

伊兹拉·庞德：旋涡中的美国诗人及其"力"的追寻

战的爆发让旋涡派和他钟爱的艺术家群体消散那般，这一次，他在主观上苦苦维持的幻想终究破灭了。如他在《诗章》最末一则的尾声处写下的状态：我失去了我的中心／与世界抗争。①

1942年1月29日，庞德重回罗马电台。这是他断档将近2个月之后的回归。在这一次题为《论重新开始》("On Resuming")的播音中，庞德以自己之前的离去开篇："珍珠港那一天，中午12点，我从古罗马帝国的都城归隐至拉帕洛，追寻古人的智慧。"②他继续谈自己这段时间对中国儒家经典的阅读、翻译。他的归去来由此有了些出世又入世的味道。

这次播音的战争背景和之前的不同之处在于，庞德所属的美国从中立国转变为参战国，成为他所在的意大利隶属轴心国阵营的对立方。诗人以激烈的谴责语气传达出的依然是对祖国远离战争的殷切诉求——仿佛1914年路易斯在《爆炸》刊中对伦敦的爱之深责之切的情感交织：

> 必须面对，这个形势。也就是说，数月以来，美国在战场的行为都不合法。我从中看出一位总统的罪行，对于他的工作职位要求他应该承担的那些责任而言，他的心智（mental condition）并未达标。
>
> 从目前我能掌握的证据来看，他没有遵守在选民面前许下的诺言；我认为，他违背了他在就职时立下的誓言。我认为，他违背了忠于美国宪法的誓言——这是即使一位普通美国公民获取新护照时都要作出的宣誓。③

---

① Ezra Pound, *The Cantos of Ezra Pound*, London: Faber and Faber, 1975, p. 802.
② Leonard W. Doob, ed., *"Ezra Pound Speaking": Radio Speeches of World War II*, Westport: Greenwood Press, 1978, p. 23.
③ Leonard W. Doob, ed., *"Ezra Pound Speaking": Radio Speeches of World War II*, Westport: Greenwood Press, 1978, p. 23.

第四章　诗人/罪人：庞德的政治旋涡

在庞德接下来 1 年多的广播中，这种对美国的参战行为及罗斯福总统本人的批判成为他凡提及祖国时的基本态度，自然也是联邦通讯委员会监听工作中的重点记录。似有冥冥对应的是，他对罗斯福本人心智及不忠的指责似乎成为他后来被起诉、由于心智状况不佳而不能受审判最终被关入圣·伊丽莎白医院的预言——"忠"（allegiance）一词原原本本地出现在他的诉状中，呈现为他与祖国之间的相互指责。紧随复出之声的 2 月 3 日那次广播中，他再次以类似的思路作出相同指向的讲话。庞德又提到了中国，以尧、舜、文王、孔子来树立"义（right）的政府的法则"，并在态度上更为激烈而恶毒地将近 80 年以来的美国（捎带近 240 年以来的英国）的经济、政治情况比喻成"梅毒"，视其为"不可救药"。这一次广播也提到了战争，但这仿佛并不是重点——一如既往且承前启后，庞德只在行将收尾时教训道："你的参战正中日本天皇下怀。西方世界、欧美国家的一切都不能帮你否认这个事实。一切都不能帮你否认这个事实。"①

这种脱离战争进程本身去批判祖国的参战行为的劝说方式在庞德的广播中并不鲜见。雷德曼提出，"的确，广播讲话并没有大量涉及真实战场上的战役；而这种冷落的吊诡之处在于，战争才是当时街谈巷议的热点消息"。雷德曼进而提到庞德主观心理中的另一种"象征意义上的"战争。这也是诗人 1943 年 3 月 25 日广播提到的内容，"在高利贷者和非高利贷者之间的角逐"。② 一以贯之，以艺术复兴为基底的经济问题依然是庞德思想的核心，也常常被他在广播中传达出来。例如 1942 年 3 月 23 日的这份讲稿：

> 你难道看不出来，在这场战争中，你为你的同盟带来的伤

---

① Leonard W. Doob, ed., *"Ezra Pound Speaking": Radio Speeches of World War II*, Westport: Greenwood Press, 1978, pp. 28 – 30.
② Tim Redman, *Ezra Pound and Italian Fascism*, Cambridge: Cambridge University Press, 1991, p. 225.

伊兹拉·庞德：旋涡中的美国诗人及其"力"的追寻

害，从数量和程度上都要甚于给那些你说是你的敌人造成的打击？英国人真的蒙昧至此，永远看不到这场冲突的真实原因——这场冲突**中**真正的力（forces）？高利贷与农民的对立，高利贷与农田的对立，高利贷与所有每天付出体力或脑力去工作的人之间的对立。

啊，反对故意的剥削，反对垄断，反对银行交易和骗局。[1]

至1942年，美国诗人庞德已经在欧洲居留了30多年，辗转于伦敦、巴黎与意大利之间。在进行广播工作的两年时光中，他又常常往返于拉帕洛和罗马。我们对于他在广播中公开表达对高利贷的憎恨、对金融界的高度不信任并不觉得意外，这是经历了20世纪初的艺术旋涡与华夏文化冲击后，他从20年代起就常常在自己的诗、文、思中表达的内容。以同情之心观之，这依然是从艺术而生的经济关怀带来的影响。只是在他后来的显性"叛国"罪名之下，还有隐性的"反犹"——他最终在圣·伊丽莎白度过的漫漫10余年，如此"罚"所针对的既有他法律上的僭越，也有道德上的缺失。雷德曼在通读杜布编纂的120篇广播稿之后得出的结论是，其中"31篇明显反犹"——"它们已经不是偶尔提提名称的问题（虽然名称本身可以明显传达出种族或者宗教上的歧视），而是直言不讳地对犹太人进行言语上的人身攻击"。[2]

1942年5月31日的广播中，庞德在谈到欧洲，包括英国要远离高利贷时话锋一转，将此经济问题置于美国的社会环境中说，"美国的熔炉（melting pot）可能是一个高尚的实验。我对此持极大的怀疑态度。无论如何，实验失败了，一败涂地。品种（BREED）的说法

---

[1] Leonard W. Doob, ed., "*Ezra Pound Speaking*": *Radio Speeches of World War II*, Westport: Greenwood Press, 1978, p.73. 粗体部分在原文中为全部字母大写（IN）。

[2] Tim Redman, *Ezra Pound and Italian Fascism*, Cambridge: Cambridge University Press, 1991, p.220.

第四章 诗人/罪人：庞德的政治旋涡

和英国并非毫无关联"①。这是他由经济观点转至种族歧视的一贯思路。雷德曼提示我们注意类似观点的美国背景："在庞德那一代人及当时美国社会大背景中，拒绝熔炉是平凡无奇的想法。那些家道衰落中人普遍认为，正统移民血统被排挤，国家已经被19世纪末20世纪初的移民浪潮削弱。"② 庞德自己确有这种家道中落的失落感。而无论如何，这是一代人的集体无意识。问题在于，庞德将之在最不恰当的时间和场合、以不恰当的身份表达了出来，成为舆论批评的众矢之的。他自己有罪，但是他的受罚也有集体罪责的"替罪羊"的意味。

在了解庞德"说了什么"之后，我们要看的是他"说话背后的动机"。基本可以肯定的是，意大利方面并没有给他的播音内容设定多少限制。这也是他的播音不太符合一般政治、意识形态宣传特征的重要原因——曾帮助他获得广播工作的一位意大利政府人员在1958年写了一篇文章，题目是《法西斯主义领导者怀疑伊兹拉·庞德是间谍》("The Fascist Leaders Suspected That Ezra Pound Was A Spy")。威尔海姆认为，"这不难理解，因为他们怎么可能将孔子……和当时的处境联系起来？"③ 庞德的工作目的明显与他的雇主请他来的用意有不小的偏离，前者试图用他人无法完全理解的内容和方式传播自己的精英思想，后者明显希望他用更加通俗易懂的方式进行大众宣传。这样来看，庞德的广播算是两边不讨好的失败：既没能劝服祖国撤兵，自己成了"背叛者"，也未达成意大利方期许他的工作目标，遑论建立自己在经济、政治思想方面的权威。1942年之后，意大利方出于保护播音者的目的，往往会在正式播音之前播放一段先导词，之

---

① Leonard W. Doob, ed., *"Ezra Pound Speaking": Radio Speeches of World War II*, Westport: Greenwood Press, 1978, p. 157.
② Tim Redman, *Ezra Pound and Italian Fascism*, Cambridge: Cambridge University Press, 1991, p. 196.
③ See J. J. Wilhelm, *Ezra Pound: The Tragic Years (1925–1972)*, University Park: The Pennsylvania State University Press, 1994, p. 195.

伊兹拉·庞德：旋涡中的美国诗人及其"力"的追寻

于庞德的是"法西斯主义政策提倡有识之士的思想自由与言论自由，罗马电台基于此赋予伊兹拉·庞德博士每周播音两次的权利。我们知晓，他不会被迫说任何违背他的良知，或者他美国公民职责的内容"①。在1943年8月的那封《自我辩护书》中，庞德自己也写道，"我愿意在罗马电台播音的前提是，我不会被迫说任何违背我的良知及美国公民职责的话。他们那里给我的说法是对'有识之士的言论自由'的信仰"②。

尽管如此，1943年7月26日，庞德依然以"叛国"罪名被起诉。在英文原文中，这份文书的核心内容所在的段落是一个非常长的单句：

> 被告人伊兹拉·庞德，在罗马及其他意大利王国所属地……在包括美国在内的其他地方，从1941年12月11日开始一直到本次起诉发生之时……作为一位美国公民以及应该向美国效忠的个人，持续明知故犯、有意而为、自愿自觉、违法乱纪、用心险恶、谋逆背叛，加入美国的敌对方阵营，即意大利王国……包括德意志帝国政府、日本帝制政府，自1941年12月11日起，它们一直是美国战场上的敌人……③

和庞德同一批次被起诉的还有7人。这8位美国公民都是由于在战时为敌国广播而获罪——只有庞德是为意大利，其他人都是为德国。时任美国司法部长的比德尔（Francis Biddle）这样向对媒体解释说：

---

① See J. J. Wilhelm, *Ezra Pound: The Tragic Years (1925 – 1972)*, University Park: The Pennsylvania State University Press, 1994, p. 188.
② See J. J. Wilhelm, *Ezra Pound: The Tragic Years (1925 – 1972)*, University Park: The Pennsylvania State University Press, 1994, p. 199.
③ See Charles Norman, *The Case of Ezra Pound*, New York: Funk and Wagnalls, 1968, pp. 62 – 63.

第四章 诗人/罪人:庞德的政治旋涡

必须说明的是,这些诉状不仅基于政治宣传话语的内容——他们说出的谎言和制造的假象——更因为这个简单的事实:这些人在他们的国家处于战争阶段时,在没有受到任何强迫的情况下为美国的敌国事业服务。他们背弃了作为一位美国公民最主要,也最神圣的义务。①

之于庞德,从司法系统的执行规则来看,只要存在有效的证据去证明他为意大利法西斯主义政府广播这一基本事实,他的叛国罪名即可坐实——虽然司法的严谨使得这一看似不难的落实最终没能完全实现。而诗人在《自我辩护书》中提到的"说了什么"以及"说话背后的动机"这样主观上的判断标准,在社会契约式的道德与法律面前均显得站不住脚,甚至还有几分狡辩的意味。毕竟,在战争背景下,公民要对国家履行的义务往往高于应该享有的权利,这种取向无论从法律还是道德角度看都合情合理。早在1942年4月,《诗刊》就刊载了一段编者的话,代表了当时美国文学界对于这位诗歌天才的政治事件的主流态度——这是一种旁观者的视角,将他作为一位天才"诗人"和法律、道德意义上的"罪人"分而论之:

> 如今,我们必须正式停止对伊兹拉·庞德的支持。
>
> 伊兹拉年轻时为英语诗歌艺术作出了卓越贡献,《诗刊》在最近几年也因此没有和他过分计较……但现在的情况不同了;现在我们是参战国;而他的广播依然在继续,这已然成为通过敌国的政治宣传而损害母国利益的有意行为。②

---

① See Charles Norman, *The Case of Ezra Pound*, New York: Funk and Wagnalls, 1968, p. 63.
② See J. J. Wilhelm, *Ezra Pound: The Tragic Years (1925–1972)*, University Park: The Pennsylvania State University Press, 1994, pp. 193–194.

《诗刊》在此时传达出的指向和后来的起诉书及司法部部长的解释是一致的：无论他说话的内容和动机为何，他为意大利政府广播这件事本身就有问题，再者，他在美国参战后没有全身而退，反而重拾旧业则使得他罪加一等。

第二节　诗人的还乡：罗马—拉帕洛—比萨—华盛顿

一　行走第一程：从罗马到拉帕洛

1943 年下半年，随着上述起诉的发生，庞德的现实命运也发生了陡转：集诗人、罪人之名于一身。而同时段，第二次世界大战的局势也开始向反法西斯统一战线，即美国所在的盟军一方有利的方向发展。7 月，英美陆战队登陆西西里岛，意大利法西斯政府倒台。9 月，意大利宣告投降；此时，亚平宁半岛形成了南部由盟军控制、北部被德军占领的格局。根据目前有据可查的记录，庞德很有可能是在这年 7 月 25 日作了最后一次播音。9 月 6 日，在亚平宁半岛形势及他个人命运走向最不明朗的时候，已经身在拉帕洛的他居然南下罗马，只为"弄清楚发生了什么"。又过了 4 天，也就是"美国士兵登陆意大利南部 5 天之后的 9 月 10 日，此时德国军队开始接管这座城市，庞德决定逃走"。[①] 这是他实际和象征两种意义交织的还乡之旅的第一程，此时，家的目的地在拉帕洛。

尽管自从接受广播工作以来，庞德频频在罗马、拉帕洛两地间畅通无阻地往返，但此时各种主观、客观上的不确定因素为他的北上之行带来了重重障碍。他的美国护照早些时候留在了领事馆还未取回，

---

① J. J. Wilhelm, *Ezra Pound: The Tragic Years (1925-1972)*, University Park: The Pennsylvania State University Press, 1994, p. 200.

第四章 诗人/罪人：庞德的政治旋涡

"他不确定控制了半岛的德军会不会认可他的证件"①；而之前美国方面对他提起的诉讼又必然增加了他的不安全感——仿佛无论落入哪一阵营之手，他都无法自圆其说。他首先去找在罗马的朋友，一前一后去了两家。在第一家朋友处，他告诉对方"自己准备基本用脚走完这 400 英里的路程"，对方向他提供了一些必要的行装：靴子，帽子，背包，地图——"庞德在维罗那（Verona）把它丢掉了，因为他发现这是一张军事地图。他不想在自己的个人物品中露出任何和军方组织有关联的蛛丝马迹"。第二家朋友"提出请他留宿，但他拒绝了，坚持要北上、离开罗马"，庞德接受了一些食品之后离开。这家的女主人后来回忆起当年的情景时写道，"我在转角处告诉他路要怎样走。他握了握我的手，没有说话。在形势极端复杂的情况下，找到合适的语词何其困难。我目送他离开，他的拐杖规律地敲击着路面……我再也没有见过他"。②

庞德的还乡之旅从罗马开始，沿东北方向行至法拉（Fara in Sabina）和列蒂（Rieti），而后一路北上到达波洛尼亚（Bologna）。根据谷歌（Google）地图的计算，在当今的公路条件下，这条路线的里程是 444 千米，其中包括分别不少于 5 千米的上行和下行，预估总步行时间 95 小时。③ 对于时年 58 岁的庞德来说，这是在体力上极为艰辛的一段还乡路，因为根据威尔海姆的记述，诗人很有可能真的是用双足走完了这 400 多千米的路程。④ 庞德的下一站是维罗纳，而后并没有直接西行回拉帕洛，而是折向东北，到达距离奥地利不远的意大

---

① J. J. Wilhelm, *Ezra Pound: The Tragic Years (1925–1972)*, University Park: The Pennsylvania State University Press, 1994, p. 200.
② J. J. Wilhelm, *Ezra Pound: The Tragic Years (1925–1972)*, University Park: The Pennsylvania State University Press, 1994, p. 201.
③ See Google Maps: https://www.google.com/maps/dir/Rome, +Metropolitan+City+of+Rome, +Italy/Fara+in+Sabina, +Province+of+Rieti, +Italy/Province+of+Rieti, +Italy/Bologna, +Metropolitan+City+of+Bologna, +Italy/.
④ See J. J. Wilhelm, *Ezra Pound: The Tragic Years (1925–1972)*, University Park: The Pennsylvania State University Press, 1994, p. 202.

伊兹拉·庞德：旋涡中的美国诗人及其"力"的追寻

利边境城镇加伊斯（Gais）——这两段路应该是坐上了火车。他来找自己和奥尔佳的女儿玛丽（Mary de Rachewiltz）。

庞德在加伊斯休整了一段时间。在此期间，诗人第一次向 18 岁的女儿坦言，自己有多萝西这位合法妻子和在英国的儿子；而奥尔佳在玛丽出生之后就将她送到加伊斯请他人抚养，是因为她一直想要一个儿子。① 在笔者看来，庞德仿佛专门绕道至此向玛丽坦白一切。在当时的战争输赢格局下，他的举动有着浓重的生离死别、前途未卜的遗言意味。

在女儿的协助下，庞德办妥了各种旅行文书，可以无忧地乘坐火车出行了。玛丽和他一起到达博尔扎诺（Bolzano），诗人只身回到维罗纳，按照原定的还乡路西至米兰。萨罗（Salò）是从维罗纳到米兰的路上的一个湖滨小城，也是法西斯政府倒台之后在德国支持下建立的傀儡政权"萨罗共和国"的所在地。"几乎可以确定的是，庞德途中在萨罗停留，尝试和文化部重建联系。"傀儡政权的大众文化部部长"对这位美国诗人极为友善，鼓动他在 12 月米兰电台全面运行后［在此］工作"。至少在此时，漫漫还乡苦旅显然依然没有完全磨灭诗人心中的迷途星火，"从那时起，他就定期……寄过来讲稿和文章"。② 最后，如荷马史诗中经历了战争后还乡的奥德修斯一般，庞德历经艰辛但还算安然地从米兰回到了拉帕洛。

"然而，就像不安分、在伊萨卡（Ithaca）岛待不住的奥德修斯一样，庞德一点儿也没有被他的艰难经历吓倒。"他又请缨做萨罗共和国的撰稿人、播音员，继续试图扩大自己的经济思想影响，如一封日期标注为 12 月 10 日的信件所示，他提出一个可以"打破世界范围的高利贷链条"的金融方案。美国联邦调查局还查到了他在此期间

---

① See J. J. Wilhelm, *Ezra Pound: The Tragic Years (1925 – 1972)*, University Park: The Pennsylvania State University Press, 1994, p. 203.

② See J. J. Wilhelm, *Ezra Pound: The Tragic Years (1925 – 1972)*, University Park: The Pennsylvania State University Press, 1994, p. 205.

第四章　诗人/罪人：庞德的政治旋涡

的播音记录。① 终其一生，庞德虽亲身经历了两次世界大战，而他的诗与思在输赢与真假间依然执着地系于后者——只是直到此时，他对真假的评判标准依然延续了他一直以来的思维方式：他世界观中的"真"是他主观上以为的"真"，他内心里相信的"真"，不论客观实情乃至公序良俗如何。直至1944年末战事大局已定之时，庞德在思想以及客观行动上依然属于"死守荣光（honor）"的群体，感觉"总要有人抗争到底"。②

二　回到美国：从"比萨规训中心"到"圣·伊丽莎白疯人院"

1945年4月28日，墨索里尼在企图蒙混在德国士兵中潜逃的路上被游击队截获，随即被处决并示众。4天后，德军将意大利移交给盟军。随着战争终于接近尾声，对于庞德来说，他的一场象征意味更强烈的还乡之旅由此拉开帷幕：起点是意大利拉帕洛，终点是美国首府华盛顿。他又一次以己之力将过去、现在与未来连接起来，其中的残酷性在于，不同于之前在文学、艺术、政治、经济方面关于"力"的主观博弈，这种跨越数十载的隔海相守之间的续接，最终由诗人凭一己之肉身戴着枷锁来完成。

> 我们此时来到最幽深的海域，
> 基墨里奥伊岛屿，一些有人的城市
> 覆盖在浓密的雾霭里，闪耀的太阳光芒
> 都无法穿透
> 漫天星斗也没用，抑或从天堂回望的目光
> 最浓的黑夜笼罩着那些可怜的人们。

---

① See J. J. Wilhelm, *Ezra Pound: The Tragic Years (1925–1972)*, University Park: The Pennsylvania State University Press, 1994, pp. 205–206.
② J. J. Wilhelm, *Ezra Pound: The Tragic Years (1925–1972)*, University Park: The Pennsylvania State University Press, 1994, p. 209.

伊兹拉·庞德：旋涡中的美国诗人及其"力"的追寻

> 大海回流，我们于是来到
> 基尔克指明的地方。
> ——《诗章》第 1 章，根据荷马史诗《奥德赛》第 11 卷重写①

如古希腊神话中的奥德修斯及庞德本人的第一次还乡之旅那样，庞德以拉帕洛为起点的旅程依然一波三折。即使是他的"被捕"，或者更准确地说，是他主动把自己交给美军的行为也经历了一系列折腾。盟军接管意大利后不久，美军占领拉帕洛，庞德前去自首，只遇到了一些弄不清楚状况的美国普通士兵，无功而返。次日发生了一段惊心动魄的乌龙插曲。两位意大利游击队员找上门来，他们听说可以用这位美国诗人的项上人头换点赏金，就把他带走至拉帕洛附近、位于佐阿利（Zoagli）的指挥部。就在庞德被带入"一个墙上带血的院子"中时，游击队员们从上司处得知，此举不但得不到赏金，而且也不被许可。诗人又被释放了。②

有过这样一次和墨索里尼末日遭遇相似，只是结果不同的经历之后，庞德向美军自首之心应该更加坚定了——多年以来第一次，他将希望置于美国，而不是意大利处。他来到了附近的一个美军总部，见到了这里的军官。他们和那些美国普通士兵一样，并不十分清楚庞德的状况，只是在疑惑中感觉"此人一定很重要"，将他转送至位于热那亚（Genoa）大区的"反间谍中心"（Counter-Intelligence Center/CIC）。5 月 4 日，庞德在这里见到了一位联邦调查局（Federal Bureau of Investigation/FBI）的特工，诗人在细致交代自己的多次广播行为之后说，"我愿意回到美国，接受美国对我叛国罪的审判。我会当庭承认我说过的话，因为一切都是事实"，又不出我们意料地补充道，

---

① 见《诗章第一章》，载［美］伊兹拉·庞德《比萨诗章·庞德诗选》，黄运特译，湖南文艺出版社 2017 年版，第 235—236 页。
② See J. J. Wilhelm, *Ezra Pound: The Tragic Years (1925–1972)*, University Park: The Pennsylvania State University Press, 1994, p. 214.

第四章 诗人/罪人：庞德的政治旋涡

"我会亲自写下一份材料，说明我的思想基础以及 30 年来我的写作目的，我的陈述不应脱离我的这份材料去衡量"。① 这样来看，他期待一场公正的审判，希望祖国和法律关注自己"说了什么"和"说话背后的动机"。

5月21日，热那亚就庞德事宜向华盛顿发电报，次日收到回复："将伊兹拉·卢米斯·庞德即刻转移至比萨北部的规训中心并等候进一步指示"，"施行最高级别的安保措施防止他逃逸或自戕……无须优待"。② 随即，庞德在 24 日到达比萨规训中心。此时的他一定没有预料到，华盛顿那边在针对他的诉讼进行取证方面遇到了问题，因此会让他在这个地狱般的规训中心被拘半年之久后，方得以"如愿"还乡。

《美利坚合众国宪法》第三条第三款对"叛国罪"的界定是，"对合众国发动战争，或依附、帮助、庇护合众国敌人者"；在上述界定之后还有"如非经由两个证人证明他的公然的叛国行为，或经由本人在公开法庭认罪者，均不得被判叛国罪"。③ 如此看来，庞德的广播行为的确有叛国的成分在。从司法程序上看，最便捷的定罪方式就是找到两位目击证人，而恰恰在这里遇到了麻烦。在当时的科技条件下，美国联邦调查局掌握的监听记录不足以证明声音的发出者是庞德本人，而庞德在罗马电台做出"叛国"言论时，在场意大利人士无人通晓英语、听得懂他讲的具体内容。而我们从庞德在《自我辩护书》和在热那亚说的话中也能看出来，他愿意承认的只有自己战争期间的广播行为，但是自己没有背离身为一位美国公民的职责，亦即，就叛国罪而言，他觉得自己冤枉。

---

① See J. J. Wilhelm, *Ezra Pound: The Tragic Years* (1925–1972), University Park: The Pennsylvania State University Press, 1994, p. 215.
② See J. J. Wilhelm, *Ezra Pound: The Tragic Years* (1925–1972), University Park: The Pennsylvania State University Press, 1994, pp. 216–217.
③ 孙林主编：《世界主要政党规章制度文献——美国》，中央编译出版社 2015 年版，第 11 页。

伊兹拉·庞德：旋涡中的美国诗人及其"力"的追寻

庞德初抵比萨时，被关入一个后来被他称为"猩猩笼子"的露天单人牢房，大约是一个长 2 米、宽 1.8 米、高 2.1 米的空间，笼顶没有任何遮蔽。庞德日夜暴露在自然环境中，加之夜间被高亮度的灯光照射，严重受损的最先是双眼。一位当时的看守后来写下《伊兹拉·庞德：笼子里的诗人》("Ezra Pound: A Poet in a Cage")一文回忆说，他曾应庞德的要求提供了一些眼药，而他能为这位身居"无法遮挡意大利的阳光和风雨的笼子中"的诗人做的也只有这么多了。不到 20 天之后，"庞德出现了某种崩溃（身体和精神上，前者更甚）"。他接受了一些精神科医生的检查，并在刚刚从美国归来的营地长官斯蒂尔（John L. Steele）上校的职责要求和主观关照下，离开了艰苦的笼子，转移到监舍居住，并被允许使用打字机。《比萨诗章》的大部分诗篇正诞生于此。由此看来，不幸中的万幸是，诗人本人、他的才华和诗作被保存了下来。[1]

六七月间，庞德先后接受了三位精神科医生的检查。6 月 14 日，第一位医生的检查结果是，"没有妄想、幻觉和错觉"，也看不到"情绪不稳定"的症状。次日，第二位医生对他当天状态的描述和前一位差不多，不过又补充上一条预测性的"诊断"："考虑到他的年龄和心理承受能力，长时间暴露在当前的环境下可能会导致精神崩溃，目前可以看出一些征兆性的症状。"7 月 17 日，一位级别更高的医师前来为庞德作检查；从他的结论来看，诗人在 7 月间已经恢复至"很好的身体状态"，而精神上也没有太大的问题。[2]

11 月 16 日夜，比萨规训中心方终于收到华盛顿方面的最后批示，立即将庞德引渡回国。从庞德得到消息到必须启程，只有 1 个小时的时间。从威尔海姆给出的时间表来看，庞德的这段还乡路走得依

---

[1] See J. J. Wilhelm, *Ezra Pound: The Tragic Years (1925–1972)*, University Park: The Pennsylvania State University Press, 1994, pp. 217–219.

[2] See J. J. Wilhelm, *Ezra Pound: The Tragic Years (1925–1972)*, University Park: The Pennsylvania State University Press, 1994, p. 220.

第四章 诗人/罪人：庞德的政治旋涡

然狼狈。是夜20：30，庞德被押解乘坐吉普车离开比萨，沿亚平宁半岛东侧海岸线行驶，于次日凌晨4：45到达罗马东南方的钱皮诺（Ciampino）机场——罗马是他1943年还乡第一程中步行的起点，两年之后，庞德伴着风雨与颠簸，在一夜间折返。此时规划的飞行路线是罗马—马赛—里斯本—亚速尔（Azores）—百慕大—华盛顿。早8：30，飞机起飞，由于天气原因转向法兰克福，最终又改在布拉格降落（13：30）。接下来的实际途经站点和时间依次是：17：00——布鲁塞尔；18：30——英国波维顿（Bovington），在这里，庞德和他的看守人员终于用到了自清晨6：30早饭之后，这一天的第二餐；11月18日凌晨3：00——北大西洋中东部亚速尔群岛的圣玛利亚（Santa Maria）岛，由于飞机引擎损坏，他们转乘一架来自巴黎、7：00到达此地的航班［庞德后来听说（他觉得很好玩），美国驻法大使夫妇被'赶下'，腾出座位给他］；8：30——起飞；17：00——百慕大；18：30——起飞；22：30——到达华盛顿空军基地。经历了48小时的日夜兼程，刚满耳顺之年的现代奥德修斯返回了自己的出生地，只是经历了数十年的游历和漂泊，等待他的并不是团聚。庞德后来甚至对这次还乡旅程给出了一个和希腊神话指向相反的理解：他没有像奥德修斯那样朝着家的方向行进，反而更像是踏上了一场前往异国的旅行。[①]

11月19日，庞德被带到法官面前接受预审。20日，他见到了朋友劳克林帮他请的律师——以擅长处理复杂案件而出名的康奈尔（Julien Cornell）。从康奈尔律师次日写给劳克林的信来看，他对庞德的观察结果和几个月前比萨规训中心的几位精神科医生的看法差不多：他很健谈，但说话有些不着边际，精神也不太集中。康奈尔想以庞德的精神状态为由帮他申请保释，"我清楚地看到，我第一次和庞

---

① See J. J. Wilhelm, *Ezra Pound: The Tragic Years (1925 – 1972)*, University Park: The Pennsylvania State University Press, 1994, p. 252.

伊兹拉·庞德：旋涡中的美国诗人及其"力"的追寻

德会谈的时候，他根本不具备接受审讯的状态……而是需要在医院接受治疗和护理"，这成为他接下来切实执行的辩护目标。22日，庞德写信向身在意大利的母亲报平安；25日，出现幽闭恐惧症；26日，一份对他叛国罪的新诉状下达。[1]

和两年前的那纸诉状相比，这份新文书在保留前者核心之意——指出庞德"作为一位美国公民以及应该向美国效忠的个人，持续明知故犯、有意而为、自愿自觉、违法乱纪、用心险恶、谋逆背叛，加入美国的敌对方阵营，即意大利王国"的违法行为——的同时，明显在以更具说服力的内容和结构，朝着落实诗人的罪人之名的方向努力。全文篇幅很长，洋洋洒洒分为四个部分。第一部分介绍庞德的基本情况，包括他的出生地、国籍和基本公民义务。第二部分内容基本是对两年前的文书的改写。第三部分以概述的方式列出庞德的两大罪行：受聘在意大利罗马电台广播；作为美国公民却在战争期间为意大利效力，长他人志气，灭自己威风。

新诉状的第四部分占全文篇幅的80%以上，一一列出"被告人伊兹拉·庞德"包含时间、地点等信息在内的19条罪状。和之前的文书相比，新诉状作了一些有益的补充：增加了针对庞德种族歧视行为的控诉（第2条）；有的在提及广播、录音时会讲到具体内容和在场见证人；关乎庞德从中获得金钱好处时会标注具体金额。我们以第1条、第8条和第16条为例：

> 1. 在1942年9月11日当天或者前后，上述被告人伊兹拉·庞德，出于向战时与美国为敌的意大利王国及其当时同盟提供援助和慰藉的目的，在由意大利政府控制、位于意大利罗马的广播站的话筒前说话，从而以录音的方式记录下一些讯息、演说和讲

---

[1] See J. J. Wilhelm, *Ezra Pound: The Tragic Years (1925–1972)*, University Park: The Pennsylvania State University Press, 1994, p. 255.

第四章　诗人/罪人：庞德的政治旋涡

话，用来向美国及其军事同盟播放；上述讯息、演说和讲话的核心目的，是在美国及其军事同盟间制造分裂和不信任；上述被告在上述讯息、演说和讲话中传达出如下主旨：这是一场经济战争，美国及其同盟是其中的侵略者。

8. 1942年7月29日至1943年7月25日，上述被告人伊兹拉·庞德，出于向战时与美国为敌的意大利王国及其当时同盟提供援助和慰藉的目的，在大陪审团成员无法确切了解其日期的某一天，在阿尔曼多·焦瓦尼奥利（Armando Giovagnoli）和朱塞佩·布鲁尼（Giuseppe Bruni）在场的情况下，在由意大利政府控制、位于意大利罗马的广播站的话筒前说话，从而以录音的方式记录下一些讯息、演说和讲话，用来向美国及其军事同盟播放。

16. 在1942年7月11日当天或者前后，上述被告人伊兹拉·庞德，出于向战时与美国为敌的意大利王国及其当时同盟提供援助和慰藉的目的，因其在意大利罗马的广播站编纂并录制讯息、演说和讲话继而在美国等地进行播放，而从意大利王国获取总计700里拉的报酬。[①]

从如此严谨的罪状陈述中，我们能隐约看出美国司法部在庞德的"叛国罪"问题上取证的艰难。他们能确定的唯有庞德的播音地点，却很难把握绝大多数确切时间——19条中只有第4条使用的是确切日期，而非类似第1条的推测日期或第8条的起止时间。庞德讲话的具体内容和他发生播音行为时的现场目击证人这两方面关键信息在司

[①] See Charles Norman, *The Case of Ezra Pound*, 1968, New York: Funk and Wagnalls, 1968, pp. 78, 80, 82.

伊兹拉·庞德：旋涡中的美国诗人及其"力"的追寻

法层面上非常重要，然而，二者从未同时出现在任何一条的内容中——或者如第 1 条般有讲话内容而无目击证人，或者如第 8 条般有目击证人而不知其所云为何。类似第 8 条中"大陪审团成员无法确切了解其日期的某一天"的辞令也频频出现，甚至在涉及金钱好处的条文中，他们也没有掌握每一次报酬的具体数额，例如第 19 条中提到，"……获取大陪审团成员无法确切了解其报酬的数额……"[①]

11 月 27 日，庞德第一次上庭。根据康奈尔律师的回忆，当他"向法庭陈述被告人的状态使他无法自己提出诉求，向劳斯（Laws）法官申请无罪辩护"时，庞德"一言不发，双手重叠，目光低垂"；康奈尔进而表示，"庞德急需医疗救护，他要求［将被告］从监狱转至医院"。这位律师最终为庞德争取到的结果是，12 月 4 日，诗人被转移至一家"有精神障碍病人病房"的普通市立医院。[②]

随后，4 位精神科医生接受法庭的委任组成检查组，对庞德的身体和精神状况进行评估。12 月 14 日，四人联名签署一份检查报告，呈交给上述美国特区法庭的劳斯大法官。报告的抬头（或者只是置于抬头位置的落款）是"联邦安全署"（Federal Security Agency）和"圣·伊丽莎白医院"。从内容来看，第一长段从庞德到达华盛顿后从监狱到医院的空间转移说起，介绍四人受委任的过程；谈到实质意义的检查时，报告人细细列出问诊时间、是单独还是集体会见这些情况，段末一句说，"我们掌握的是被告人的实验室和心理学报告、会诊体检记录，以及他的写作和生平线索上的一些重要资料"。[③]

第二、三段似乎在对首段中的那句概述进行扩充说明。第二段以"现年 60 岁的被告人整体身体状况良好"开始，介绍说这曾经是一

---

① See Charles Norman, *The Case of Ezra Pound*, 1968, New York: Funk and Wagnalls, 1968, p. 82.
② See J. J. Wilhelm, *Ezra Pound: The Tragic Years (1925 – 1972)*, University Park: The Pennsylvania State University Press, 1994, p. 256.
③ See Charles Norman, *The Case of Ezra Pound*, New York: The Bodley Press, 1948, p. 66.

第四章　诗人/罪人：庞德的政治旋涡

位"工于文学的少年老成之士"。而后谈到他过去几十年间在国与国间的辗转，一方面"通过写诗撰文维持不稳定的生计"，另一方面又在诗文上"取得了令人瞩目的成就"。话锋一转，报告说他近年来思想中的货币理论和经济转向影响了他的文学创作，并使他在性格上变得"古怪，暴躁，以自我为中心"。行至第三段才触及在笔者看来，一份精神科医生报告中最应突出的内容，说他在判断、行为、语言、注意力方面出了问题——而对这几方面"病症"的介绍并不集中，中间还夹杂着庞德自述对自己广播行为的认识（"没有背叛"），以及他的出发点（"拯救宪法"）。[①] 最终，他们的末段结论如下：

> 我们认为，随着年事渐长，他多年以来失常的人格进一步扭曲，已发展至妄想症的程度。因此，他的精神状况使他无法与律师正常交谈，也不具备自我辩护的理解力和逻辑能力。也就是说，他罹患了精神疾病，精神上不具备接受审讯的能力，需要在精神病院接受治疗。[②]

这份报告得到了法庭的认可。庞德接下来的命运，如12月23日的《纽约先锋论坛报》（*New York Herald Tribune*）出现的报道：

> 伊兹拉·庞德，被指控叛国罪的美国诗人，今日被4位精神科医生组成的检查组认定"罹患了精神疾病，精神上不具备接受审讯的能力"，被当地联邦特区法院移送至华盛顿圣·伊丽莎白疯人院。[③]

[①] See Charles Norman, *The Case of Ezra Pound*, New York: The Bodley Press, 1948, p. 66.
[②] See Charles Norman, *The Case of Ezra Pound*, New York: The Bodley Press, 1948, p. 67.
[③] See J. J. Wilhelm, *Ezra Pound: The Tragic Years (1925–1972)*, University Park: The Pennsylvania State University Press, 1994, p. 257.

这份新闻报道在介绍基本事实之后，还收集了来自检察机关的质疑意见——被告人是真疯还是装疯，法律是否在让一位罪人蒙混过关。无论如何，从庞德的个人遭遇来看，他接下来的12年半的时间，都在上述"圣·伊丽莎白疯人院"度过。而他的"叛国罪"一直伴随着这个漫长的过程。

三　如谁所愿？——"圣·伊丽莎白疯人院"的故事

如上文所述，1943年的第一份起诉书下达时，还有7人和"被告人伊兹拉·庞德"一道"作为一位美国公民以及应该向美国效忠的个人，持续明知故犯、有意而为、自愿自觉、违法乱纪、用心险恶、谋逆背叛，加入美国的敌对方阵营"，由此获罪。而其他7人的行为都与德国有关，只有庞德是在意大利。从结果上来看，庞德是为自己的行为付出代价最重者之一。8人中有5人从未受审，2人在启动司法程序之前离世，3人因为证据不足而被撤诉。在走入司法程序的3人中，除庞德之外的另两人是贝斯特（Robert Henry Best）和钱德勒（Douglas Chandler）。前者在刑拘期间去世，后者在1947年被判终身监禁——此人在1963年被肯尼迪（John F. Kennedy）总统释放，前提条件是离开美国，"他立即逃往德国，永远消失了"。[①]

1985年11月（恰逢庞德诞辰百年），一场名为"受审的庞德"（Pound on Trial）的三人论坛进行。与会者之一拉辛（Conrad L. Rushing）后来根据自己的发言要点，写出《"只是说话"：庞德的审判》（"'Mere Words': The Trial of Ezra Pound"）一文。他是美国加利福尼亚州高等法院法官，从事一些法律与文学方面的研究和授课。他将"庞德的审判"定义为"并非对叛国行为的审判，这一程序的目的在

---

① See J. J. Wilhelm, *Ezra Pound: The Tragic Years (1925 – 1972)*, University Park: The Pennsylvania State University Press, 1994, p. 198.

第四章 诗人/罪人：庞德的政治旋涡

于裁定他是否有能力接受审判"。① 他将庞德的案件和同时期若干同性质案件——其中包括上述美国和庞德同一批次、对贝斯特和钱德勒二人的起诉——进行比对分析，得出的基本结论是："在庞德委身圣·伊丽莎白医院一两年后，他的案件就应该被审理。因为即使结论是他有罪，他也有洗脱叛国罪名的合理机会。很明显，他不会因此被关起来太久，亦即，即使入狱，他的服刑时间也很有可能大大少于他被锁在精神病院的年限。"②

拉辛首先举出两例发生在美国、和庞德案有若干相似点的"叛国罪"审判案例。第一位被告人是一位名为斯托克斯（Rose Pastor Stokes）的女性，她因为在1920年写给一家报社的信中包含了一些反政府的不当言论［包括庞德如在三四十年代读到，必会产生些许共鸣的对美国的评价，例如，"我为人民服务，而政府在为投机倒把者（profiteer）效劳"］而被以叛国罪名起诉，一审宣判入狱10年，而后又被撤销罪名和徒刑责任。第二位被告人是克莱默（Anthony Kramer），1942年，他在可能不知情的情况下帮助了几位乘坐潜水艇而来、企图破坏美国军事工业的德国朋友，被以叛国罪名起诉并判处50年徒刑——"法官说，他应该判他死刑，但是没有证据显示，克莱默了解这些破坏者的具体目标"。③

无论是斯托克斯的被无罪释放还是克莱默的逃过一死，从量刑结果上来看都是被相对从轻发落，而如此"幸运"也是出于相同的法律原则："［叛国罪］的落实都需要'想法'（thought），也就是背叛

---

① Conrad L. Rushing, "'Mere Words': The Trial of Ezra Pound", *Critical Inquiry*, Vol. 14, No. 1, 1987, p. 111.
② Conrad L. Rushing, "'Mere Words': The Trial of Ezra Pound", *Critical Inquiry*, Vol. 14, No. 1, 1987, p. 112.
③ Conrad L. Rushing, "'Mere Words': The Trial of Ezra Pound", *Critical Inquiry*, Vol. 14, No. 1, 1987, pp. 115–117.

的意图。"① 而在二人处，如此在法律链条上必不可少的一环或者缺失，或者证据不足。也就是说，"只是说话"不足以成为叛国罪成立的充分条件。但康奈尔等庞德一方的辩护者同时参照的还有一个来自战后英国的叛国罪案。这个案子相对复杂些，只是被告人焦易斯（William Joyce）的"罪行"以及他的"国籍"归属问题在整体卷宗中的突出，使得他的案例显现出一些和庞德的鲜明的共同点，同样具有参照价值。他被判处死刑。重点是，在他这里，"只是说话"足以成为罪与罚的理由——"从庞德的角度来说，焦易斯案的最恼人之处一定是：英国法庭甚至都不多看焦易斯的广播内容，就从为敌人广播这一行为本身即构成叛国的角度定了他的罪"。②

让我们再来看和庞德同时被起诉的贝斯特和钱德勒。三人的案件体现出的高危叛国罪的共同迹象是：他们拿过敌国的金钱好处（和贝斯特的500马克/月和钱德勒的2500马克/月的巨款相比，庞德的"叛国"显得有些卑微），表现出倾向敌国而非美国的情感，他们都反对战争。但让贝斯特和钱德勒难以自圆其说的是，人证、物证及二者的有效性使他们的叛国动机无可辩驳。而他们案件的调查、审理、定罪过程中产生的一些和庞德案极为相似，却在结果上不同的元素，使得庞德的案件在司法领域也时时表现出自己的特殊性。

康奈尔律师动用了一系列辩护策略，并在实施过程遇到了各种幸或不幸的偶然因素，从结果上来看，他基本实现了自己向劳克林等人声明过的辩护目标。他一直在拖延庞德的上庭，或者受审时间，原因之一是"他要让贝斯特和钱德勒先行受审，这样即使庞德还是有叛国罪，也会在和两位为德国广播者的对比中成为不起眼的小人物"③。

---

① Conrad L. Rushing, "'Mere Words': The Trial of Ezra Pound", *Critical Inquiry*, Vol. 14, No. 1, 1987, p. 117.
② Conrad L. Rushing, "'Mere Words': The Trial of Ezra Pound", *Critical Inquiry*, Vol. 14, No. 1, 1987, p. 118.
③ See Conrad L. Rushing, "'Mere Words': The Trial of Ezra Pound", *Critical Inquiry*, Vol. 14, No. 1, 1987, p. 120.

第四章 诗人/罪人：庞德的政治旋涡

在四位精神科医生检查报告呈交两天后，康奈尔又写信给四人之一曼西（Wendell Muncie）医生，请他在出庭作证时强调两方面：第一，庞德在精神心理上已经不能理解这场诉讼，从而无法协助律师进行辩护；第二，他经受不住长时的审讯。二者缺一不可。至少作为法律专业人士的拉辛并没有在他的文章中指出康奈尔的如此行为是否有不妥当的地方；或许可以这样理解，这些都是四位医生正式提交的书面报告中已经涉及的内容，康奈尔只是在请求他们强调对实现他的辩护目标有利的这两方面。

此时出现的第一个偶然因素是同样在医生四人组，和曼西（他由康奈尔提名加入）背景不同的奥弗霍尔兹（Winfred Overholser）医生对庞德不具有受审行为能力这一结论的支持。奥弗霍尔兹医生由政府委派，也是政治背景深厚的圣·伊丽莎白医院的负责人。拉辛认为，无论从奥弗霍尔兹个人还是作为医生的专业性角度来看，他出于私心或其他违反医学、法律专业素养考虑而做出渎职行为的可能性很小——拉辛猜想，或许奥弗霍尔兹的考虑是，更重要的是法庭对他们的检查结果的认可程度。至少对于此时的庞德而言，幸运的是，在执行司法程序和听证他的行为力的过程中，又出现了若干于他有利的偶然因素。

在庞德之前，法庭也曾为钱德勒举行过判定他的精神状态和行为能力的听证会。从拉辛的法律专业角度来看，这场听证会才是类似司法程序的常规进行方式："和庞德的听证会只进行了几个小时不同，钱德勒的精神状态听证会用了 5 天时间，［程序上］包括辩护、精神科学证明、普通目击者和一些文书证据"[1]。钱德勒最终没能如愿以偿。两相对照分析之下，当时的康奈尔和后来的拉辛都认为，如果《比萨诗章》——此时已经由联邦调查局掌握并经由精神科医生评

---

[1] Conrad L. Rushing, "'Mere Words': The Trial of Ezra Pound", *Critical Inquiry*, Vol. 14, No. 1, 1987, p. 122.

估——成为呈堂证供，庞德的听证会结果也凶多吉少。而与该物证直接相关的转机是，另一位同样在四人小组中，而且是由政府委派的金（Marion R. King）医生表示，"和早期作品相比……他在比萨营作的……这些诗语无伦次，我无法理解"①。这自然是康奈尔想让法庭听到的证词。

在《比萨诗章》之外，联邦调查局掌握的另一对庞德极为不利的物证是他7000多页的手稿——在贝斯特的案件中，类似的文字成为证明被告人主观叛国动机的重要凭证。物证的来源是否正当是决定其法律效力的关键因素。根据美国宪法修正案第四条的规定，"人民保护其人身、住房、文件和财务不受无理搜查扣押的权利不得侵犯；除非有合理的根据认为有罪，以宣誓或郑重声明保证，并详细开列应予搜查的地点、应予扣押的人或物，不得颁发搜查和扣押证"②。这样来看，在法律程序上，1945年联邦调查局对庞德在意大利、贝斯特在奥地利的住所进行的搜查都有违规的地方——不仅涉及当事人是否有罪此时尚无定论的问题，而且搜查行为都没有获得相应法律许可。而于庞德有利的偶然因素再一次发生。1945年5月，也就是美国特工搜查这位诗人的居所时，美军尚未正式获得对该地区的军事接管权。相反，在8月，联邦调查局对贝斯特的住宅采取同样的调查行动时，美军已经获得在奥地利"清除纳粹余党"③的授权。总之，在美国法律的支持下，庞德的7000多页手稿不具有呈堂证供的效力。

由此，在庞德是否具有行为能力接受法律审讯的问题上，劳斯法官在很大程度上成为终极决定人物。在种种因素的合力作用下，如拉

---

① See Conrad L. Rushing, "'Mere Words': The Trial of Ezra Pound", *Critical Inquiry*, Vol. 14, No. 1, 1987, p. 123.
② 孙林主编：《世界主要政党规章制度文献——美国》，中央编译出版社2015年版，第14页。
③ Conrad L. Rushing, "'Mere Words': The Trial of Ezra Pound", *Critical Inquiry*, Vol. 14, No. 1, 1987, p. 128.

第四章 诗人/罪人：庞德的政治旋涡

辛在文章中所言，"劳斯法官在处理庞德案时的透明程度，一定要高于任何该案的经手人"①。这种法律意义的高透明程度最直观地体现在他对两位目击证人及证据链的重视。之于前者无须赘言，之于后者需要补充的是，"谁能证明庞德录制的那些讲话就是后来被广播出去的声音？"② 在拉辛看来，劳斯法官最终对庞德精神状态的认可及对他去向的裁定，是在当时情境中兼顾"公正"与"惩处"的"明智"之举。

首先，无论是出于法律公正还是慑于庞德一些"有身份的朋友"[其中包括卡明斯（E. E. Cummings）、海明威等人] 的权威，英国焦易斯案中的死刑判决无论如何无法在庞德处得到执行。劳斯法官的"策略"有些顺水推舟之势，"如果庞德确实想去圣·伊丽莎白，他们为什么不让他去呢？"也算是给了舆论一个交代。因为根据拉辛的介绍，至少法官一定很清楚，圣·伊丽莎白医院是一个比监狱更难熬的地方：

> 圣·伊丽莎白是一个等待被曝光的丑闻。它从来都没有达到过美国精神卫生协会（American Psychiatric Association）的行业标准。而要把一位病人送到精神病院，治疗目的是惟一的法律依据。在圣·伊丽莎白的一些病房，1000名患者只有两位精神科医生，因此，其中究竟有没有治疗行为都是一个问题。这里的负责人奥弗霍尔兹是哥伦比亚特区被起诉次数最多者之一。例如"米勒（Miller）—奥弗霍尔兹案"。米勒的起诉得到了法庭的支持，前者表示，他被非法"和一群野蛮、暴力的疯子"关在了一起并"被他们攻击"，成为"恶毒的、非人道的和暴力的行

---

① Conrad L. Rushing, "'Mere Words': The Trial of Ezra Pound", *Critical Inquiry*, Vol. 14, No. 1, 1987, p. 124.
② Conrad L. Rushing, "'Mere Words': The Trial of Ezra Pound", *Critical Inquiry*, Vol. 14, No. 1, 1987, p. 124.

伊兹拉·庞德：旋涡中的美国诗人及其"力"的追寻

为"的受害者。①

于是，在各种因素的作用下，关于庞德的行为能力的听证会以各方暂时的如愿以偿收尾。对于劳斯法官及其代表的政府、司法等权威部门来说，如此结果也为他们留下了充分的转圜余地。如拉辛看到的，"如果这一裁定之后，美国媒体表示愤怒，当选官员也来施压，要求他们'做些什么'，庞德随时可以被带回法庭，再来一次听证，被迫接受审讯"。无论如何，"政府……在这样的结果中几乎没有任何损失"。②

从事后眼光来看，康奈尔当时为庞德作的不具备行为能力辩护有不智的地方，毕竟庞德有机会接受一场他期待的、来自祖国的审判，随即洗刷自己的叛国罪名。或许，有若干叛国罪案例在先，康奈尔的辩护已经是在没有预知能力的情况下所能取得的最好成绩。毕竟，如果没有那么多实际发生的偶然事件，或者相反发生了一些不利于庞德的必然情况，死刑或者终身监禁带来的代价，以及改判的难度会更大。毕竟直至贝斯特、钱德勒的案件告一段落之时，庞德的"胜算"在拉辛看来也不过略略高于"五成"而已。③ 只是在这个过程中，庞德作为被告却始终处于缺席状态——他主动让自己在司法程序中沉默。拉辛借用美国哲学家莫里斯（Herbert Morris）关于"受罚"也是"人之为人的权力"的观点，指出庞德在这个过程中被剥夺了如此权力的现实。④ 12 年半的圣·伊丽莎白岁月并没有磨灭庞德的信

---

① Conrad L. Rushing, "'Mere Words': The Trial of Ezra Pound", *Critical Inquiry*, Vol. 14, No. 1, 1987, pp. 124–125.
② Conrad L. Rushing, "'Mere Words': The Trial of Ezra Pound", *Critical Inquiry*, Vol. 14, No. 1, 1987, p. 125.
③ Conrad L. Rushing, "'Mere Words': The Trial of Ezra Pound", *Critical Inquiry*, Vol. 14, No. 1, 1987, p. 130.
④ See Conrad L. Rushing, "'Mere Words': The Trial of Ezra Pound", *Critical Inquiry*, Vol. 14, No. 1, 1987, p. 125.

第四章 诗人/罪人：庞德的政治旋涡

念与执着。他依然在写作，思考，会客，生活。当然，无论是他的羁押还是被释，都是各方力量交织的复杂过程。而诗人及其家人的意志力在于，他们拒绝诗人以罪人之身被侥幸赦免，而一定要让其以法律意义上的清白之身走出圣·伊丽莎白医院，远离这方一生所系的故土。例如，1948 年，康奈尔尝试帮助庞德申请保释，而多萝西在回信中请他不要提起上诉，她说，自己的先生"并不关心自己有没有疯，他在乎的是自己没有犯下叛国罪——背叛的行为发生在白宫，而不是拉帕洛，人们最终会看到这一点"[1]——诗人一度用诗与思追寻的历史上的"闪闪发光的细节"，他在自己的现实行动中做到了。

第三节 《比萨诗章》之二则："梦想的巨大悲剧"与"高利贷者的鬼天堂"

庞德集"诗人/罪人"合一的身份，以及他人对其中或者一方面或者二者兼有的疑问为他的政治旋涡带来了无尽的复杂性。我们在尝试呈现这种复杂性的过程中，频频提及的诗作是《比萨诗章》。从创作背景来看，如前所述，后来成为《诗章》第 74—84 章的这 11 则文字诞生于庞德被羁押在意大利比萨北部的规训中心期间，主体部分是在斯蒂尔上校将诗人转至条件相对好些的监舍居住，并允许他使用打字机之后创作的。同时，诗人的零星书写在此之前即已在更艰难的处境下开始（也就是杜丽特尔在回忆录中呈现的"他卧在铁笼子的地板上，写着《比萨诗章》"[2]）。威尔海姆的研究显示，"一些写在厕纸上的片段留存了下来，耶鲁大学善本图

---

[1] See Conrad L. Rushing, "'Mere Words': The Trial of Ezra Pound", *Critical Inquiry*, Vol. 14, No. 1, 1987, p. 133.

[2] Hilda Doolittle, *End to Torment: A Memoir of Ezra Pound*, New York: New Directions, 1979, p. 44.

伊兹拉·庞德：旋涡中的美国诗人及其"力"的追寻

书馆还藏有一个他当时的小笔记本，其中正面写着一些《比萨诗章》的内容，反面是对儒家作品的少许翻译"[1]。在文本之外的现实中，这11则诗章为庞德带来的争议还有：在针对他的罪与罚的权衡中，成为证据链上比较关键却又最终缺席的一环；以及博林根诗歌奖（The Bollingen Prize for Poetry）以此为授奖依据，却不出意外地引发舆论哗然的事实；等等。而从《比萨诗章》本身作为一部文学作品的角度来看，无论是它成为首届博林根奖的获奖作品，还是当时及后来人对其文学成就的充分肯定，甚至就这是庞德诗作目前在中国的唯一中译本而言，诸事实都使其成为中外研究者的焦点以及赞颂对象。如特威切尔-沃斯（Jeff Twitchell-Wass）在为《比萨诗章》作的导读文章中所言，"《比萨诗章》包括庞德雄心勃勃的史诗中许多最著名的段落，自从1948年发表以来，被广泛认为是整个《诗章》的华彩部分"[2]。

由此，《比萨诗章》在那个特别的时间及地点中生成。更为重要的是，它是这位旋涡中的美国诗人在如此艰难而特别的处境中，贯穿起自己从文学、艺术生发，以经济为过渡，最终深陷政治旋涡的这一条生平及思想线索的集中之作。这在其中最长的两则，即第74章和第80章中格外明显。

庞德当时的思想危机奠定了《比萨诗章》的基本情感背景。第74章的开头，也是全《比萨诗章》的首句使之一览无余：

> 梦想的巨大悲剧在农夫弯曲的双肩
> 梅恩斯！梅恩斯被抽打，塞满干草，

---

[1] J. J. Wilhelm, *Ezra Pound: The Tragic Years (1925 – 1972)*, University Park: The Pennsylvania State University Press, 1994, p. 221.

[2] [美] 杰夫·特威切尔-沃斯：《"灵魂的美妙来自帐篷中，泰山下"——〈比萨诗章〉导读》，张子清译，载蒋洪新、李春长编选《庞德研究文集》，译林出版社2014年版，第264页。

第四章　诗人/罪人：庞德的政治旋涡

> 同样，本和克莱拉在米兰
> 　　被倒挂在米兰①

结合庞德此前的经历，这句话背后的典故不难理解。悲剧感的直接触发点无疑是创作《比萨诗章》数月前的那次著名的血腥事件——同年4月底，墨索里尼（即诗中的"本"）和伴侣（即"克莱拉"）在某村庄中被处决后，遗体被"拉到米兰"并"被倒挂"示众。特里尔更为细致的解读显示，首句将"梦想的巨大悲剧"与"农夫弯曲的双肩"相联系，是"庞德寄希望于法西斯主义能够实现的社会福利之一"，"可能是墨索里尼在1934年作出的承诺：以80年为限，意大利的全体农民都将有自己的房屋"；而在《杰斐逊和/或墨索里尼》一书中，庞德一度乐观地预计，"我一直都坚信他不需要80年来兑现，他只是不习惯大放厥词而已"。②而从庞德自第一次世界大战前夕至当时第二次世界大战即将结束、贯穿30余年的跨国经历来看，这一具体展望的破灭是一种以点概面的表达，背后承载的精神危机是特威切尔-沃斯提出的、我们在阅读《比萨诗章》时需了解的基本前提："庞德花了三十年时间构筑这部诗所寄予的希望在各个层面上都破灭了。希望结束所有的战争，结果看到的是有史以来最大、最具毁灭性的战争。他全力支持的政府和政治运动遭到彻底的失败，并且名誉扫地。个人方面，这位诗人被关押在条件恶劣的地方受审，受到可能处极刑的起诉。"③

很多学者都注意到，和《诗章》中的其他部分相比，《比萨诗

---

① ［美］伊兹拉·庞德：《比萨诗章·庞德诗选》，黄运特译，湖南文艺出版社2017年版，第2页。
② Carroll F. Terrell, *A Companion to the Cantos of Ezra Pound*, Berkeley: University of California Press, 1980, p. 362.
③ ［美］杰夫·特威切尔-沃斯：《"灵魂的美妙来自帐篷中，泰山下"——〈比萨诗章〉导读》，张子清译，载蒋洪新、李春长编选《庞德研究文集》，译林出版社2014年版，第268页。

伊兹拉·庞德：旋涡中的美国诗人及其"力"的追寻

章》的一个明显变化是第一人称的频繁出现——这并非在单纯运用20世纪现代派诗歌中常见的面具创作法，而是确实与庞德本人关系甚密。威尔海姆将此"我"在《比萨诗章》中吟唱的诗行概述为"辉煌的过去，焦灼的当下和未知的未来"[1]。诗人继续自己在《诗章》中一贯采取的拼贴方式，又在时空交错、虚实相间的诗行中夹杂了更多碎片化的个人经历——来自当下或记忆的，基于现实或想象的。其中的人事更迭和自然景物中最常出现的，是来自伦敦岁月的回音，儒家经典滋养下的联想，以及部分关于经济、政治的认知。如特威切尔-沃斯在充分肯定这部作品在庞德个人创作生涯中的地位之后所言，"《诗章》，尤其是《比萨诗章》的重要意义是一种在现代生活无序和混乱里竭力理出条理来的努力"[2]。而面对这样一部如庞德所处的"现代生活"般"无序和混乱"的作品，我们一直循此前行的"艺术—经济—政治"线索或可成为将这种"条理"所指为何"竭力理出"的方式一种。

《比萨诗章》以及《诗章》整体对"辉煌的过去"的呈现，往往旨在和"焦灼的当下"与"未知的未来"形成对照。而《比萨诗章》的特别之处在于，"过去"的来源在承续其他章节也会采用的西方的神话和历史、东方的艺术与智慧的同时，又明显加入了一些诗人三十年来的个人经历与思考。以《诗章》第80章为例，虽然行至约四分之一篇幅处，即从"于是离开美国，我身携80美元/离开英国，一封托马斯·哈代的信/离开意大利，一颗桉树籽"[3] 开始，以20世纪第二个十年的伦敦岁月为核心的诗人的个人经历才更为明显；但细

---

[1] J. J. Wilhelm, *Ezra Pound: The Tragic Years (1925–1972)*, University Park: The Pennsylvania State University Press, 1994, p. 221.

[2] ［美］杰夫·特威切尔-沃斯：《"灵魂的美妙来自帐篷中，泰山下"——〈比萨诗章〉导读》，张子清译，载蒋洪新、李春长编选《庞德研究文集》，译林出版社2014年版，第265页。

[3] ［美］伊兹拉·庞德：《比萨诗章·庞德诗选》，黄运特译，湖南文艺出版社2017年版，第150页。

第四章 诗人/罪人：庞德的政治旋涡

究从本则诗章开篇一词一句的来历，背后的深意早已产生了静水流深式的智慧。以下就此举隅若干。

《诗章》第80章以一句乍看起来略显突兀的引语开篇，"没犯啥联邦法，就干了点儿小坏事而已"，随即在几个同在比萨规训中心的囚犯名字后写道，"这样反省我们蒸蒸日上的古怪律法"。[①] 四行诗的原文糅合了三种语言：开篇引语是法文，"律法"一词是希腊语，其余部分为英语。而非英语部分无论从所涉内容还是情感表现角度来看都显得有些疑惑、嘀咕的意味。如特里尔对最后一句的解读所示，"杀人犯和强奸犯受到的判决和那些犯轻罪的差不多，这使得司法显得古怪"[②]。如此看来，在这四句诗中，虽然说话的是他人，沉默的是诗人，但前者的嘀咕正是后者的疑惑所在——很明显，直到此时，以及从始至终，庞德依然不改自己在那份《自我辩护书》中表达的基本观点：无论从何种角度看，他都不应被判有"叛国"这样严重的罪名。在《比萨诗章》第80章中，相距两三页之后还有一句提到了一位叫"贝当"[③]的人，再度迂回地表达出这种"冤屈"。因为按照特里尔提供的背景信息，这位"贝当"（Henri Philippe Pétain）是第二次世界大战期间的一位法国将军，和庞德遭遇的相似之处是，贝当将军"被控诉为'敌特'（intelligence with the enemy）并判处终身监禁"；而让后人有理由质询其中是否有争议的一个事实是，针对他是否有罪的投票双方仅存一票之差（"14对13"）。[④]

在《诗章》第80章中，庞德的悲剧感既有上述个人化的，也必

[①] [美]伊兹拉·庞德：《比萨诗章·庞德诗选》，黄运特译，湖南文艺出版社2017年版，第137页。

[②] Carroll F. Terrell, *A Companion to the Cantos of Ezra Pound*, Berkeley: University of California Press, 1980, p. 429.

[③] [美]伊兹拉·庞德：《比萨诗章·庞德诗选》，黄运特译，湖南文艺出版社2017年版，第140页。

[④] Carroll F. Terrell, *A Companion to the Cantos of Ezra Pound*, Berkeley: University of California Press, 1980, p. 424.

伊兹拉·庞德：旋涡中的美国诗人及其"力"的追寻

然包括他对意大利法西斯政权及其领袖大势已去的心碎感。而其中和这样"焦灼的当下"与"未知的未来"形成一定对照的，是以伦敦岁月为核心的"辉煌的过去"：一方面，这是诗人钟爱的文学与艺术得以蓬勃发展的黄金时期；而另一方面，从事后眼光来看，如此理想环境随着各种外在条件的变化而不幸迅速逝去的事实反而进一步加剧了上述"梦想的巨大悲剧"感。而这种基调在《诗章》第80章中的呈现方式，正是庞德早在伦敦岁月间的旋涡主义诗学及中国书写文字的交织启发间提出的"闪闪发光的细节"[1]，具体例如："玛戈特的死"——玛戈特是一位用行动表达对旋涡派视觉艺术团体的支持的女性人物，戈蒂耶为她画过像，庞德很欣赏她；"亲爱的瓦尔特……大雪纷飞/煤气却被掐掉了"——德国音乐家在20世纪初巴黎的如此窘境使我们联想到以戈蒂耶为代表的旋涡派视觉艺术家在伦敦生存的艰难；"西班牙面包/在那个时代是用谷物做的"——对谷物面包而非白面包的流行喜好使得诗人再度习惯性地在过去和异域中寻找闪光；更为明显的寄托是先后出现两次的"桉树籽"——只不过从第80章一开始，"桉树籽丢了"。[2]

以"于是离开美国，我身携80美元"为前后两部分的分界，和第一部分以浮光掠影的方式对艺术家、艺术品及赞助人的明暗影射相比，第二部分则明显更加集中地将思绪带回1915年前后的伦敦。虽然从形式来看依然是碎片化、跳跃性的现实与记忆交织，但在具体动态的意象流动中，诗人伦敦岁月间一见如故的友人、踏足的街道、去过的咖啡店等高频地闪现于其间，只是时时伴随着一种谢幕的落寞感。最明显的莫过于博物馆附近的"那家咖啡屋的关闭/意味着B.

---

[1] Haun Saussy, "Fenollosa Compounded: A Discrimination", in Ernest Fenollosa and Ezra Pound, *The Chinese Writing Character as a Medium for Poetry: A Critical Edition*, Haun Saussy, et al., eds., New York: Fordham University Press, 2008, p. 4.

[2] [美] 伊兹拉·庞德：《比萨诗章·庞德诗选》，黄运特译，湖南文艺出版社2017年版，第137—138页；Carroll F. Terrell, *A Companion to the Cantos of Ezra Pound*, Berkeley: University of California Press, 1980, pp. 178, 429。

第四章 诗人/罪人：庞德的政治旋涡

M. 时代/（大英博物馆时代）的结束"[①]——第一部分曾有一句"让我记住那些逝去的日子/无人/无时/现已时光不再/无人/无时"，而这句则将这种抽象的孤寂感以现实经历具体化。对于相对个体化的旋涡派视觉艺术团体以及整体意义上伦敦的文学、艺术氛围而言，战争加速了其由盛而衰的进程；而战前战后慧眼识珠的赞助人的持续短缺进一步扼杀了以旋涡派视觉艺术为代表的伦敦文学、艺术的蓬勃——至少在庞德看来如此。于是，诗人在第 80 章中两次谈到一位名为"南希"（Nancy Cunard）的美国艺术家暨赞助人，其中第二次仿佛一声注定没有回音的呼唤，"南希你在何处？"[②] 而之于当下的战争，庞德的跨时空诗思表现在，他以动态的旋涡式意象直接呈现的并非发生在他所在的 20 世纪的那两次毁灭性的世界大战，而是几个世纪前，英格兰历史上发生在约克（York）家族与兰卡斯特（Lancaster）家族间的战争。描绘战争乱象间还提及了两位"被斩首的英格兰王后"。[③] 这里或许是对同样身首异处的墨索里尼和情人克莱拉的指涉。

《诗章》第 80 章以"日落，伟大的设计师"作结，稍前几行还有一句感叹式的追问，"上帝知道我们的伦敦还剩下些什么/我的伦敦，你的伦敦"。[④] 这种一览无余的落幕感仿佛是在将《休·赛尔温·莫伯利》中的 E. P. 与莫伯利冠以诗人庞德之名——"我"自 20 世纪第二个十年起，从英国伦敦、法国巴黎到意大利拉帕洛，以一己之力在艺术、经济、政治、西方、东方间苦苦追寻了那个抽象的、具有最大"力"的旋涡 30 余年，最终还是失败了。在这则诗章

[①] ［美］伊兹拉·庞德：《比萨诗章·庞德诗选》，黄运特译，湖南文艺出版社 2017 年版，第163 页。
[②] ［美］伊兹拉·庞德：《比萨诗章·庞德诗选》，黄运特译，湖南文艺出版社 2017 年版，第171 页。
[③] ［美］伊兹拉·庞德：《比萨诗章·庞德诗选》，黄运特译，湖南文艺出版社 2017 年版，第183 页。
[④] ［美］伊兹拉·庞德：《比萨诗章·庞德诗选》，黄运特译，湖南文艺出版社 2017 年版，第184 页。

伊兹拉·庞德：旋涡中的美国诗人及其"力"的追寻

的中间部分，还有一句托付意味的诗行，"我的小女孩，／把传统延续下去"①。"我的小女孩"用的是法文——非英文语种的引入常常具有私人化喃喃自语的意味。特里尔为这一句作的解释是，"可能指的是庞德的女儿玛丽。《比萨诗章》的手稿被直接寄给了她，由她为出版方整理出明晰的本子"②。

纵观《诗章》第 80 章，还有两处值得我们深思。首先是先后出现两次的"骨头 luz"／"luz 骨"③。将特里尔的解释和黄运特的中译文注释对照来看，这是从一位 19 世纪前叶的英国诗人贝多斯（T. L. Beddoes）处拿来的典故。在希伯来文化中，人体中的这根"luz 骨"意味着生命的源头，"是人体中唯一在死亡之后不会分解的骨"。④ 结合庞德旋涡主义思想的核心表达，"旋涡是那个具有最大'力'的点"⑤，以及"'旋涡'……思想得以持续奔涌的源泉、途径和归宿"⑥；在该则诗章中，依然是来自他种文化的"luz 骨"成为具有核心与源泉意味的"旋涡"的另一种表达。

我们还需关注包括第 80 章在内的《比萨诗章》体现出来的那条诗人重要的生平、思想线索：艺术—经济—政治。其中的"艺术"始于第 80 章集中呈现的伦敦岁月，"政治"基本终于《比萨诗章》创作之时。从理想的初心到失败的结果，又可以第 74 章开头的那句

---

① ［美］伊兹拉·庞德：《比萨诗章·庞德诗选》，黄运特译，湖南文艺出版社 2017 年版，第163 页。

② Carroll F. Terrell, *A Companion to the Cantos of Ezra Pound*, Berkeley: University of California Press, 1980, p.440.

③ ［美］伊兹拉·庞德：《比萨诗章·庞德诗选》，黄运特译，湖南文艺出版社 2017 年版，第 146、174 页。

④ ［美］伊兹拉·庞德：《比萨诗章·庞德诗选》，黄运特译，湖南文艺出版社 2017 年版，第 146 页；Carroll F. Terrell, *A Companion to the Cantos of Ezra Pound*, Berkeley: University of California Press, 1980, p.433。

⑤ Ezra Pound, "VORTEX", in Wyndham Lewis, ed., *Blast*, No. 1, London: John Lane, The Bodley Head, 1914, p.153.

⑥ 原载于 Ezra Pound, "Vorticism", *Fortnightly Review*, September 1, 1914, pp.461–471；见 Harriet Zinnes, ed., *Ezra Pound and the Visual Arts*, New York: New Directions, 1980, p.207。

第四章 诗人/罪人：庞德的政治旋涡

"梦想的巨大悲剧"概括之。曾对庞德的"法西斯主义"进行过专题研究的赞诺提（Serenella Zanotti）将该"巨大悲剧"从政治的角度具体化为"法西斯主义关于社会公正的梦想的破灭"[1]（这也与上述特里尔的历史解读所指一致），并结合同一则诗章后文的一句"'我相信意大利的复兴'*因为这不可能*"[2]（斜体部分是拉丁文，又有了私语的意味）提出，"庞德将自己看作损毁的文明的幸存者"[3]；他继而用《诗章》第76章中的那句"如一只孤独的蚂蚁爬离崩塌的蚁山/爬离欧洲的残骸，*我，作家*"（斜体部分又是拉丁文）佐证自己的看法。[4] 终其一生，庞德从艺术跨越至政治，从"诗人"成为"罪人"，经济因素的过渡作用绝对不可忽视。这一点在之前章节中已通过具体的史实人物作出充分的阐述。而《比萨诗章》作为一部文学作品，既体现出庞德对自己支持的经济学家及相应政策的支持和二者均不得志的惋惜，又时时暴露出他在"叛国"之外，以此成为众矢之的的另一重"罪"——"反犹"。而值得关注的是，如此罪名的主导因素依然在于经济。

就庞德的诗文而言，本书的"艺术旋涡"部分已经提及《休·赛尔温·莫伯利》中体现出的"反犹"倾向。在那篇伦敦岁月的告别之作中，诗人将"高利贷"与"谎言""诈骗""秽行"并列，并与犹太人捆绑，以一种阴谋论的方式将战时的经济衰退归罪于犹太人。而豪恩（Alex Houen）的研究提示我们，可以将这种为诗人带来无尽麻烦的政治倾向的起始时间向前推至1912年，即《我的祖国》

---

[1] Serenella Zanotti, "Fascism", in Ira B. Nadel, ed., *Ezra Pound in Context*, New York: Cambridge University Press, 2010, p. 384.
[2] ［美］伊兹拉·庞德：《比萨诗章·庞德诗选》，黄运特译，湖南文艺出版社2017年版，第38页。
[3] Serenella Zanotti, "Fascism", in Ira B. Nadel, ed., *Ezra Pound in Context*, New York: Cambridge University Press, 2010, p. 384.
[4] 中译文见［美］伊兹拉·庞德《比萨诗章·庞德诗选》，黄运特译，湖南文艺出版社2017年版，第38页。

伊兹拉·庞德：旋涡中的美国诗人及其"力"的追寻

诞生之时。① 他的依据是该系列文章中的第二篇。在这篇文章中，庞德的主旨是美国内部的人口差异问题，以及由此在建筑等方面产生的审美差异性。他以美国内部和欧洲国家相比时体现出的巨大地理、气候差异性从而带来的人的差异性开头，却在"纽约相当于佛罗伦萨，费城要比罗马还要再往南"之后话锋一转道，"犹太人很特殊，他们不受气候条件的影响，保持着他们的可恶品质"，随后又有些自相矛盾地说，"这可能有些言过其实，但气候对人的特性的影响程度不亚于种族，这一点确定无疑"。② 如此表达方式有跑题之嫌，将犹太人作为攻击的对象却随即将自己的论断架空——如此写作和思维方式可以联系起前文提及的、庞德在 1942 年 5 月 31 日作的一次罗马电台广播。在这次广播中，诗人谈到了欧洲的高利贷问题，随即将此经济问题置于美国的"熔炉"式社会环境中进行发挥。他的原话是，"请相信我，在这样的高利贷体系及借贷体系下，欧洲不会恢复。同样，如果英国人不弄清楚这是怎么一回事，其犹太人中心不转移出英国、来到纽约、回到耶路撒冷的地窖，[欧洲也不会恢复]"。③ 我们发现，"犹太人"在其中的出场方式和 30 年前的《我的祖国》系列文章在本质上差别不大。再加上《休·赛尔温·莫伯利》中对犹太人的指控，我们会察觉，庞德的诗与思中凡言及高利贷或种族问题，无论实际的讨论对象是否与犹太人相关（答案在整体上是否定的），这个无论在欧美历史还是文学史上总在涉及这两个问题时难以幸免的种族都会成为标志性的替罪羊。而前文在分析庞德 1942 年 5 月 31 日的这次罗马广播中也已经谈道，对他战时行为和言语的判决有为美国一代人的集体罪责寻找"替罪羊"的意味，这和犹太人在庞德处的角色讽刺性地相似。

---

① Carroll F. Terrell, *A Companion to the Cantos of Ezra Pound*, Berkeley: University of California Press, 1980, p. 393.
② Ezra Pound, "Patria Mia II", in Ezra Pound, *Ezra Pound's Poetry and Prose: Contributions to Periodicals, 1902–1914*, New York: Garland Publishing, Inc., 1991, p. 78.
③ Leonard W. Doob, ed., *"Ezra Pound Speaking": Radio Speeches of World War II*, Westport: Greenwood Press, 1978, p. 157.

第四章 诗人/罪人：庞德的政治旋涡

　　而直至诗人在意大利身陷囹圄之时，这种对高利贷/犹太人突兀而无端的指责在《比萨诗章》的诗行中常常卷土重来，虽零星而碎片化，但每一次用词都极为严苛，并不亚于此前《我的祖国》《休·赛尔温·莫伯利》等诗文和罗马电台广播中的表达方式。这一点在《诗章》第74章中格外明显，最尖利的一句是"可是毒药，veneno/在公众的每根血管里/若毒发高处/则会流遍所有血管"①。"毒药"指的是庞德痛恨的高利贷，前后语境正是银行"劫公济私"②的罪恶与阴谋。庞德的经济思想受道格拉斯的影响很深，认为以国家信用体系为主导的社会信贷才是解决战时、战后经济危机的唯一良方。所以，在《诗章》第74章中，诗人采用了古希腊"萨拉米斯岛的舰队"③典故来说明，社会信贷是"国家可以借钱""国家可以贷款"④的基本前提。如果情况不同，国家面对的借贷主体变成私人金融机构，甚至高利贷者，那么"国家不必借钱"。⑤而事与愿违之时，犹太人再度成为诗人念及"高利贷者的鬼天堂"⑥的攻击对象——"异族人无疑大多为牲口/而犹太人消息灵通/他会收集信息/代替……一些更实在的东西"⑦。如此思路代表了庞德"反犹"思想的一贯作风：言语

---

① ［美］伊兹拉·庞德：《比萨诗章·庞德诗选》，黄运特译，湖南文艺出版社2017年版，第28页。
② ［美］伊兹拉·庞德：《比萨诗章·庞德诗选》，黄运特译，湖南文艺出版社2017年版，第27页。
③ ［美］伊兹拉·庞德：《比萨诗章·庞德诗选》，黄运特译，湖南文艺出版社2017年版，第17页；相关典故见 Carroll F. Terrell, *A Companion to the Cantos of Ezra Pound*, Berkeley: University of California Press, 1980, p. 369。
④ ［美］伊兹拉·庞德：《比萨诗章·庞德诗选》，黄运特译，湖南文艺出版社2017年版，第17、35页。
⑤ ［美］伊兹拉·庞德：《比萨诗章·庞德诗选》，黄运特译，湖南文艺出版社2017年版，第35页。
⑥ ［美］伊兹拉·庞德：《比萨诗章·庞德诗选》，黄运特译，湖南文艺出版社2017年版，第37页。
⑦ ［美］伊兹拉·庞德：《比萨诗章·庞德诗选》，黄运特译，湖南文艺出版社2017年版，第40页。

间的种族歧视,而根源在于经济问题。

第四节 《凿岩机诗章》：诗意的欲望与最后的旋涡

纵观旋涡主义诗人庞德持续追寻"力"与"能量"的一生：由"艺术旋涡"生发的"力"的诗学起步，通过包括前述内在经济思想探索与外在意大利文化民族主义在内的一系列过渡，最终发展为在现实层面上，对墨索里尼及意大利法西斯主义意识形态之"意志力"与"行动力"的追寻。在这个过程中，若以1908年，即他到达欧洲正式开启自己的文人事业之时为起点，他一生中的两次重大转变包括：在诗学领域从"意象主义"转向"旋涡主义"，在现实层面从"诗人"成为"罪人"——或许可以补充的是，当审判、幽禁甚至美国都在实际层面上逐渐远离庞德的现实生活之时，古稀之年前后的他又在人生的边上悄然回归至"诗人"本心。如钱兆明所言："在很大程度上，他人生阶段上的每一次转变都伴随着他对东方（the Orient）认识上的更迭。"[①] 在通过"艺术旋涡"转变为旋涡主义者的那些年间，中国古典诗歌与诗学如何成为他人生图景中的底色，如何与在"艺术旋涡"中生成的旋涡之"力"产生深刻共鸣并互相激发，之前第二章已有过系统论述。本节将关注"中国内容"在诗人晚年间的回归，看中国儒家思想如何在诗人的沉淀与反思过程中以东方智慧式的灵光发挥指点迷津的作用。

蓝峰将庞德一生与儒家思想的互动大致分为三个阶段，分别名之为"仿效"（imitative）、"创造"（creative）与"综合"（comprehensive）时期，以1928年和1945年作为其间的两两分界。[②] 这样来看，

[①] Zhaoming Qian, "The Orient", in Ira B. Nadel, ed., *Ezra Pound in Context*, New York: Cambridge University Press, 2010, p.340.

[②] Feng Lan, "Confucius", in Ira B. Nadel, ed., *Ezra Pound in Context*, New York: Cambridge University Press, 2010, p.324.

第四章　诗人/罪人：庞德的政治旋涡

就本书关注的中国内容而言，中国古典诗歌与诗学的作用主要发生在仿效期，而儒家思想的影响力则基本在后两期实现。而在仿效期阶段，虽然庞德在儒家思想方面的探索无论从广度还是深度来看都极为有限，但他的诗与思间已经随着与之偶遇而包含了其中的点滴。或许更为重要的是，在中国古典诗歌与诗学的早期激荡作用中，视觉艺术、象形文字、文学意象等偏重视觉方面的元素成为庞德对如此东方异质文化的主要感知依据，其背后传达的是一种与诗人自身承载从而熟悉的文化背景极为不同的思维方式。而中国内容带给庞德的深刻触动意味，在种种具体表象之下，其根源正在于这种思维方式层面的革新。在20世纪初现代主义的鼎盛期，青年诗人以诗意译写的方式与东方诗画为他带来的灵光唱和。而在晚期现代主义阶段，老年庞德在反思间继续构拟着他理想中的政治管理体制，甚至偏抽象些的社会发展形态。

总体来看，庞德对中国儒家思想的把握以他对相关典籍的翻译为基础，集中于"四书"和《诗经》。由他完成的译本按照首次出版的时间顺序依次为：1928年，《大学》（*Ta Hio*）英译本——这是上述蓝峰在他的研究中对"仿效期"与"创造期"的分界依据；1942年，《大学》意大利语译本；1945年，《中庸》意大利语译本；1947年，英译本《中庸与大学》（*The Unwobbling Pivot & The Great Digest*），以及《孟子》（*Mencius*）摘译；1950年，《论语》（*The Analects*）英译本；1954年，《诗经》（*The Confucian Odes, The Classic Anthology Defined by Confucius*）英译本。[1] 其间，在1951年，纽约新方向（New Directions）出版社还推出一版《孔子：大学，中庸，论语》（*Confucius: The Great Digest, The Unwobbling Pivot, The Analects*）英译本合辑。而在此基础之上的，是他在毕生之作《诗章》中以各种具体的诗学意象/旋涡对相关理念的诗意呈现：《诗章》第13章中对孔

---

[1] 钱兆明：《中华才俊与庞德》，中央编译出版社2015年版，第33页。

伊兹拉·庞德：旋涡中的美国诗人及其"力"的追寻

子个人言语、形象的呈现；第49章中对湖湘"七湖"的描摹；第52—71章展现的中国历史；第85—86章传达的《尚书》经籍精神；还有第98—99章的《圣谕广训》背景。

在庞德的《诗章》创作脉络中，就理解中国儒家经典对他的影响而言，第85—86章及其从属的《凿岩机诗章》（"Rock-Drill De Los Cantares"，1955）的意义显得重要起来。这是继1945年完成、后来在1948年出版的《比萨诗章》之后接续问世的首部诗章作品。此时（1955），诗人的全部儒家经典译本均已问世，而且他已被羁押在圣·伊丽莎白医院近十年之久。以后来者眼光观之，短短两年之后，他就远离了美国故土，终生未返。于是，当一切几近尘埃落定之时，他对《尚书》这部"众经之首"（book of books）的理解承载了他吸收儒家思想的过程中最终保留的最核心的那部分内容。他在圣·伊丽莎白医院期间熟络的"中华才俊"之一方志彤还在往来书信中明确提示他，"此书……对孔孟有直接的影响"。[1] 从古老东方的传承到西方现代主义，庞德的《凿岩机诗章》，特别是开篇第85章承载了诗人"尝试着不让它们坠落""自东向西随风绽放"的"杏花满枝"。[2]

在此有必要对《凿岩机诗章》的基本背景，特别是其题目所指作一简单介绍。"凿岩机"是那位名为艾普斯坦的旋涡主义雕塑家的作品名称。1915年1月，庞德曾在《新时代》专门发表一篇《立：雅各布·艾普斯坦》（"AFFIRMATIONS: Jacob Epstein"）的文章，表达自己的旋涡主义诗学理念的同时，也在为这位雕塑家及旋涡派整体扩大影响提供助力。结合庞德之"力"的诗学及追寻，我们对其中提到的基本观点并不会感到陌生，例如，"人类的尊严在很大程度

---

[1] 钱兆明：《中华才俊与庞德》，中央编译出版社2015年版，第101页。
[2] 这是"孔子诗章"（《诗章》第13章）的末句："杏花满枝/自东向西随风绽放/我尝试着不让它们坠落"（Ezra Pound, *The Cantos of Ezra Pound*, London: Faber and Faber, 1975, p.60. 中译文见耿幼壮《何谓诗意译写？——伊兹拉·庞德的中国诗歌和儒家经典翻译》，载耿幼壮、[英]贾斯珀编《翻译的诗学》，中国人民大学出版社2017年版，第172页）。

第四章 诗人/罪人：庞德的政治旋涡

上取决于其发明的能力（ability to invent）"，之于艺术家则为"创造的力量"（creative power）和对"所处时代"而非"个人"的呈现；而艾普斯坦则因其对"形式"本身的信奉、其作品传达出来的"形式感"而有资格获得"人们能够对一位雕塑者给出的最高评价"。① 休谟则在转述沃林格艺术观点时以艾普斯坦及其作品为例说，他在"艾普斯坦先生"的"一些雕塑作品"中看到了沃林格所言的那种以"几何"为"特征"的"抽象式"艺术"在现代艺术中的重现"。②

这些特征充分地体现在艾普斯坦诞生于1913—1916年间的"凿岩机"雕塑中，正是旋涡派视觉艺术团体从无到有、从高潮到落寞的那些年间。根据托里（E. Fuller Torrey）的描述，庞德曾在1913年到访艾普斯坦的工作室，看到了这件作品"正在进行中"的形态。③ "凿岩机"作品后来被艾普斯坦自己拆解，从目前能看到的原物照片及时人的描述来看，它由两部分构成：上部是艾普斯坦的人物形象石膏雕塑（呈典型的旋涡主义风格）；下部则是一个现成的凿岩机。达森布若克对艾普斯坦这件呈现出"人在机器时代工作"的"动态样貌"的作品评价很高，认为它"强调了现在的过去性（pastness）"（"旋涡派运用过去的基本方式"），从而成为"旋涡主义的中心""这场运动的象征"。④ 我们在"艺术旋涡"部分讨论过这种对传统与过去的珍视如何使得旋涡主义超越了未来主义的部分局限、体现出一种更为纯粹而彻底的先锋精神。而在庞德后来整合自己对"力"

---

① 原载于 Ezra Pound, "AFFIRMATIONS: Jacob Epstein", *The New Age*, January 21, 1915, pp. 311 – 312；见 Harriet Zinnes, ed., *Ezra Pound and the Visual Arts*, New York: New Directions, 1980, pp. 10 – 15。
② T. E. Hulme, "Modern Art and Its Philosophy", in T. E. Hulme, *Speculations: Essays on Humanism and the Philosophy of Art*, Herbert Read, ed., London: Routledge & Kegan Paul Ltd, 1924, p. 81.
③ E. Fuller Torrey, *The Roots of Treason: Ezra Pound and the Secret of St. Elizabeths*, New York: McGraw-Hill Book Company, 1984, p. 221.
④ Reed Way Dasenbrock, *The Literary Vorticism of Ezra Pound & Wyndham Lewis*, Baltimore: Johns Hopkins University Press, 1985, pp. 84 – 85.

伊兹拉·庞德：旋涡中的美国诗人及其"力"的追寻

的追寻的过程中，旋涡派的影响以《凿岩机诗章》这种再明显不过的方式展现出来。而且如达森布若克所说，庞德如此为之使得"艾普斯坦几乎被人遗忘的作品"重见天日，也表现出"旋涡主义这个最开始主要关乎画家与艺术家的运动，如何在文学上产生了深远的影响"。[①]

根据钱兆明的介绍，路易斯是从时间上看更近些、对《凿岩机诗章》之名产生启发的人物。1951年，这位旋涡派好友为同年出版的《伊兹拉·庞德书信选（1907—1941）》(*The Letters of Ezra Pound, 1907—1941*) 写了一则书评，题名为《凿岩机》，称赞庞德的"凿岩机之举"（rock-drill action）——路易斯"在文中回顾庞德如何用一封封信件'敲打着'（hammering away at）美国《诗刊》主编门罗（Harriet Monroe），激励她摒弃'小杂志'常有的世俗和偏狭，为现代派艺术的实验和创新提供空间"；于是庞德在《凿岩机诗章》里"通过《尚书》和《孟子》"继续表达自己的政治理想。[②] 庞德似乎像"凿岩机"雕塑中那位"在机器时代工作"的"人"一样，在20世纪这个政治、经济、文学、艺术等一切领域发生剧烈变革的时代，甚至在自己身陷囹圄之时，仍在尝试"凿岩"。从同名诗章，特别是由开篇两则奠定的思想基调来看，庞德如艾普斯坦等旋涡派视觉艺术家一般将目光投向了久远的过去与遥远的异域，而且以《尚书》为中介，他似有意无意间触到了一种来自原始儒家的刚健精神，与他毕生对"力"的追寻两相应和。

《凿岩机诗章》，特别是起始的两则中满篇汉字。蓝峰指出，庞德在翻译或者阅读儒家典籍时对"象形汉字"极为重视的原因之一是，他认为其中蕴藏着"隐藏、原始而重要的儒家理念"；他对这种"原始"的追寻还体现在他对以朱熹为代表的"新儒家"的摒弃，认

[①] Reed Way Dasenbrock, *The Literary Vorticism of Ezra Pound & Wyndham Lewis*, Baltimore: Johns Hopkins University Press, 1985, p. 85.

[②] 钱兆明：《中华才俊与庞德》，中央编译出版社2015年版，第119—120页。

第四章　诗人/罪人：庞德的政治旋涡

为"儒家思想这样发展到后来，已经遗失了很多那些经籍作者的人文关怀"。① 我们看到，《凿岩机诗章》的首则，即第85章以一个大大的繁体汉字"靈"开篇，第一整句为"Our dynasty came in because of a great sensibility"②。根据特里尔的注疏，"sensibility"对应着"靈"，这一句的直接来源是顾赛芬的《尚书·多士》法语译本，对应文字可被直译为"如今我们的周王体面而出色地接管了上帝的事务"③。在汉语《尚书》原文中，这一句为"今惟我周王丕靈承帝事"④。无论在顾赛芬的法语译文还是同样被庞德参阅过的理雅各英语译本中，"靈"都以作为修饰动词"承"的副词成分出现。在汉语中可训之为"善"⑤；顾赛芬将之处理为"出色地"（excellently）；理雅各则在说明各词的词性和彼此语法成分关系后注解说，"这些王接管了这些事务，而且效率（efficiency）之高，可以说超乎常人"⑥。而在特里尔的指南中，他在解释过包含"靈"的这句出处之后，在简述《多士》（采理雅各篇名译法"The Numerous Officers"）篇的基本背景时提及："周（向'多士'们传达）的讯息是：商朝亡国之君纣因为他道德的失序（disorder）而丧失了王权。"⑦ 无论在庞德本人

---

① Feng Lan, "Confucius", in Ira B. Nadel, ed., *Ezra Pound in Context*, New York: Cambridge University Press, 2010, pp. 327-328.
② Ezra Pound, *The Cantos of Ezra Pound*, London: Faber and Faber, 1975, p. 563.
③ See Carroll F. Terrell, *A Companion to the Cantos of Ezra Pound*, Berkeley: University of California Press, 1980, p. 467.
④ James Legge, *The Shoo Jing*, in James Legge, *The Chinese Classics: Translated into English, with a Translation, Critical and Exegetical Notes, Prolegomena, and Copious Indexes Vol. III*, London: Trübner & Co, 1876, p. 458.
⑤ 江灏、钱宗武译注，周秉钧审校：《今古文尚书全译》，贵州人民出版社1990年版，第333页。
⑥ James Legge, *The Shoo Jing*, in James Legge, *The Chinese Classics: Translated into English, with a Translation, Critical and Exegetical Notes, Prolegomena, and Copious Indexes Vol. III*, London: Trübner & Co, 1876, p. 453.
⑦ Carroll F. Terrell, *A Companion to the Cantos of Ezra Pound*, Berkeley: University of California Press, 1980, p. 467.

的钻研还是后来特里尔的注疏过程中，二人在理解《多士》时参考了同样的文献资料，即顾赛芬和理雅各的译本，特里尔对"失序"的概括当是源自理雅各对《多士》整篇的分段解说。由此，我们有理由认为，庞德同时接收到来自《尚书》的、关于"效率"与"失序"（及反义对应的"秩序"）的信息。

由此，庞德在自己对"靈"一词的处理上，延续了他对中国古典诗歌，甚至儒家经典文本的诗意译写方式，将修饰性的"善""出色地"等义转为名词化的"sensibility"。继开篇文句之后，"今惟我周王丕靈承帝事"（"Our dynasty came in because of a great sensibility"）及"靈"（繁体汉字本身和/或"Ling"）又在《凿岩机诗章》首篇中先后出现两次，这种将主题句及关键词以一种再明显不过的方式凸显出来的做法在《诗章》整体中少而又少。在"靈"的一次单独出现中，庞德还直言道，"Ling／靈／是 rule 的基础"[①]——"rule"包括"统治""规则"两方面的基本含义，庞德对于"靈"的译写也是类似语言转化的过程中的艰难，所以他会在"sensibility"之外，以"Ling"甚至汉字"靈"本身来传达这一概念。

在理雅各的中国经典英译中，"靈"往往在宗教语境中出现，表现一种神秘，甚至非理性的存在。庞德擅长的拆字理解法及其中的"巫"元素使他很难不注意到这一点，而他仍将之置于政治理性层面，表达一种可以实现原始儒家之理想社会形态的现实政治管理体制。在《诗章》第85章中，紧随"今惟我周王丕靈承帝事"英译的是两句格式显得有些重复、强调"I Yin"之重要性的诗行，汉字"伊尹"（特里尔将之释为"ruler"）紧随其后。[②] 后文"止""賢""仁""智""德"等儒家典籍传达的、为庞德所认可的一位统治者应有的才能与品质以繁体汉字的形式贯穿全篇。

[①] Ezra Pound, *The Cantos of Ezra Pound*, London: Faber and Faber, 1975, p. 572.
[②] Ezra Pound, *The Cantos of Ezra Pound*, London: Faber and Faber, 1975, p. 563.

第四章 诗人/罪人：庞德的政治旋涡

从庞德对以"靈"为核心的字词处理方式及背后的深层理念来看，这是由他对一种根源上的"力"的追寻而来的思维方式，与此同时，他很有可能还受到了理雅各，甚至他理解的孔子本人学说的影响。子曰"述而不作，信而好古"，庞德在自己的英译本中将之转化为"传而不作，遵从文词，好古"①。从前者到后者，理雅各在之间起到的过渡作用再明显不过，因为这位传教士汉学家在自己的英译中将这句作为"一位传者，而非作者，信仰并爱戴古人"。② 从理雅各到庞德，他们均将"述"化为英文中的"传"[transmit（ter）]。这是他们对自己，以及自己的英译的期待和定位。正如谢大卫（David L. Jeffrey）在讨论理雅各的《诗经》（这也是庞德对其作过全本英译的中国儒家典籍）英译时引用了吉瑞德（Norman J. Girardot）对理雅各的评判"以孔夫子自况"后说，"像孔子一样，[理雅各]也喜爱古代典籍，亦要做它们忠实的'传递者，而不是改造者'"；这种"自我谦逊"使得理雅各"能够以一种'字斟句酌、详加注释的英文（即使在句法和文体上有时不是那么典雅和优美）传达出中国古代典籍的真正变革性力量'"。③ 而在庞德的《诗章》写作及其他诗意译写中，这种"自我谦逊"反复出现在他对古今神话、历史、现实的典故的运用中。这种他显然认同并希望遵从的"美德"在涉及古中国之历史与文学时更加明显。无论从《作为诗歌媒介的中国书写文字》还是《华夏集》来看，在庞德早期对中国古典诗歌与诗学、中

---

① 庞德的译文为："Transmitting not composing, standing by the word and loving the ancient." 见 Ezra Pound, tran., Confucius: The Great Digest, The Unwobbling Pivot, The Analects, New York: New Directions, 1951, p. 218。

② 理雅各的译文为："A transmitter and not a maker, believing in and loving the ancients." 见 James Legge, Confucian Analects, The Great Learning, The Doctrine of the Mean, in James Legge, The Chinese Classics: Translated into English, with a Translation, Critical and Exegetical Notes, Prolegomena, and Copious Indexes Vol. I, London: Trübner & Co, 1876, p. 195。

③ [美]谢大卫：《诗意的欲望与天国的律法——詹姆斯·理雅各的〈诗经〉与翻译意识》，张靖译、耿幼壮校，载耿幼壮、[英]贾斯珀编《翻译的诗学》，中国人民大学出版社2017年版，第12页。

伊兹拉·庞德：旋涡中的美国诗人及其"力"的追寻

国诗画语言的吸收中，无论他的具体工作做到什么程度，他的自我定位始终是"译者""编者"，至于后来人的理解则是另一回事了。钱兆明在介绍1954年庞德的《诗经》译本出版情况时提到了一个细节，该译本发行之后，庞德在因一些具体技术问题（例如"无目录又无索引"）而不高兴的同时，还因"封面上自己的名字印得比孔子还显眼"而感到恼火。① 由此可以看出，他希望自己可以像孔子之于先人、理雅各之于"中国经典"般，是述而不作的"传递者"（transmitter）。他通过《凿岩机诗章》努力"传递"出的，是一种以"靈"为核心，对"效率"、有"秩序"的"规则"及"统治"的向往。

肯纳在自己的《庞德时代》（*The Pound Era*, 1971）中以"最后的旋涡"（The Last Vortex）来描述庞德在1955年前后的文学成就，其中包括《诗经》英译和《凿岩机诗章》的问世。而后者在这"最后的旋涡"中的地位，可谓是"华盛顿旋涡中写作的顶峰"。② 在如此"旋涡"意味之外，肯纳还注意到，在《诗章》第85章中，"'根'（roots）一词在文本的第3行就出现了，其中的强调意味明显；唯有'一个伟大的sensibility'根植其中，一个王朝才能成大气候"③。特里尔在自己的注疏中引用了肯纳的这句话。于此，借用庞德本人之"力"的诗学思维方式，"靈/sensibility"仿佛那个名为"旋涡"的"具有最大'力'的点"，④ 成为"思想得以持续奔涌的源泉、途径和归宿"⑤。

---

① 钱兆明：《中华才俊与庞德》，中央编译出版社2015年版，第99页。
② Hugh Kenner, *The Pound Era*, Berkeley: University of California Press, 1971, p. 518.
③ Hugh Kenner, *The Pound Era*, Berkeley: University of California Press, 1971, p. 528.
④ Ezra Pound, "VORTEX", in Wyndham Lewis, ed., *Blast*, No. 1, London: John Lane, The Bodley Head, 1914, p. 153.
⑤ 原载于Ezra Pound, "Vorticism", *Fortnightly Review*, September 1, 1914, pp. 461–471；见Harriet Zinnes, ed., *Ezra Pound and the Visual Arts*, New York: New Directions, 1980, p. 207.

第四章 诗人/罪人：庞德的政治旋涡

按照钱兆明的认识，庞德将"靈"这一句"作为该诗篇的'诗眼'，恰好抓住了《尚书》中体现的'顺天者昌，逆天者亡'、'以民为本，以德治国'的政治理念"①。我们有理由认为，从各自的身份处境及英译初衷来看，在"天"与"德"间，理雅各可能会更重视前者，而庞德更偏向后者。当然也可以说，诗人将"德"等同于"天"，只是将这种理想寄托于一种内在的，而非外在的力量。"德"在《诗章》第85章中出现两次：第一次宣扬应遵"德"之"道"（process），第二次则更为直接地表示要以"德"服人。② 庞德对儒家之"德"的体悟最有可能源于《大学》。在自己为之作的英译本中，他在"译者的话"部分将孔子尊为一位关心公共事务及政府管理的哲人，其整理"身后两千年的历史记录"的目的在于"启迪位居高位者"。庞德明确提出了"顺德者昌，逆德者亡"的想法，他的原文是："当统治者理解这几页时，中国则安定。当这些原则被忽视时，王朝衰落，混乱频仍。"③ 紧随"译者的话"之后是"术语表"，其中将"彳"偏旁解释为"一人在两个连续的位置上，指示动作或行为的前缀"；"德"在"彳"之前，意味着"在直视内心之后采取行动，将'认识你自己'贯彻到行动之中"。④ 庞德通过这种极易带来争议的拆字法表达对"德"的尊崇——在《急需孔子》（"Immediate Need of Confucius"，1960）中，庞德提出，"孔子在象形文字中留下了记录（record）"⑤。回到"德"，在庞德处，这是一种源自"直视内心"与"认识你自己"的核心，从而在现实行动中表现出"德"

---

① 钱兆明：《中华才俊与庞德》，中央编译出版社2015年版，第103页。
② Ezra Pound, *The Cantos of Ezra Pound*, London: Faber and Faber, 1975, pp. 566, 568.
③ Ezra Pound, tran., *Confucius: The Great Digest, The Unwobbling Pivot, The Analects*, New York: New Directions, 1951, p. 19.
④ Ezra Pound, tran., *Confucius: The Great Digest, The Unwobbling Pivot, The Analects*, New York: New Directions, 1951, p. 21.
⑤ Ezra Pound, "Immediate Need of Confucius", in Ezra Pound, *Selected Prose 1909–1965*, William Cookson, ed., New York: New Directions, 1973, p. 78.

伊兹拉·庞德：旋涡中的美国诗人及其"力"的追寻

的逻辑，或可称之为"内圣外王"，知行合一。

谢大卫在讨论理雅各的《诗经》英译时提到了"诗意的欲望"这一观点，这种理解异质文化、语言文字之"陌生性的深切欲望"使其译作变得特别起来；其中的预设是，和"强调个人独特性的现代社会"相比，来自上古的歌谣表达的是一种"社群意识"，"深刻反映出国家之和谐或不和谐的集体经验"，其中的现实意味在于《诗大序》所言的"故正得失，动天地，感鬼神，莫近于诗"。① 以此观之，庞德这种"诗意的欲望"恐怕较理雅各更甚。他在《急需孔子》文章中明确说，他推广这一东方圣人及其思想的目的在于"为西方问诊"②。他希望借上古中国随诗、史流传下来的那种"和谐或不和谐的集体经验"为他看到的当代西方的痼疾提供解药——"哪怕只是为了理解、评价我们自己的欧洲传统，我们也需要孔夫子"。③

在另一篇宣扬儒家思想的文章《孟子》（"Mang Tsze"，1960）中，庞德将这种"需要"更直白而抽象地表达为对"意志的方向"（direction of the will）④的追寻。而在《凿岩机诗章》中，第86章在继续前文对"靈"等核心概念的呈现的同时，还加入了对"一人"的强调，来自《尚书·周书·秦誓》的"貌亦尚一人"五个汉字与"It may depend on one man"前后续接。⑤ 其中相通的核心聚焦意味表现出在上古儒家之"力"与庞德追寻之"力"间的呼应。而在第89章中，庞德更具体地引用了《孟子》的"何必曰利"，表达对资本主

---

① [美]谢大卫：《诗意的欲望与天国的律法——詹姆斯·理雅各的〈诗经〉与翻译意识》，张靖译、耿幼壮校，载耿幼壮、[英]贾斯珀编《翻译的诗学》，中国人民大学出版社2017年版，第4—5页。
② Ezra Pound, "Immediate Need of Confucius", in Ezra Pound, *Selected Prose 1909 - 1965*, William Cookson, ed., New York: New Directions, 1973, p. 76.
③ Ezra Pound, "Immediate Need of Confucius", in Ezra Pound, *Selected Prose 1909 - 1965*, William Cookson, ed., New York: New Directions, 1973, p. 79.
④ Ezra Pound, "Mang Tsze", in Ezra Pound, *Selected Prose 1909 - 1965*, William Cookson, ed., New York: New Directions, 1973, p. 87.
⑤ Ezra Pound, *The Cantos of Ezra Pound*, London: Faber and Faber, 1975, p. 583.

第四章 诗人/罪人：庞德的政治旋涡

义社会高利贷的不满。① 若如谢大卫所言，"诗意的欲望"在其初始，是源于一种"亲身参与到这些颂歌被吟唱时的那个古代社会的精神气质中去"②的目的；那么，我们在《诗章》第 89 章开头的一句"了解历史／'書經'／辨明好坏"的认识中读出了与中国传统儒家对《尚书》理解的惊喜相合："疏通知远，《书》教也。"③

第五节　诗人说：一位诗人有可能成为背叛者吗？

1958 年春夏之间，历时 4 个多月，杜丽特尔以日志形式为庞德作了那本满是深情的回忆录。作为诗人庞德的女性诗人朋友，她频频用"感觉"（feel）一词表达自己对他那种感性多于理性的复杂而直接的感情。5 月 14 日的记录中，她说，"'现在，伊兹拉苦难的终结带来了另一分水岭。'*伊兹拉苦难的终结*——这是重点。重新适应并不容易，因为我们只敢在回忆中直面时势的凶险。一定还有很多人和我们拥有同样的感觉"；在提到朋友们对庞德的广播的反应时，她的描述是"困惑"（baffling/confused/confusing）以及"感觉是，他说的全部'内容'都没有为任何人带来任何好或者不好"。④ 包括杜丽特尔在内、庞德的一群重视"感觉"的诗人朋友们被这个问题深深困扰：一位诗人有可能成为背叛者吗？

1948 年，诺曼（Charles Norman）出版第一本《伊兹拉·庞德的案件》（*The Case of Ezra Pound*）时，专门留了一章给庞德的若干诗

---

① Ezra Pound, *The Cantos of Ezra Pound*, London: Faber and Faber, 1975, p.615.
② ［美］谢大卫：《诗意的欲望与天国的律法——詹姆斯·理雅各的〈诗经〉与翻译意识》，张靖译、耿幼壮校，载耿幼壮、［英］贾斯珀编《翻译的诗学》，中国人民大学出版社 2017 年版，第 1 页。
③ 姜建设注说：《尚书》，河南大学出版社 2008 年版，第 13 页。
④ Hilda Doolittle, *End to Torment: A Memoir of Ezra Pound*, New York: New Directions, 1979, p.48. 斜体为原文所加。

伊兹拉·庞德：旋涡中的美国诗人及其"力"的追寻

人朋友们，以及一位来自不愿意将庞德作品收入文选的出版社的编辑，请他们谈谈对庞德本人及他的案件的看法。尽管朋友们在庞德和祖国的关系等一些具体问题上意见并不十分统一，但他们以或感性或理性、或叙或议的方式传达出指向基本一致的同情之感——同情并不意味着无原则的包庇，只是一种设身处地的想象和理解。如艾肯（Conrad Aiken）的直言不讳："就他的悲剧窘况而言，他要怪罪的当然只有他自己，和所有类似情况中人相同的是，他必须自食其果。"①

从诗人们的内行眼光来看，他们共同的认识是，就诗歌所在的文学领域而言，庞德特别是距离此时 30 年前的他是一位天才，不容置疑——也是 20 世纪的第二个十年，庞德在文学、艺术多领域与"旋涡"产生互动的那些年间。与此同时，朋友们又遗憾地看到，这样一位文学中的"天才"在涉及政治、经济时，无论在情感还是理性上都即刻成为"蠢材"（fool）；这两种极端状态在他身上的无缝对接。在威廉斯看来，为庞德带来麻烦的那种兴趣与思维方式，在一定程度上也源于他从文学艺术领域获得的、属于天才的那种骄傲。而作为朋友，威廉斯愿意赋予庞德这种共鸣式的特权：

> 然而，他经常觉得自己不可一世，从不认输。我们用那些他习惯的语汇接受这一点，因为无论如何，在该领域中，他过去是、现在依然是天才。他只是生活在一个世界上任何人都无法达到的、更高的层面中！这赋予他一些特权。只要是他的朋友的就都会原谅他。我们是朋友。②

"我们是朋友"（We were friends），三个英文单词组成的简单句承载了绵延数十年、跨越大洋两岸的友谊。这也是杜丽特尔在那本深

---

① See Charles Norman, *The Case of Ezra Pound*, New York: The Bodley Press, 1948, p. 60.
② See Charles Norman, *The Case of Ezra Pound*, New York: The Bodley Press, 1948, p. 50.

第四章 诗人/罪人：庞德的政治旋涡

情回忆录中粗笔勾勒的一幕幕温情画面：三位诗人间的故事——友情，或许还有些许并未熄灭的爱情——从宾夕法尼亚大学的校园开始，经历数十载。和诺曼选择的其他诗人朋友一道，他们应该是在感情上最懂庞德的人，尽管在理性上不一定完全没有偏差。在诺曼的收录中，威廉斯的文字篇幅最长。作为诗人、朋友的他坦言自己"从未听过战争期间伊兹拉·庞德在意大利作的广播"，只是从其他人那里得知了庞德提到自己时的一句话而已。这应该指的是杜布的广播稿整理中被标注为"1941年初"（early 1941）的那一篇。无奈的是，威廉斯在其中是庞德从政治角度并不认同的美国芸芸群体一员。威廉斯的通贯思路是，"从这一处我就知道所有其他内容的货色"①。虽有些武断，倒也没有太大的偏差。

尽管如此，在威廉斯等人那里，具有诗人/朋友双重身份的庞德的诗才没有因此而逊色半分，"他不是智者，从来不是，但这丝毫不妨碍他成为一位出色的诗人"。威廉斯和庞德共同的家园渊源使前者愿意将后者的问题置于国家传统背景下审视，并暗示道，或许离开，而不是归来才是庞德那一类人最好的选择。他认为，"大家都看得到，美国有这样一个群体，庞德是其中之一。他们无法接受民主的弊病也无法忍受之，这个卓著（distinguished）群体的特殊性在很大程度上来自他们的美国血统"；这种"特殊性"在威廉斯看来是一种高贵的品格——虽然庞德在法律、道德上的瑕疵，特别是他的种族歧视言论剥夺了他在这一方面的归属，使他丧失了谈"高贵"的资格。然而，威廉斯继续指出，如果这群人，包括庞德一直停留在这个"给予他们力量（power）的源泉"附近，这种值得留存下来的品质就会渐渐泯然众人矣。② 这里体现出一种类似断乳的矛盾性，唯有撤离方为留存的权宜之计。威廉斯的预言似在庞德还乡又离开的现

---

① See Charles Norman, *The Case of Ezra Pound*, New York: The Bodley Press, 1948, p. 54.
② See Charles Norman, *The Case of Ezra Pound*, New York: The Bodley Press, 1948, pp. 52-54.

伊兹拉·庞德：旋涡中的美国诗人及其"力"的追寻

实行动中令人心酸地应验。1958 年，悬在庞德项上的叛国嫌疑罪名随着撤诉而被取消。他终于离开了圣·伊丽莎白医院；而随即回到了意大利，此生再未踏足美国。并未缺席的政治博弈现实是，那年 2 月，多萝西写给医院负责人奥弗霍斯特的信中特别"承诺"道，"如果丈夫被释放，他们会立即去欧洲（这对于美国国务院来说非常重要……）"①。

威廉斯在自己的结论性陈词中回到了庞德正在经受的现实，以期冀的口吻向抽象的权威请求，让自己的诗人朋友还有书可看、有纸可写、可以继续他的译写；从刑罚与公正的关系上来看，"如果他被处死，将是公正、人类的公正彻头彻尾的沦丧"。②好在顺遂。

"诗歌刚好是一门艺术，而艺术家刚好是人"③，诗人卡明斯的这句并不十分诗意的话是诺曼编选的开篇语。他的言下之意和后文威廉斯的诗意赞美传达的诉说是一致的："诗人"首先是"人"，于是自然会出现如庞德般集"诗才"与"蠢材"于一身的现实。马西斯（F. O. Matthiessen）也提到，"我们不能把庞德看作一位遁世的诗人"④。于是，从庞德被押解回华盛顿起一直到重归自由的十余年中，诗人们在文字与行动中尽一切不违反法律和道德的可能去维护的那位朋友——是一位诗人，也是一位凡人。庞德早年不遗余力地帮助过的艾略特和海明威是为他争取到撤诉结果的主力干将。而他们会面对的压力，从兰登书屋（Random House）出版《英语诗歌名作选集》（*An Anthology of Famous English and American Poetry*, 1945）时在庞德作品上遭遇的风波也可见得。

诺曼收录了来自该出版社的一位编者的话——以庞德做"人"

---

① See J. J. Wilhelm, *Ezra Pound: The Tragic Years (1925–1972)*, University Park: The Pennsylvania State University Press, 1994, p. 309.
② See Charles Norman, *The Case of Ezra Pound*, New York: The Bodley Press, 1948, p. 54.
③ See Charles Norman, *The Case of Ezra Pound*, New York: The Bodley Press, 1948, p. 46.
④ See Charles Norman, *The Case of Ezra Pound*, New York: The Bodley Press, 1948, p. 57.

第四章　诗人/罪人：庞德的政治旋涡

的失败全盘否定了他作为"诗人"的那部分成就："兰登书屋不会出版任何法西斯主义者的文字。事实上，我们觉得伊兹拉·庞德没那么好，也没那么重要，不值得被收入［我们的选集］。如果我们觉得他很好，或者很重要，无论如何都会支持他的。我们只是觉得他没有。"① 最后几句话以系动词（was/is）的重复取代对庞德是否"好"或者"重要"的评价，读来有些欲盖弥彰的意味。

艾肯的文字让我们看到他在庞德问题上的坚定态度：

> 早在他成为法西斯主义者很久之前，他就是一位诗人，可能还是一位伟大的诗人，为我们的时代带来了宏伟的创造性影响。我们绝不能让这些事实以及他的作品被遗忘。正是由于这个原因，最近当兰登书屋的编者们拒绝在一本选集，更确切说是这本选集的新版本中收入庞德的诗歌，我深受触动，并表示抗议。②

从结果上来看，艾肯的"抗议"取得了成效。兰登书屋最终还是在文选中收录了庞德的若干作品，其中不乏《归来》（"The Return"）、《河商之妻》等或写或译的名作。只是，出版社在第788页添上了一份声明，表明他们的原本立场和出于艾肯压力而从之的现实情况。

最后，让我们来看一篇被黄运特翻译成中文、收录在他1998年版的《比萨诗章》书末附录中的文章《痛击法西斯主义》（"Pounding Fascism"），副标题是"盗用意识形态——庞德诗歌实践中的神秘美学化与权威化"。这篇文章的原作者伯恩斯坦（Charles Bernstein）是一位犹太裔的当代美国诗人（已经出现将他

---

① See Charles Norman, *The Case of Ezra Pound*, New York: The Bodley Press, 1948, p.61.
② See See Charles Norman, *The Case of Ezra Pound*, New York: The Bodley Press, 1948, p.61.

伊兹拉·庞德：旋涡中的美国诗人及其"力"的追寻

与庞德的诗歌创作进行比较的学术研究）及英美文学教授。黄运特为自己翻译的文章题目作注道："Pounding 为双关语，Pound 可作动词，意为'捣碎、击碎'，又是庞德的姓氏。"① 伯恩斯坦要"痛击"的"法西斯主义"，既有庞德在诗歌创作及现实行动中的过错，也有一种深藏于其中、超越他个人及作品个体的普遍观念。如他在文章开头指出：

> 但是，或许在评述庞德的法西斯主义时，最大的危险并不在于他将被文学史授予不应有的宽恕，而在于他的罪过将从我们自己的罪过中被悬置忘却。因为庞德的法西斯主义太容易遭到谴责，几乎易如反掌，而沾染他的诗歌与诗论的法西斯观念却不知不觉地渗透入现今社会的正统文化理论与批评之中。②

在《诗章》的拼贴创作中，伯恩斯坦读出的是碎片化的诗歌本身与试图将之整合为一的诗人本人二者间对于权威声音与地位的争夺。在伯恩斯坦看来，这群"失调、不可节制的碎片"具有"自治性"的特点，于是"不屈服于任何统一的、高低分明的标准，却坚持拥有自己的时间和空间"；虽然庞德承认"《诗章》从未像他所希望的那样凝聚在一起"，亦即，他的"方法与材料击垮了他的权威与预想"，但是他依然加入了一场与自己的作品"争夺控制权的争斗"，更不幸的是，"他抓住的救命稻草是还原主义经济学（reductivist economism）和法西斯种族主义"。从文学作品的政治取向来看，如此争斗带来的结果是"启蒙理性主义的残骸"，"在神圣、邪恶与平庸之间发生的一场争斗之后留下的伤痕累累的遗体"，"一个因其损伤

---

① ［美］查尔斯·伯恩斯坦：《痛击法西斯主义》，载［美］伊兹拉·庞德《庞德诗选——比萨诗章》，黄运特译，张子清校订，漓江出版社1998年版，第267页。
② ［美］查尔斯·伯恩斯坦：《痛击法西斯主义》，载［美］伊兹拉·庞德《庞德诗选——比萨诗章》，黄运特译，张子清校订，漓江出版社1998年版，第268页。

第四章 诗人/罪人：庞德的政治旋涡

而美丽、因其标榜真知而丑恶的文本"。① 本书讨论的旋涡之"力"自然至少是那"真知"的一部分。

同样值得关注的是，伯恩斯坦看到了一种弥漫开来的"法西斯观念"，它已经超越了庞德其人其作本身，无关对其的谴责或宽恕。这种观念已经超越了时空历史与政治取向，"不知不觉地渗透入现今社会的正统文化理论与批评之中"。如同居里夫人只有在第一位受放射线致命伤害者出现后才知道其中的危险，伯恩斯坦将类似镭元素实验这般不受诗人、正反批评者任何一方的必然结果称为"诗歌的代价"。②

---

① ［美］查尔斯·伯恩斯坦：《痛击法西斯主义》，载［美］伊兹拉·庞德《庞德诗选——比萨诗章》，黄运特译，张子清校订，漓江出版社1998年版，第271—273页。
② ［美］查尔斯·伯恩斯坦：《痛击法西斯主义》，载［美］伊兹拉·庞德《庞德诗选——比萨诗章》，黄运特译，张子清校订，漓江出版社1998年版，第268—269页。

结　　语

在庞德这位"旋涡中的美国诗人"之复杂甚至矛盾的一生中,我们以"艺术旋涡""他山之石"和"政治旋涡"为顺序和逻辑,通过其中连贯而持续性的对"力"的追寻,探讨他在文学、艺术、经济、政治之间游走、跨界的内在驱动之所在。在庞德于表象上呈分割状态的前后半生之创作、思想和生活中,"力"是我们可以把握到的一种相对确定而稳固的内核。

"艺术旋涡"是庞德对"力"的追寻的缘起。在第一次世界大战之前的时代背景中,现代主义思潮已经随着印象主义、立体主义与未来主义等在视觉艺术领域掀起的波澜成为大势所趋。而文学与视觉艺术在互动中变革的时代也已然到来。于是,适逢其时的庞德以文学中的意象主义为起点,伴随着个人与以旋涡派为中心的西方现代视觉艺术间的互动过程,自然而且有几分必然地转变为一位旋涡主义者的同时,形成了以"力"为核心理念的旋涡主义诗学。这是他后来持续一生的追寻之思想渊源所在。值得关注的是,"旋涡主义"本身是对于文学中的意象主义以及视觉艺术领域的立体主义和未来主义的综合性反拨;其中蕴含着一种将热情的反叛与冷静的反思两方面一以贯之、更为纯粹的先锋姿态。这种彻底性体现在庞德关于"旋涡"的

结　语

两个经典定义中：旋涡是那个具有最大"力"的点；是思想得以持续奔涌的源泉、途径和归宿。[①] 其中传达出一种对最本源、最初始的"力"的追寻。

以中国古典诗歌与诗学、儒家思想为主体的"中国内容"进一步巩固和确证了来自"艺术旋涡"的旋涡之"力"。在庞德久居伦敦的20世纪初年，前者以诗人熟悉而亲切的诗意方式为他开辟了通往东方的驿道，费诺罗萨的文章和古诗手稿使得庞德在个人中文水平极为有限的情况下，也得以去尝试把握这种与他既往生命体验全然异质的文化之深层结构，成为这段发生在20世纪的"东学西传"文化之旅上的接收一方。而理雅各在庞德感受中国儒家思想的过程中发挥了与费诺罗萨类似的中介作用。庞德对其中以刚健精神为主导的原始儒家精神的把握，更多的是在思想传递上受到了这位传教士汉学家的影响。二人对中国儒家典籍的英译，或化用的初衷不同，但都出于一种"诗意的欲望"，真诚地希望把握到字词背后的思想深意。

"政治旋涡"意味着这位旋涡中的美国诗人将这种抽象诗学之"力"最充分地融入现实——以在某一类经济理念的信奉为过渡，最终发展为对某一位领袖及其代表的意识形态之"意志力"与"行动力"的现实追寻。从现实结果上来看，这种对"力"的持续一生的追寻成就了庞德在文学、艺术领域的辉煌，也导致了他在经济、政治方面的狼狈。

"美是难的"——希腊哲人对话中的这句古谚贯穿庞德一生，这是他的诗与思，甚至在罗马广播时频频直接或间接触及的主题。而这也是当时及后来人面对他本人及其文字时的基本处境。在面对来自朋友的诘问"为什么要读庞德？"时，雷德曼以庞德看重的"闪闪发光

[①] Ezra Pound, "VORTEX", in Wyndham Lewis, ed., *Blast*, No.1, London: John Lane, The Bodley Head, 1914, p.153. 原载于 Ezra Pound, "Vorticism", *Fortnightly Review*, September 1, 1914, pp.461-471; 见 Harriet Zinnes, ed., *Ezra Pound and the Visual Arts*, New York: New Directions, 1980, p.207。

伊兹拉·庞德：旋涡中的美国诗人及其"力"的追寻

的细节"方式将这种困难以一种客观方式表达出来："任何一本庞德传记的中心问题必然围绕着那些他因'播音背叛'而招致的被诉（1943年7月）和被捕（1945年5月）的诸事件。"① 一方是诗人的桂冠，一方是质疑的声音。两种似乎无法相容的正反品质就这样分裂地系于一人之身。

而这种分裂也成为20世纪后半叶几十年间谈及庞德，包括相关学术研究在内的基本立场。或许，耶鲁大学主持，同时有国会图书馆背景的"博林根诗歌奖"是如此态度的开端。这一持续至今的奖项以争议开场——它将1948年，也就是设立之后的第一次年度授奖颁给了庞德和他的《比萨诗章》。此时诗人正在圣·伊丽莎白医院度过漫漫的第四个年头。当时就有评论认为这是"奇迹"，因为各位评委将"作为诗人的庞德先生"和"作为法西斯主义者、反犹主义者、背叛者的庞德先生"分别视之，于是他们只关注"作为诗人的庞德先生是否写出了1948年最优秀的美国诗歌"。② 这无疑也是最官方化的处理方式。在今日的博林根诗歌奖的官方网站上，还将以庞德为第一位获奖人作为该奖项的"纯粹"之表征。例如，基本信息简介栏表明博林根诗歌奖始终致力于嘉奖"最优秀的美国诗歌"的目标之后提及，"从1948年的争议开端，也就是国会图书馆美国文学组以《比萨诗章》为依、将该奖项授予伊兹拉·庞德为始，博林根诗歌奖就一直以弘扬诗人的文学成就为己任——他们的作品薪火相传地形成了现代美国文学传统"；而在获奖诗人名录年表中，"伊兹拉·庞德"处也有类似的话，"在他被关押期间，博林根、国会图书馆评委会决定，为了表示对他的诗歌成就的认可，可以忽视他的政治情况"。③

---

① Tim Redman, *Ezra Pound and Italian Fascism*, Cambridge: Cambridge University Press, 1991, p.1.
② See Tim Redman, *Ezra Pound and Italian Fascism*, Cambridge: Cambridge University Press, 1991, p.3.
③ 见耶鲁大学专题网站对"博林根诗歌奖"及获奖诗人名录中对庞德的专题介绍：https://bollingen.yale.edu/about 及 https://bollingen.yale.edu/poet/ezra-pound。

结 语

总之，将同一个人的客观两方面在主观上分别讨论的确是不错的权宜之计，既保持了诗人荣光的"完整"，也将讨论本身置于与人无害的安全地带。

然而，问题就在于这个简单而困难的事实：以 1930 年，或者更早些时间为界，在此之前的那位才华横溢的诗人和之后的那位争议不断的"罪人"是同一人。如果出于"主观思想的适宜表达"[①] 的需要而只强调某一方，虽然便利，却也淡化了其中的复杂性——或者说，人之为人，不分种族、国籍、职业与政治取向的最基本的人性。本书以"旋涡"这个由庞德本人提出的抽象意象及其"力"贯穿起他的一生所系：从文学到艺术，从艺术回文学；从文学、艺术到经济、政治。遗憾的是，现实并没有如诗人所愿，他没能实现从经济、政治到文学、艺术的理想反哺；理想的破灭被现实的还乡取代——如海上的奥德修斯般颠沛流离。终其一生，旋涡主义者庞德理想中的文学、艺术作品优劣标准，严肃的艺术家的职责，面对东方文化时的共鸣感，一种文学—艺术—经济—政治以及过去—现在—未来间的贯通感，均源自并贯彻着"旋涡"之"力"与"能量"。

在杜丽特尔那本回忆录中，她以类似的文句两次写下自己听说庞德被释放时的心绪："他们说，他一个人走出来。他一个人走着。他走入了另一个维度（dimension），就像在写下这些时，我也如此。"半个月后，她在复述这几句话后自我修正道："我错了。他走入的是同一个维度；也就是说，他仿佛走出来之后，又进入了他 12 年前抛下的生活。"[②] 庞德的这位诗人朋友面对的思想困境也是庞德风波之后，诗人们的集体困境。如保欧看到的："庞德的经历给她既往的诗歌观念带来了冲击，她一度以为，诗歌属于与政治、宣传隔离的领域"；"庞德的囚禁是她，也是全体诗人的图圈"——"如果诗人可

---

① Lionel Trilling, *Matthew Arnold*, New York: Harcourt Brace Jovanovich, 1954, p. i.
② Hilda Doolittle, *End to Torment: A Memoir of Ezra Pound*, New York: New Directions, 1979, pp. 41, 44.

伊兹拉·庞德：旋涡中的美国诗人及其"力"的追寻

以被'指控'（她不清楚这个词的精确含义，她似乎一直在沉思它是否有法律之外的指涉）背叛，那么全体诗歌都有背叛的嫌疑"。保欧似乎在替同情庞德的诗人朋友们，包括杜丽特尔（以及"诗人说"中的那些人）追问："疯狂是否是唯一，或者说至少合适的解脱方式？"①

回到庞德，这位美国诗人一生以"旋涡"之"力"贯穿起上述杜丽特尔"一度以为"两相隔离的领域，并在这两方面均以诗文、思想或行动实践着过去—现在—未来间的连接。我们读出的是一种不限于任何单一领域（文学、艺术、经济、政治等）、任何单一时空（过去、现代、未来，家园、故土、异域等），更为全面而彻底的现代性。这种现代性在他的思想中，体现为一种区别于杜丽特尔等传统式现代诗人对"诗人"身份及"诗歌"本身的全新理解——女诗人的思想困境部分来源于她在文学、艺术上的"现代"与经济、政治上的"保守"，为常人带来的冲击远在庞德之下。如保欧所言，庞德个人的现代性在很大程度上被某种政治现代性改造了："艺术与政治宣传间的新联盟是如此转向中的一部分，庞德从'为艺术而艺术'式的现代性转入被政治紧紧包围的现代性。"② 需要指出的是，这两种现代性在庞德处无缝对接、交融，正如现代视觉艺术之于他的文学诗思、东方文化之于他的西方体验、经济与政治——虽然这里充满了迷思甚至谬误——之于他一生追寻的旋涡之"力"。

在上述跨界式的现代性之外，我们还可继续追问：为何对一种稳固的"力"的追寻发生在不同人生阶段或不同领域时，会为同一位诗人/罪人带来相异的结果。诗人自身的专业性是一个问题，而20世纪世界格局在诸多方面的裂变或也可提供一些解释思路。1908年，

---

① Catherine E. Paul, *Fascist Directive: Ezra Pound and Italian Cultural Nationalism*, Clemson: Clemson University Press, 2016, p. 247.
② Catherine E. Paul, *Fascist Directive: Ezra Pound and Italian Cultural Nationalism*, Clemson: Clemson University Press, 2016, p. 256.

结　语

时年23岁的年轻诗人从故土美国远渡重洋，来到英国伦敦开启自己的文人事业。在庞德的主观认识中，他从一片荒原来到了中心地带——无论从文学、艺术还是经济、政治角度而言。按照他旋涡主义者的认知，和当时"落后"的美国相比，欧洲、英国、伦敦是充满"力"与"能量"的核心地带。而事实是，例如在吉尔伯特（Felix Gilbert）的历史学研究中，"1890年至今"为"欧洲时代的终结"。① 换言之，从后来人的历史研究来看，庞德是在"欧洲时代的终结"的起始时间点上来到欧洲，实际上是在走一条与世界格局发展前景方向相悖的道路——欧洲的没落对应的正是美国的崛起，这种矛盾性在庞德处的又一体现即为：他本身是美国人，而且终身没有，也明显不愿放弃自己的国籍。

施米特（Carl Schmitt）在《大地的法》（*Der Nomos der Erde*）中认识到，16—20世纪是"欧洲的近代国际法时期"，"欧洲标准"即为"当时的常态标准"，"所谓'文明'即被等同于'欧洲文明'"——欧洲是无可争议的世界中心。② 而一方面，15、16世纪地理大发现起即注定的地理与政治的基本"秩序"关系是后者决定前者——"新的地球空间形态要求有新的空间秩序"③；另一方面，两次世界大战导致了世界格局的大变革，中心由东半球转向西半球，美国是新秩序的主导——第一次世界大战之后，转折随即发生，"在先前的数个世纪中，都是欧洲会议决定世界空间秩序，但是在1915—1919年的巴黎和会上，第一次乾坤颠转：由世界决定欧洲的空间秩序"④。

---

① ［美］费利克斯·吉尔伯特、大卫·克莱·拉奇：《现代欧洲史. 卷六，欧洲时代的终结，1890年至今（上）》，夏宗凤译，中信出版社2016年版。
② ［德］卡尔·施米特：《大地的法》，刘毅、张陈果译，上海人民出版社2017年版，第55—56页。
③ ［德］卡尔·施米特：《大地的法》，刘毅、张陈果译，上海人民出版社2017年版，第55页。
④ ［德］卡尔·施米特：《大地的法》，刘毅、张陈果译，上海人民出版社2017年版，第222页。

从第一次到第二次世界大战,庞德希望祖国秉持的"中立"最终均以破灭告终。这背后的深意是一个时代的终结——1941 年,"白宫记者招待会上被宣读的备忘录中,通过公开宣布孤立化与中立化传统政策的死亡,最终从根本上对过去的时代予以总结和终结"[1]。

  而我失去了我的中心
  与世界抗争。
  诸梦相撞
    被撞得粉碎——
  而我曾试图建立一个天堂
    在人间。
——《诗章》第 117 章[2]

---

[1] [德] 卡尔·施米特:《大地的法》,刘毅、张陈果译,上海人民出版社 2017 年版,第 280 页。

[2] Ezra Pound, *The Cantos of Ezra Pound*, London: Faber and Faber, 1975, p. 802.

参考文献

［美］埃兹拉·庞德：《阅读 ABC》，陈东飚译，译林出版社 2014 年版。

［英］彼德·琼斯编：《意象派诗选》，裘小龙译，漓江出版社 1986 年版。

［法］程抱一：《中国诗画语言研究》，涂卫群译，江苏人民出版社 2006 年版。

［美］费利克斯·吉尔伯特、大卫·克莱·拉奇：《现代欧洲史．卷六，欧洲时代的终结，1890 年至今（上）》，夏宗凤译，中信出版社 2016 年版。

傅浩：《Ts'ai Chi'h 是谁？》，《外国文学评论》2010 年第 2 期。

高建平、丁国旗主编：《西方文论经典（第四卷）：从唯美主义到意识流》，安徽文艺出版社 2014 年版。

耿幼壮：《何谓诗意译写？——伊兹拉·庞德的中国诗歌和儒家经典翻译》，载《世界汉学》（第 15 卷），中国人民大学出版社 2015 年版。

耿幼壮、［英］贾斯珀编：《翻译的诗学》，中国人民大学出版社 2017 年版。

耿幼壮：《姿势与书写——当代西方艺术哲学思想中的中国"内容"》，《文艺研究》2013 年第 11 期。

江灏、钱宗武译注，周秉钧审校：《今古文尚书全译》，贵州人民出版社 1990 年版。

姜建设注说：《尚书》，河南大学出版社 2008 年版。

蒋洪新、李春长编选：《庞德研究文集》，译林出版社 2014 年版。

蒋洪新：《庞德研究》，外语教育出版社 2014 年版。

蒋洪新、郑燕虹：《庞德学术史研究》，译林出版社 2014 年版。

［德］卡尔·施米特：《大地的法》，刘毅、张陈果译，上海人民出版社 2017 年版。

柳鸣九主编：《未来主义　超现实主义　魔幻现实主义》，中国社会科学出版社 1987 年版。

［美］M. P. 尼米诺、P. A. 克莱因：《金融与经济周期预测》，邱东等译，何宝善审校，中国统计出版社 1998 年版。

钱兆明：《"东方主义"与现代主义：庞德和威廉斯诗歌中的华夏遗产》，徐长生、王凤元译，浙江大学出版社 2016 年版。

钱兆明：《中华才俊与庞德》，中央编译出版社 2015 年版。

［美］萨克文·伯克维奇主编：《剑桥美国文学史　第 5 卷：诗歌与批评 1910 年—1950 年》，马睿等译，中央编译出版社 2009 年版。

孙林主编：《世界主要政党规章制度文献——美国》，中央编译出版社 2015 年版。

［英］托·艾略特：《四个四重奏》，裘小龙译，漓江出版社 1985 年版。

王佐良、周珏良主编：《英国二十世纪文学史》，外语教学与研究出版社 1994 年版。

吴其尧：《庞德与中国文化——兼论外国文学在中国文化现代化中的作用》，外语教育出版社 2006 年版。

［法］夏尔·波德莱尔：《恶之花》，郭宏安译，上海译文出版社

2008 年版。

杨仁敬:《简明美国文学史》,复旦大学出版社 2014 年版。

[美]伊兹拉·庞德:《比萨诗章·庞德诗选》,黄运特译,湖南文艺出版社 2017 年版。

[美]伊兹拉·庞德:《庞德诗选——比萨诗章》,黄运特译,张子清校订,漓江出版社 1998 年版。

赵毅衡编译:《美国现代诗选》,外国文学出版社 1985 年版。

周振甫译注:《诗经译注》,中华书局 2002 年版。

Antliff, Mark and Scott W. Klein, eds., *Vorticism: New Perspectives*, New York: Oxford University Press, 2013.

Arrowsmith, Rubert R., *Modernism and the Museum: Asian, African and Pacific Art and the London Avant-Garde*, New York: Oxford University Press, 2011.

Baumann, Walter, "The Ezra Pound International Conference – EPIC", https://ezrapoundsociety.org/index.php/about/collaborations.

Binyon, Laurence, *The Flight of the Dragon*, London: John Murray, 1922.

Binyon, Laurence, *The Spirit of Man in Asian Art*, New York: Dover Publication, Inc., 1965.

Carpenter, Humphrey, *A Serious Character: The Life of Ezra Pound*, New York: Delta, 1988.

Chapple, Anna S., "Ezra Pound's 'Cathay': Compilation from the Fenollosa Notebooks", *Paideuma*, Vol. 17, No. 2 – 3, 1988.

Cork, Richard, *Vorticism and Abstract Art in the First Machine Age*, Berkeley: University of California Press, 1976.

Dasenbrock, Reed Way, *The Literary Vorticism of Ezra Pound & Wyndham Lewis: Towards the Condition of Painting*, Baltimore: Johns Hopkins University Press, 1985.

Davie, Donald, *Articulate Energy: An Inquiry into the Syntax of English Poetry*, London: Routledge and Kegan Paul, 1955.

Doob, Leonard W., ed., *"Ezra Pound Speaking": Radio Speeches of World War II*, Westport: Greenwood Press, 1978.

Doolittle, Hilda, *End to Torment: A Memoir of Ezra Pound*, New York: New Directions, 1979.

Eliot, T. S., ed., *Literary Essays of Ezra Pound*, London: Faber and Faber, 1954.

Espey, John J., *Ezra Pound's Mauberley: A Study in Composition*, London: Faber and Faber, 1955.

Fenollosa, Ernest and Ezra Pound, *The Chinese Writing Character as a Medium for Poetry: A Critical Edition*, H. Saussy, et al., eds., New York: Fordham University Press, 2008.

Fenollosa, Ernest and Ezra Pound, "The Chinese Written Character as a Medium for Poetry", *The Little Review*, Sep 1919. See *The Little Review*, Volume 6, 1919–1920, New York: Kraus Reprint Corporation, 1967.

Giles, Herbert A., *A History of Chinese Literature*, New York and London: D. Appleton and Company, 1930.

Holaday, Woon-Ping Chin, "Pound and Binyon: China via the British Museum", *Paideuma*, Vol. 6, No. 1, 1977.

Hulme, T. E., *Speculations: Essays on Humanism and the Philosophy of Art*, H. Read, ed., London: Routledge & Kegan Paul Ltd, 1924.

Kenner, Hugh, *The Poetry of Ezra Pound*, London: Faber and Faber, 1951.

Kenner, Hugh, *The Pound Era*, Berkeley: University of California Press, 1971.

Knapp, James F., "Discontinuous Form in Modern Poetry: Myth and

Counter-Myth", *Boundary*, Vol. 12, No. 1, 1983.

Leavis, F. R., *New Bearings in English Poetry: A Study of the Contemporary Situation*, London: Chatto & Windus, 1932.

Legge, James, *Confucian Analects, The Great Learning, The Doctrine of the Mean*, in James Legge, *The Chinese Classics: Translated into English, with a Translation, Critical and Exegetical Notes, Prolegomena, and Copious Indexes Vol. I*, London: Trübner & Co, 1876.

Legge, James, *The She Jing; Or, The Book of Poetry*, in James Legge, *The Chinese Classics: Translated into English, with Preliminary Essays and Explanatory Notes Vol. IV*, London: Trübner & Co, 1876.

Legge, James, *The Shoo Jing*, in James Legge, *The Chinese Classics: Translated into English, with a Translation, Critical and Exegetical Notes, Prolegomena, and Copious Indexes Vol. III*, London: Trübner & Co, 1876.

Lewis, Wyndham, ed., *Blast*, No. 2, London: John Lane, The Bodley Head, 1915.

Lewis, Wyndham, ed., *Blast*, No. 1, London: John Lane, The Bodley Head, 1914.

Lipke William C. and Bernard W. Rozran, "Ezra Pound and Vorticism: A Polite Blast", *Wisconsin Studies in Contemporary Literature*, Vol. 7, No. 2, 1966.

Materer, Timothy, ed., *The Selected Letters of Ezra Pound to John Quinn 1915 – 1924*, Durham: Duke University Press, 1991.

McNamara, Robert, "Pound's Malatesta: An Alternative to the Martial Ideal", *Pacific Coast Philology*, Vol. 20, No. 1/2, 1985.

Nadel, Ira B., ed., *Ezra Pound in Context*, New York: Cambridge University Press, 2010.

Nadel, Ira B., ed., *The Cambridge Companion to Ezra Pound*, Cambridge: Cambridge University Press, 1999.

Norman, Charles, *The Case of Ezra Pound*, New York: Funk and Wagnalls, 1968.

Norman, Charles, *The Case of Ezra Pound*, New York: The Bodley Press, 1948.

Paige, D. D. , ed. , *The Selected Letters of Ezra Pound 1907 – 1941*, London: Faber and Faber, 1951.

Paul, Catherine E. , *Fascist Directive: Ezra Pound and Italian Cultural Nationalism*, Clemson: Clemson University Press, 2016.

Pethica, James, ed. , *Yeats's Poetry, Drama, and Prose*, New York: W. W. Norton & Company, 2000.

Pound, Ezra, *Cathay: The Centennial Edition*, Zhaoming Qian, ed. , New York: New Directions, 2015.

Pound, Ezra, *Early Writings*, Ira B. Nadel, ed. , London: Penguin, 2005.

Pound, Ezra, ed. , *Gaudier-Brzeska, A Memoir, Including the Published Writings of the Sculptor, and a Selection from his Letters, with Thirty-Eight Illustrations, Consisting of Photographs of his Sculpture, and Four Portraits by Walter Benjamin, and Numerous Reproductions of Drawings*, London: John Lane, 1916.

Pound, Ezra, et al. , *Des Imagistes: An Anthology*, New York: A. and C. Boni, 1914.

Pound, Ezra, *Ezra Pound's Poetry and Prose: Contribution to Periodicals, 1902 – 1914*, New York: Garland Publishing, Inc. , 1991.

Pound, Ezra, *Guide to Kulchur*, New York: New Directions, 1952.

Pound, Ezra, *Hugh Selwyn Mauberley*, London: The Ovid Press, 1920.

Pound, Ezra, *Jefferson and/or Mussolini*, New York: Liveright, 1970.

Pound, Ezra, *Selected Poems*, London: Faber & Faber, 1961.

Pound, Ezra, *Selected Prose 1909 – 1965*, William Cookson, ed. , New

York: New Directions, 1973.

Pound, Ezra, *The Cantos of Ezra Pound*, London: Faber and Faber, 1975.

Pound, Ezra, *The Confucian Odes*, *The Classic Anthology Defined by Confucius*, New York: New Directions, 1954.

Pound, Ezra, tran., *Confucius: The Great Digest*, *The Unwobbling Pivot*, *The Analects*, New York: New Directions, 1951.

Pound, Ezra. "The Renaissance: I – The Palette", *Poetry*, Vol. 5, No. 5, 1915.

Pound, Omar and A. Walton Litz, eds., *Ezra Pound and Dorothy Shakespeare*, *Their Letters: 1909 – 1914*, New York: New Directions, 1984.

Qian, Zhaoming, "Pound and Chinese Art in the 'British Museum Era'", in *Ezra Pound and Poetic Influence: The Official Proceedings of the 17th International Ezra Pound Conference held at the Castle Brunnenburg, Tirolo di Meran*, 2000.

Rae, Patricia, "From Mystical Gaze to Pragmatic Game: Representations of Truth in Vorticist Art", *ELH*, Vol. 56, No. 3, 1989.

Redman, Tim, *Ezra Pound and Italian Fascism*, Cambridge: Cambridge University Press, 1991.

Rushing, Conrad L., "'Mere Words': The Trial of Ezra Pound", *Critical Inquiry*, Vol. 14, No. 1, 1987.

Terrell, Carroll F., *A Companion to the Cantos of Ezra Pound*, Berkeley: University of California Press, 1980.

Trilling, Lionel, *Matthew Arnold*, New York: Harcourt Brace Jovanovich, 1954.

Wees, William C., "Ezra Pound as a Vorticist", *Wisconsin Studies in Contemporary Literature*, Vol. 6, No. 1, 1965.

Wees, William C., *Vorticism and the English Avant-Garde*, Toronto: University of Toronto Press, 1972.

Wilhelm, J. J. , *Ezra Pound: The Tragic Years (1925 – 1972)*, University Park: The Pennsylvania State University Press, 1994.

Wilhelm, J. J. , *Ezra Pound in London and Paris (1908 – 1925)*, University Park: The Pennsylvania State University Press, 1990.

Wilhelm, J. J. , *The American Roots of Ezra Pound*, New York: Garland Publishing, Inc, 1985.

Wolfe, Cary, "Review: Ezra Pound and the Monument of Culture: Text, History and the Malatesta Cantos by Lawrence S. Rainey", *American Literature*, Vol. 65, No. 2, 1993.

Yip, Wai-lim, *Ezra Pound's Cathay*, Princeton: Princeton University Press, 1969.

Zinnes, Harriet, ed. , *Ezra Pound and the Visual Arts*, New York: New Directions, 1980.

后　记

本书源自我向中国人民大学提交的博士学位论文，感谢中国社会科学出版社，特别是梁世超博士、刘志兵博士在成书出版过程中的辛勤工作和全方位支持！

感谢天津大学外国语学院的诸位领导、前辈与同侪，特别是王立松院长、刘家骥副院长、肖振凤副院长、刘常华主任、王雪教授多年来的培养和关照。偶逢顾恩，吾生之幸，感念于心。

后附当年呈交给母校的致谢语全文。那些年，那些人，有的幸而时时相见，有的叹而山高水远，唯愿平安康健，以期来年。谨此再致谢忱。

魏琳
2023 年 12 月 22 日 天津

May 23, 2018

To my parents (Mr. WEI Jingyu 魏井宇 and Mrs. GAO Chunxiao 高春晓), who made and make me possible: I owe it all to you.

With utmost sincerity, I would like to thank Professor GENG

Youzhuang 耿幼壮 for his supervision all throughout my past 7 years of a graduate student, from an MA to a PhD. Without his guidance and encouragement with great expertise and patience, this dissertation would not be what it looks like right now, neither would I be where I am. At least half of the credit, probably much more than that, must be attributed to Mrs. Geng! She knows more than Prof. Geng about what I am doing and how I am proceeding.

I am grateful to Professor Charles Bernstein, who offered me the opportunity to be a visiting student at University of Pennsylvania during 2016 – 2017. Not only does this personal experience shine my project but allows me to think differently-when it comes to everything.

I appreciate everything done for me by those professors: Prof. XIA Guangwu 夏光武 who oversaw my BA thesis and more importantly, initiated my career majoring in Comparative Literature and lifelong pursuit of a balance between professional work and *joie de vivre*, Prof. XIAO Zhan 肖湛, etc. of Xiamen University; Prof. LIU Xiaofeng 刘小枫, Prof. Leopold Leeb 雷立柏, Prof. XIA Kejun 夏可君, Prof. CHEN Qian 陈倩, Prof. WU Zhen 吴真, Prof. XU Nan 徐楠, Prof. CHANG Peijie 常培杰, Prof. CHEN Qijia 陈奇佳 and others more, at Renmin University. I was lucky enough to be an enrolled student or just an observer at some of their courses. Others help me in different ways—some of them even did so without knowing much about me. Professor CHEN Rongnv 陈戎女 from Beijing Language and Culture University, Professor ZHANG Pei 张沛 from Peking University, Professor ZHANG Yuan 张源 from Beijing Normal University: thank you for reviewing my work and being at my dissertation defense, where I turned from Ms. Wei to Dr. Wei.

With a special mention to Dr. ZHANG Chunxiao 张春晓, Dr. WANG Tao 王涛, Dr. ZHAO Jing 赵惊, Dr. SHI Xiao 时霄 and other colleagues:

both supportive mentors and hang-out buddies.

I am also thankful for the university staff: Ms. DUAN Hongmei 段红梅, Ms. ZHANG Ge 张革 and Ms. AN Yang 安杨 for their unfailing support during my RUC years; friends at Penn: the Newbranders, the Lackeys, Dr. TANG Xinying 唐昕莹, Mr. Manas Shukla and many more; and all of those friends who are not at this lengthy list but always in my mind.

A special gratitude goes to *The Big Bang Theory* and *This is Us*: both were with me when I was down below zero.

Finally and always, last but by no means least, to Dr. ZHAI Meng 翟猛: In the past ten years and most likely in the future, forever, forever and forever, YOU RAISE ME UP. Thank you and I am welcome.